Karen McQuestion
Die andere Hälfte des Herzens

TINTE & FEDER

Das Buch

Seit dem Tod seiner Mutter ist der neunjährige Logan verstummt. Aus Angst vor seinem gewalttätigen Vater versteckt er sich eines Tages in einem Umzugswagen und landet zufällig in einem kleinen Dorf in den Wäldern von Wisconsin. Ein verlassenes Baumhaus wird zu seiner Zuflucht.

Als ein heftiger Sturm tobt, nimmt die ältere einsame Dame Joanne den durchnässten Logan auf, ohne zu wissen, dass sie beide in größter Gefahr sind, denn Logans Vater hat wutentbrannt die Verfolgung des kleinen Jungen aufgenommen. Aber auch seine geliebte Großmutter Nan ist auf der fieberhaften Suche nach ihrem Enkel.

Die Autorin

Karen McQuestion hat Bücher für Kinder, Teenager und Erwachsene geschrieben, die bei Amazon Publishing, Houghton Mifflin Harcourt und Brilliance Audio veröffentlicht wurden. Viele ihrer Bücher waren für längere Zeit unter den Top 100 der Kindle-Liste. Über die Geschichte ihrer Veröffentlichungen wurde in Zeitungen, Fernsehshows und im Radio berichtet. Karen McQuestion lebt mit ihrem Mann und ihren Kindern in Hartland, Wisconsin, im mittleren Westen der USA.

Karen McQuestion

Die andere Hälfte des Herzens

Roman

Aus dem Amerikanischen
von Barbara Ostrop

TINTE & FEDER

Die amerikanische Ausgabe erschien 2018 unter dem Titel
»Half a Heart« bei Lake Union Publishing, Seattle.

Deutsche Erstveröffentlichung bei
Tinte & Feder Media E.U. S. à r.l.
38, avenue John F. Kennedy, L-1855 Luxembourg
Februar 2019

Die Übersetzung dieses Buches wurde durch AmazonCrossing ermöglicht.

Umschlaggestaltung: bürosüd⁰ München, www.buerosued.de
Umschlagmotiv: © Kieran Scott / Getty; © Vilnis Lauzums / Shutterstock;
© PhilipYb Studio / Shutterstock; © DAIVI / Shutterstock;
© Valeriy Boyarskiy / Shutterstock
Lektorat: Daphne Großmann
Korrektorat: Verlag Lutz Garnies, Haar bei München, www.vlg.de
Gedruckt durch:
Amazon Distribution GmbH, Amazonstraße 1, 04347 Leipzig /
Canon Deutschland Business Services GmbH, Ferdinand-Jühlke-Str. 7,
99095 Erfurt /
CPI books GmbH, Birkstraße 10, 25917 Leck

ISBN 978-2-91980-401-6

www.tinte-feder.de

Für Greg, den Schutzpatron der Künste. Du sorgst dafür, dass ich bei klarem Verstand bleibe.

1

Er hatte seinen Vater noch nie so zornig erlebt, und das wollte viel heißen, denn er hatte in den letzten Jahren reichlich Erfahrung mit seinen Wutanfällen gesammelt. Im Grunde war Tia schuld, doch das spielte am Ende keine Rolle. Er hätte so klug sein sollen, nicht auf sie zu hören.

Am Samstag, als die Eltern außer Haus waren, hatte sie Logan mit Marshmallows aus seinem Zimmer gelockt.

Es hatte mit einem höflichen Klopfen an der Tür begonnen. »Mach auf«, sagte Tia. »Ich bin's.«

Er öffnete die Tür einen Spalt weit, und da stand sie und hielt ihm mit unschuldiger Miene ein Marshmallow vor die Nase. »Komm doch raus, Logan«, bat sie freundlich. Ein Blick nach unten zeigte ihm, dass sie in der anderen Hand den Rest der Tüte hielt. »Sie sind weg und kommen frühestens in einer Stunde zurück. Sie werden es niemals erfahren. Ich erzähle es nicht, Ehrenwort.«

Logan wusste, dass die Eltern wirklich weg waren, so viel stimmte also immerhin. Als er gehört hatte, dass sie die Wohnung verließen, hatte er verstohlen aus dem Fenster gespäht und gesehen, wie sie ins Auto stiegen und wegfuhren.

»Komm schon, Logan. Sei doch kein solcher Angsthase, komm raus und lass es dir mit mir zusammen schmecken.«

Logan war vorsichtig, was Tia anging. In den bisher gemeinsam verbrachten vier Monaten hatte er sie durchschauen gelernt. Tia war eine Blenderin, machte sich bei den Eltern lieb Kind und war gleichzeitig gemein zu ihm: Ständig zwickte und knuffte sie ihn, nahm ihm seine Sachen weg und hänselte ihn, wenn keiner hinschaute. Sie wusste, dass sie sich das leisten konnte, weil er sie niemals verpetzte.

Mit keinem Wort.

Alles in ihm schrie, dass Tia nicht zu trauen sei, aber diese Tüte mit Marshmallows baumelte so einladend vor seiner Nase. Es war eine solche Versuchung. Allein beim Gedanken daran lief ihm das Wasser im Mund zusammen. Nachdem Logan so lange schon nichts mehr gegessen hatte, meinte er, ihre klebrige, köstliche Süße fast schon auf der Zunge zu schmecken.

»Na komm schon.« Tia trat zwei Schritte von der Tür weg, die Marshmallow-Tüte in der ausgestreckten Hand, um ihn hinter sich herzulocken. Logan wusste, was ihn erwartete, sollte sein Vater herausfinden, dass er sein Zimmer verlassen hatte. Aber wenn er sich rechtzeitig vor der Rückkehr der Eltern dorthin zurückzöge, würde er es überhaupt nicht erfahren.

Vielleicht einfach nur ein einziges Marshmallow und dazu ein Glas Wasser zum Runterspülen. Er holte tief Luft, doch dann verließ er sein Zimmer und folgte Tia. Die Gummisohle seines linken Schuhs hatte sich vor ein paar Tagen gelöst, und er hatte sie mit Klebeband umwickelt, daher klangen seine Schritte auf dem nackten Boden ungleichmäßig. *Schritt. Tapp. Schritt. Tapp.* Logan stellte sich vor, er sei ein Pirat mit einem Holzbein auf dem Weg über das Deck eines Schiffes zu einem Marshmallow-Schatz. Der Gedanke hätte ihn laut auflachen lassen, hätte er derzeit überhaupt noch irgendetwas Vernehmbares von sich geben können.

Sie landeten in der Küche. Tia tat so, als wollte sie nett zu ihm sein, schenkte jedem von ihnen ein Glas Milch ein, stellte zwei Teller auf den Tisch und teilte die Marshmallows zwischen ihnen auf. Sie legte eine CD ein, und die Stimme von Keith Urban erfüllte den Raum. Er wunderte sich über ihre Unverfrorenheit. Wie würde sie die halb leere Tüte erklären, wenn die Eltern heimkämen? In seinem Kopf meldete sich eine Alarmglocke, aber als er den ersten Bissen gegessen hatte, gab es kein Halten mehr. Die Milch war wunderbar sahnig, und die Marshmallows schmeckten paradiesisch.

»Gut, nicht?«, fragte Tia und steckte eines in den Mund. Alles an Tia war rund: die Augen, das Gesicht, der Körper und ihre wilden Locken. Sie waren gleichaltrig, sie beide wurden dieses Jahr neun, aber Tia war einen Kopf größer und in jeder Hinsicht das Gegenteil Logans. Immer ein bisschen braun, statt so käsig bleich wie er. Glänzende schwarze Locken statt seiner dünnen, glatten Strähnen mit dem widerspenstigen Wirbel oben auf dem Kopf. Seinen *Haarstrudel* hatte Grandma Nan ihn genannt und war ihn oft mit dem Finger nachgefahren, als wäre er etwas ganz Besonderes. Logan war mager wie eine Zaunlatte, Tia dagegen mollig oder fast schon fett. Ihr dicker Bauch störte sie aber nicht im Geringsten. Tia war das Selbstbewusstsein in Person. Sie war laut und ungestüm und stürmte gern tanzend und singend durch die Wohnung, während Logan wusste, dass alle Welt ihm sofort eins überziehen würde, sollte er sich etwas auf sich selbst einbilden. Daher verhielt er sich still und versuchte, niemals die Aufmerksamkeit auf sich zu lenken. So war es besser.

Logan verdrückte ein Marshmallow nach dem anderen und dachte bei jedem, dieses werde nun wirklich das letzte sein, aber er konnte einfach nicht aufhören. Sein Magen hatte sich vor Hunger zusammengezogen, und nun spürte er bei jedem

Bissen, wie der Krampf ein bisschen mehr nachließ. Ach, das war so gut.

»Hatte ich doch recht damit, dass du welche haben möchtest«, sagte Tia, die ihn aufmerksam beobachtete. »Ich weiß, dass du nichts lieber magst als Marshmallows und dass du inzwischen unglaublich hungrig sein musst.« Marshmallows waren *tatsächlich* seine liebste Süßigkeit. Bei Grandma Nan ließen sie immer Marshmallows über dem Lagerfeuer schmelzen. Wenn sie sie zwischen zwei Keksen verpackten, wurden ihre Finger klebrig und sie krümelten alles voll, aber Grandma regte sich nie darüber auf.

Tia nahm ihren Teller und ihr Glas und ging zur Spüle. Sie wusch beides rasch ab und stellte es ins Abtropfgitter. In der Spüle türmte sich das schmutzige Geschirr. Tia und ihre Mutter nahmen es mit Ordnung und Sauberkeit nicht so genau, und Logans Vater schien es egal zu sein. Logan bemühte sich ebenfalls um Gleichgültigkeit, doch es fiel ihm schwer. Die Unordnung in der schmuddeligen Wohnung störte ihn. Stapel von Post und Zeitschriften. Klebrige Flecken auf dem Boden. Haare im Waschbecken des Badezimmers. *Pfui Teufel.* Bei seiner Mutter war es immer sauber und gemütlich gewesen.

Er aß weiter von den Marshmallows, inzwischen aber langsamer, weil er beinahe satt war. Tia hüpfte zum CD-Spieler und stellte ihn lauter. Dann tanzte sie zum Lieblingssong seiner Großmutter und versuchte, ihn zum Lachen zu bringen.

Die Musik war so laut, dass er seine Eltern nicht heimkommen hörte. Alle Warnhinweise – die Schritte im Flur, das Geräusch, mit dem die Türklinke heruntergedrückt wurde, und das Quietschen beim Öffnen der Tür – gingen im Lärm unter. Logan war vollkommen überrumpelt, weil seine Eltern kaum fünfzehn Minuten weg gewesen waren, dabei hatte Tia behauptet, sie würden eine Stunde unterwegs sein. Als die Stimme von Logans Vater donnerte: »Was zum Teufel ist hier los?«, stockte Logan der Atem. Er erstarrte wie immer, doch Tia hatte kein Problem damit, alles, was sie zu sagen hatte, laut herauszuposaunen.

»Ich hab Logan gesagt, dass er das nicht darf«, erklärte sie und schüttelte den Kopf so heftig, dass ihre Locken tanzten. »Ich hab ihm gesagt, dass er ja Zimmerarrest hat, aber das war ihm egal. Er ist einfach rausgekommen und hat die ganze Milch ausgetrunken und die Tüte Marshmallows aufgerissen. Und dann hat er diese schreckliche CD aufgelegt. Er muss sie aus dem Müll gefischt haben, nachdem ihr sie weggeworfen hattet.«

Logan schüttelte verzweifelt den Kopf, doch es war schon zu spät. Das Gesicht seines Vaters lief rot an, und das Unwetter brach los. Der Vater drosch auf Logan ein, ein Schlag nach dem anderen klatschte auf seinen Kopf. Logan hob schützend die Arme, was seinen Vater nur noch wütender machte. »Was hab ich dir gesagt?«, brüllte er. »Habe ich dir nicht gesagt, dass du in deinem Zimmer bleiben sollst?«

Das war eine Falle, wie Logan aus Erfahrung wusste. Sollte er die Behauptung seines Vaters mit einem Nicken bestätigen, würde der ihn nur noch heftiger schlagen, weil er seinen Ungehorsam eingestanden hatte. Sollte er sie aber mit einem Kopfschütteln abstreiten, würde der Vater ihn noch zusätzlich wegen der Lüge bestrafen. Aus dieser Zwickmühle gab es kein Entrinnen. Logan spürte, wie sein Magen sich in einem Krampf zusammenzog, und seine Eingeweide rebellierten in wildem Aufruhr. Er schluckte und kauerte sich auf dem Stuhl zusammen. Bei jedem Schlag hoffte er, es würde der letzte sein.

»Ich habe dir eine Frage gestellt. Hatte ich dir etwa nicht gesagt, dass du in deinem Zimmer bleiben sollst?« Jedes Wort wurde durch einen Schlag unterstrichen. »Antworte, verdammt nochmal!«

Logan nickte und kniete sich auf dem Boden nieder. Manchmal ließ sich sein Vater dadurch erweichen und schickte ihn auf sein Zimmer. Es war einen Versuch wert. Er würde alles tun, wenn es seinen Vater nur dazu bewegte, ihn nicht mehr mit dem Gürtel zu verdreschen.

Doch sein Versuch, die Situation zu entschärfen, ging nach hinten los. »Was denkst du dir eigentlich dabei?«, schrie sein Vater, packte ihn hinten am T-Shirt und riss ihn hoch.

Der Stoff schnitt Logan in den Hals, und er musste würgen. Panik stieg ihm in die Kehle, dicht gefolgt vom Inhalt seines Magens. Er versuchte, ihn zurückzuhalten, doch es gelang ihm nicht. In einem Schwall ergoss sich Erbrochenes in der Farbe von Vogelkacke aus seinem Mund auf den Boden und die Schuhe seines Vaters, wo es um die Sohlen eine Pfütze bildete.

»Also du kleiner …«, begann sein Vater und ließ Logans Shirt los.

Logan stürzte zum Wasserhahn und spülte sich den Mund aus. Als er sich umdrehte, stand sein Vater noch immer wie erstarrt da, mit Flecken von Erbrochenem auf Schuhen und Hosenbeinen.

Tia war aus dem Zimmer geschlüpft, und ihre Mutter stand in der Tür. Kopfschüttelnd betrachtete sie Logan – eine langsame, traurige Geste, die Bände sprach. Tias Mutter redete nicht viel, und obgleich er spürte, dass sie oft Mitgefühl mit ihm hatte, wussten sie beide, dass sie es nicht zeigen durfte. Logan verstand das, doch dadurch vermisste er seine eigene Mutter nur umso stärker.

Sein Vater deutete auf Logan und dann auf die Sauerei. »Das hast du mit Absicht gemacht.« Seine Stimme klang mordlustig.

Hinter ihm zog Tias Mutter die Augenbrauen hoch, drehte sich zur Seite und deutete mit dem Kopf zum Flur, eine unauffällige Geste, die Logan verstand. Ein Ausweg. Blitzschnell traf er eine Entscheidung und raste mit einem Sprung über die eklige Pfütze an seinem Vater vorbei zur Tür. Er spürte, wie dessen Fingerspitzen noch seinen Rücken streiften, doch Logan war zu schnell. Vorbei an Tias Mutter war er schon ins Treppenhaus gelangt, als er seinen Vater vor Wut aufbrüllen hörte.

Von Angst und Adrenalin getrieben, nahm Logan zwei Stufen auf einmal und rannte so schnell zur Wohnung hinaus, dass er Mrs Smith erschreckte, die gerade auf der anderen Seite des Korridors mit dem Arm voll Einkaufstüten vorbeiging. »Meine Güte, Logan«, sagte sie, aber er blieb nicht wie sonst immer stehen, um ihr beim Tragen zu helfen.

Für einen Nachmittag im August war es ziemlich kühl, und Logan spürte den Wind, als er auf der Straße lossprintete. In diesem Teil Chicagos war die Straße von Mietblocks gesäumt und dicht befahren. Auf beiden Seiten parkten Autos, und auf dem Bürgersteig spielten Kinder. Er rannte an zwei Jugendlichen vorbei, ältere Jungs mit Skateboards unter dem Arm. »Wohin denn so schnell, Brüderchen«, fragte der eine, als Logan vorbeihetzte.

Er war schon einen Block weit gekommen, als er hörte, wie sein Vater seinen Namen brüllte. Erneut verkrampfte sich sein Magen, und diesmal war nicht Hunger daran schuld, sondern Entsetzen. Die Furcht presste ihm die Brust zusammen wie der Würgegriff einer Boa constrictor, und es fiel ihm schwer zu atmen.

»Logan!«

Er drehte sich nicht um. Zu seinem Vater konnte er nie wieder zurück. Nachdem Logan nicht nur sein Zimmer trotz des Verbots verlassen hatte, sondern ihm auch noch auf die Schuhe gekotzt hatte und aus der Wohnung geflüchtet war, war Umkehr ausgeschlossen. Es war einfach zu viel. Ein einziger Gedanke füllte seinen ganzen Kopf aus: *Wenn er mich erwischt, bringt er mich um.* Logan konnte sich gut vorstellen, wie es laufen würde. Der Vater würde ihm die mächtigen Hände um den Hals legen, einmal kurz drehen, und es wäre aus und vorbei. Und dann weg mit der Leiche. Da Logan für sein Alter klein war, wäre es leicht, ihn in einem der Säcke für Grünabfall zu entsorgen, die sein Vater bei seinem derzeitigen Arbeitgeber, einem Gartenbaubetrieb, ständig verwendete. Dann ab mit der Leiche in den Container, und die Sache wäre erledigt. Mit Logan wäre endgültig Schluss. Sie zogen so oft um, dass niemand jemals erfahren würde, dass sein Vater einmal einen Sohn gehabt hatte. Wer würde sich schon darum scheren, dass er tot war?

»Logan, du kommst jetzt zurück. Und zwar dalli!«

Er spürte, dass sein Vater aufholte, und die Angst jagte ihn vorwärts. Mit brennender Brust japste er nach Luft. Sich in alle Richtungen umblickend, suchte er nach einem Versteck. Bei einem der Häuser versuchte er einfach, die Tür aufzustoßen, doch sie war abgeschlossen. Ob er sich zwischen zwei parkende Autos kauern sollte? Nein, da wäre er leicht zu entdecken. Er rannte weiter.

»Logan, ich meine es ernst!«

Logan jagte um die Ecke und stieß sich dabei fast das Bein an einem Feuerhydranten. Und da sah er die Rettung: ein Umzugswagen mit geöffneter Rückklappe, die Ladefläche fast vollständig gefüllt. Es war wie eine Einladung. Er entschied blitzschnell, rannte die Rampe hinauf und verkroch sich unter einem Küchentisch. Ein paar gefüllte Plastiksäcke, die dort verstaut waren, boten ihm Schutz. Er kauerte sich zwischen ihnen so klein zusammen, dass er nicht mehr zu sehen war. Sie waren mit etwas Weichem gefüllt, bestimmt mit Kleidern oder Decken.

Er hielt den Atem an, als er die Stimme seines Vaters hörte, die seinen Namen brüllte, und atmete auf, als er vorbeirannte. Jetzt war er erst einmal sicher.

2

Als Logan aufwachte, war es dunkel. Sein ganzer Körper bebte von der Vibration des fahrenden Lasters. Die Plastikfolie der Säcke klebte an seiner schweißnassen Haut. Die Luft war abgestanden und feucht. Er brauchte einen Moment, um sich daran zu erinnern, wo er sich befand, und sich ins Gedächtnis zurückzurufen, wie die Angst vor seinem Vater ihn daran gehindert hatte, sein Versteck zu verlassen.

Kurze Zeit war die Gefahr der Entdeckung ganz nah gewesen. Gerade hatte er aus seinem Versteck schlüpfen und sich aus dem Umzugswagen verkrümeln wollen, da hatte er erneut die Stimme seines Vaters gehört, der irgendjemandem etwas zurief. Anscheinend hatte er gemerkt, dass Logan sich in der Nähe befinden musste, und war umgekehrt. »Haben Sie meinen Sohn gesehen?«, hatte der Vater gefragt. »Ungefähr so groß. Der kleine Scheißer kann was erleben.«

Logan hatte sich noch kleiner gemacht und gehört, wie eine Frau verneinte. Zusammengekauert saß er unter dem Tisch, als ein Gerumpel verkündete, dass die Rampe angehoben und in ihrer Führungsschiene unter dem Lastwagen verstaut wurde. Die Heckklappe wurde abgesenkt und zugeschlagen. Bei dem Klicken, mit dem der Türriegel einrastete, schnürte es ihm vor

Schreck die Kehle zusammen. Er begriff plötzlich, dass er nicht aus dem Laster entkommen konnte, solange die Tür von außen verschlossen war.

Zum tausendsten Mal wünschte er sich, er hätte eine Stimme. Ein einziger Ruf, ein einziger Schrei, und alles könnte in Ordnung kommen. Als der Motor ansprang und der Lkw losfuhr, kroch er eilig unter dem Tisch hervor, um mit der Faust gegen die Metalltür zu schlagen. Kartons gerieten ins Rutschen, und einer schlitterte vom Tisch herunter und traf ihn im Rücken. Plötzlich dröhnte laute Musik aus der Fahrerkabine, und der stampfende Bass übertönte die Melodie noch. Obgleich er wusste, dass man ihn wahrscheinlich nicht hören würde, hämmerte er gegen die Wand des Lkws.

Als es plötzlich bergab ging, geriet alles ins Rutschen, und Logan brachte sich wieder unter dem Tisch in Sicherheit. Es war dort furchtbar warm und dunkel, viel zu dunkel. Er rollte sich zwischen den Plastiksäcken zusammen und beschloss, es noch einmal mit dem Hämmern zu versuchen, wenn die Musik aufhörte.

Das war das Letzte, woran er sich erinnerte. Er musste wohl eingeschlafen sein.

Er setzte sich auf und rieb sich die Augen, dann schob er die Säcke weg. Wie lange der Umzugswagen wohl schon unterwegs war? Oft zogen Leute, die in Mietwohnungen wohnten, nur innerhalb ihrer Stadt um, und manchmal ging es nur wenige Straßen weiter, aber das war hier wohl eher nicht der Fall. Er hatte das bedrohliche Gefühl, dass eine beträchtliche Zeit verstrichen war. Vielleicht sogar Stunden.

Er saß jetzt wirklich in der Patsche.

Logan tastete in der Dunkelheit herum, unter und zwischen den Foliensäcken, und stieß zunächst nur auf den Metallboden und die Tischbeine. Doch dann fand er etwas, das sich anfühlte wie eine Plastikkiste mittlerer Größe. Er strich mit der Hand über den Deckel und kam zu einer Vertiefung, in die seine Finger passten. Als er den Deckel abgehoben hatte, tastete er vorsichtig im Inneren der Kiste herum, bis er auf etwas Nasskaltes stieß. Eis. Er hatte eine Kühlbox vor sich, in der Getränke zwischen Eiswürfeln lagerten. Logan nahm eine Dose heraus, hielt sie kühlend an seine Stirn und schnappte sich dann ein paar Eiswürfel, um sie über Gesicht und Hals zu reiben. Oh, das war schon viel besser. Er riss die Dose auf und trank einen Schluck. Noch nie hatte ihm eine Cola so gut geschmeckt.

Die Cola machte die Hitze erträglicher, aber er musste den Umzugswagen verlassen, bevor die Reise noch weiter ging. Als er die Dose geleert hatte, warf er sie in die Kühlbox und nahm sich eine neue, die er ebenfalls erst an die Stirn drückte. Danach schlüpfte er unter dem Tisch hervor und kam auf die Beine. Auf dem Tisch waren Kartons gestapelt, und ein Durcheinander von Möbeln türmte sich zu beiden Seiten. Zwischen dem Tisch und der Heckklappe gab es gerade noch genug Raum für einen Jungen seiner Größe. Logan hämmerte mit der Faust gegen die Heckklappe. Zwar spielte inzwischen keine Musik mehr, aber die Schläge waren dennoch zu leise und gingen im Fahrgeräusch der Reifen unter. Er stellte die Dose auf dem Boden ab und hämmerte jetzt mit beiden Fäusten gegen die Klappe, verzweifelt bemüht, sich Gehör zu verschaffen, doch der Umzugswagen rollte einfach weiter. Nichts wies auf einen Erfolg seiner Anstrengungen hin.

Nach mehreren Minuten hatte er jedoch endlich das Gefühl, dass das Fahrzeug nach rechts schwenkte. Als es abbremste, hielt er sich am Tisch fest. Wieder hämmerte er gegen die Heckklappe und öffnete unwillkürlich den Mund, doch natürlich kam kein Laut heraus. Der Lastwagen holperte im Abbiegen über einen Höcker und blieb dann stehen. Logan klopfte erneut, bis er hörte, wie die Türen der Fahrerkabine geöffnet und wieder zugeschlagen wurden. Beim Klang von männlichen Stimmen, die sich von vorn dem Heck näherten, zog sich sein Magen zusammen. Würden sie ihm hinten aufmachen? Und was würde passieren, wenn sie ihn dort fanden? Er hatte sich gewünscht, dass das Fahrzeug halten sollte, damit die Entfernung zwischen ihm und zu Hause nicht immer größer würde, doch jetzt war er sich nicht sicher, was als Nächstes geschehen würde.

Plötzlich hatte er Angst. Angst vor der Polizei, die ihm sein Eindringen in den Lastwagen vorwerfen würde, und Angst vor dem Ärger, den sein Vater dadurch bekäme, was dieser seinerseits vermutlich wieder an Logan auslassen würde. Nein, nicht vermutlich. Der Vater würde es *mit Sicherheit* an ihm auslassen.

Die Metallklappe wurde aufgerissen und verfehlte seine Nase nur knapp. Er blinzelte im grellen Licht der Sonne und konnte die beiden Männer, die vor ihm standen, nur mit Mühe erkennen. Sie waren jung, hatten dunkles, kurz geschnittenes Haar und breite Schultern. Beide waren mit T-Shirts und Jeans bekleidet. Der größere der beiden hatte ein von Aknenarben gezeichnetes Gesicht und eine Tätowierung am Hals. »Es ist ein Kind«, stellte er mit ungläubiger Stimme fest.

»Was soll das, zum Teufel«, sagte er andere.

»Wie heißt du?«

Logan schüttelte den Kopf und verfluchte erneut seine Unfähigkeit, sich mitzuteilen.

»Junge! Wie bist du da reingekommen?« Jetzt klang der Mann wütend.

Der andere ergriff das Wort. »Der rückt nicht mit der Sprache heraus.«

Starr vor Angst ließ Logan die Augen hin und her schießen und registrierte alles um sich herum. Seine Beine waren wie am Boden festgeklebt, und die Füße kribbelten, weil sie ihm vorhin eingeschlafen waren. Er sah jetzt, dass sie an einer Tankstelle vor einem Minimarkt hielten. Ganz in der Nähe brauste auf der

Schnellstraße ein Lkw vorbei. Die Männer wirkten eher verwundert als bedrohlich, aber Logans Herz hämmerte trotzdem wie wild. Gerade diskutierten sie, ob sie die Polizei auf ihren blinden Passagier aufmerksam machen sollten.

»Was, wenn sie den Lkw durchsuchen wollen?« Der eine Mann deutete mit dem Daumen auf Logan.

»Warum sollten sie das tun?«, fragte der Kleinere und fuhr sich mit der Hand durchs Haar. Sein Freund zuckte mit den Schultern. »Das weiß ich nicht, aber eines sage ich dir: Ich gehe nicht in den Knast, nur weil so ein Junge unbedingt mal eine Fahrt ins Blaue machen wollte.«

Einander zugewandt beratschlagten sie mit gesenkter Stimme, wie sie verfahren sollten. Logan schnappte Wörter auf wie *Entführungsanklage, Diebesgut* und *so lautet der Befehl.* Als sie sich geeinigt hatten, schaute der Größere Logan direkt in die Augen und sagte: »Hör mal, Junge. Wir rufen nicht die Polizei. Aber jetzt musst du selbst sehen, wie du nach Hause kommst.« Er deutete mit einer Kopfbewegung auf den Minimarkt. »Geh doch da rein, sie lassen dich bestimmt telefonieren.« Er zog seine Geldbörse aus der Hosentasche, fingerte darin herum und brachte einen zerknitterten Fünfdollarschein zum Vorschein, den er Logan in die Hand drückte. »Sollte jemand sich nach dir erkundigen, werden wir erklären, wir hätten dich nie gesehen. Und jetzt raus hier.«

3

Joanne stand im Schatten der Garage und schirmte die Augen mit der Hand gegen die Sonne ab. Inzwischen sah sie zwar nicht mehr so gut wie früher, konnte aber doch den Garten des Nachbarhauses im Auge behalten, wenn sie es wollte. Zumindest theoretisch waren diese Leute ihre Nachbarn und tatsächlich sogar ihre nächsten Nachbarn, da beide Häuser an einer Landstraße lagen, an der der Abstand von einem Anwohner zum nächsten oft eine Meile betrug. Und diesen Freiraum hätte sie noch immer, hätte ihr Sohn Glenn sie nicht überredet, die Hälfte ihres Landes an das Paar zu verkaufen, dessen ungewöhnliches Verhalten sie jetzt gerade beobachtete.

Glenn, der als Finanzberater arbeitete, hatte seine Argumente überzeugend vorgebracht. Schließlich nutzte sie das Land ja nicht. Vor ein paar Jahren hatte ihr eine Mobilfunkgesellschaft für dieselbe Parzelle eine halbe Million Dollar angeboten. Sie hatte jedoch abgelehnt, weil sie nicht wollte, dass dort ein Sendeturm errichtet wurde, der sie und ihren Hund Samson Gott weiß welchen Strahlen aussetzen würde. Als Glenn das Angebot gesehen und von ihrer Ablehnung erfahren hatte, hätte er fast einen Schlaganfall bekommen. »Du hast das *abgelehnt?*«, fragte er und schwenkte das Angebot in der Luft. Seit seinen Jugendjahren hatte sie ihn nicht mehr so aufgebracht erlebt.

»Denkst du etwa an dein geschmälertes Erbe?«, fragte sie nur halb im Scherz.

»Nein, ich denke an deine Altersrücklage«, hatte er ein wenig verletzt entgegnet. »Dir ist vermutlich nicht klar, welche Ausgaben gegen Ende des Lebens zusammenkommen können.« Er sagte es nicht ausdrücklich, aber gemeint waren bei diesem Gespräch die Kosten einer Unterbringung im Pflegeheim. Joanne wusste, dass sie beide daran dachten, wischte die Vorstellung aber beiseite.

In ein Pflegeheim zu gehen, kam für sie nicht infrage. Sie beabsichtigte, nach einem langen Arbeitstag im Garten mitten in einem schönen Traum in ihrem eigenen Bett zu sterben.

Nachdem Glenn es sich einmal in den Kopf gesetzt hatte, das Stück Land zu verkaufen, erinnerte er sie in seiner Hartnäckigkeit an Samson, wenn er sich in sein Stück Rohleder verbissen hatte. Schließlich hatte Joanne ihm widerstrebend recht gegeben.

Als alleinstehende Witwe brauchte sie zwar nur wenig zum Leben, aber es standen doch immer wieder Ausgaben an: Instandhaltungsarbeiten am Haus, die Grundsteuer, Strom, Heizung und Wasser sowie Autoreparaturen. Sie hatte ein wenig erspartes Geld und bekam auch eine Rente, vorläufig kam sie also gut klar. Aber eine zusätzliche Altersrücklage wäre beruhigend.

Und so hatte Joanne zugelassen, dass ihr Sohn aktiv wurde. Er ließ das Land vermessen und aufteilen und beauftragte einen Grundstücksmakler damit, einen Käufer zu finden. Sie hatten es als Baugrundstück mit Grünland und Wald angepriesen und der Anzeige Fotos der Wildblumen, der Obstbäume und des kleinen Baches hinter dem Haus beigefügt. In der Beschreibung hatte es nach einem kleinen Garten Eden geklungen. Der Bach war so seicht, dass man nur darin waten konnte, aber Glenn hatte als Kind gern darin gespielt, und jetzt tollte auch Samson dort oft herum.

Als der Grundstücksmakler ein gutes Angebot bekam, ließ sie erneut Glenn machen. Er kümmerte sich um die Übergabe, sodass sie nichts anderes zu tun hatte, als den Vertrag zu unterschreiben. »Es ist ein sehr nettes Paar«, erzählte er. »Er ist der neue Direktor an der Highschool, und sie arbeitet von zu Hause aus. Sie sind wirklich reizend. Ihr werdet euch wunderbar verstehen.«

Joanne war überzeugt, dass sie nette Menschen waren, aber sie erwartete nicht, dass sie sich der alten Dame von nebenan annehmen würden, und das taten sie auch nicht. Sie war erleichtert, als sie ihr Haus am Fuß des Hangs bauten, ziemlich nah bei der Straße und in gehöriger Entfernung zum Bach. Aus dem Wohnzimmerfenster hatte sie freie Sicht auf die Terrasse hinter dem neuen Haus. Nichts behinderte ihren Blick, da sie selbst im Vorgarten nur Rasen hatte, was sie jedoch keineswegs störte. Am liebsten war ihr seit jeher die Aussicht auf den Wald hinter ihrem Haus. Die neuen Nachbarn hatten nur ein einziges Mal vorbeigeschaut, um sich vorzustellen, und danach Abstand gewahrt. Beide Seiten waren anscheinend damit zufrieden, sich freundlich zuzuwinken, wenn sie sich gelegentlich im Vorbeifahren auf der Straße begegneten.

Als Glenn das Geld auf einem Zusatzkonto bei Joannes Bank angelegt hatte, kehrte er nach Seattle zu seiner Frau und seinen beiden Töchtern zurück. »Jetzt kannst du uns öfter mal besuchen kommen«, sagte er und drückte ihr ein Küsschen auf die Wange. »Wir machen uns Sorgen um dich, Mom.«

»Dafür gibt es nicht den geringsten Grund«, antwortete sie. »Mir geht es blendend. Ich habe zu tun und bin zufrieden.« Sie bat ihn, Belinda und die Mädchen von ihr zu grüßen, und winkte ihm nach, als er im Leihwagen saß, mit dem er zum Flughafen zurückfahren würde.

Während des damaligen Besuchs lud er sie auch ein, bei ihnen einzuziehen. Sein neues Haus habe einen kleinen Anbau mit einem Schlafzimmer und einem eigenen Bad, erklärte er. »Und es gibt auch noch Platz für eine kleine Sitzecke. Wir würden uns riesig freuen, wenn du zu uns ziehen würdest.« Glenn war voller Begeisterung. »Hinten geht eine Tür in den Garten hinaus. Das wäre genau richtig für diesen Kerl hier.« Er deutete auf Samson, der mit der Pfote über der Nase zu ihren Füßen lag und döste. Die alte Schlafmütze.

»Ich glaube, so was wird auch Schwiegermuttersuite genannt«, griff sie Glenns Worte auf. »Aber Belinda hat Glück. Ich werde dort nicht einziehen. Ich gehe hier nicht weg.«

»Es war Belindas Idee«, wandte er ein.

Joanne glaubte es ihm. Belinda war wirklich ein Schatz. Glenn hatte in dieser Beziehung riesiges Glück gehabt.

»Ich hatte immer ein blödes Gefühl, weil ich nach dem College von hier weggezogen bin und dich zurückgelassen habe«, fuhr Glenn bei dem damaligen Gespräch fort. »Gerade auch nach Dads Tod.«

»Ich weiß.« Mehr antwortete Joanne nicht.

Sie hatte es immer gewusst. Vielleicht wäre es einfacher gewesen, wenn John und sie mehr als ein Kind gehabt hätten, aber sie bekamen eben nur eines, und damals musste man sich mit so etwas abfinden.

»Aber wärest du hiergeblieben, hättest du es beruflich und auch sonst niemals so weit gebracht. Es hätte dich zurückgehalten. Das verstehe ich sehr gut, und du hast es richtig gemacht.« Damals nickte Glenn dankbar, und seine Schuldgefühle legten sich.

Ihr war klar, dass die Familie ihres Sohns Besuche in Wisconsin als langweilig empfand, und auch das verstand sie.

Als die Mädchen noch klein waren, war das anders gewesen. Da hatte es ihnen gereicht, ihr beim Muffin-Backen zu helfen, mit Samson herumzutollen und hinten im Baumhaus – früher das ihres Vaters, aber noch immer nicht baufällig – Kaffeeklatsch mit Kindertee zu spielen.

Doch als sie zu Teenagern heranwuchsen, änderte sich das, und es wurde schwieriger, sie bei Laune zu halten. Sie fanden es schrecklich, ihre Freundinnen auch nur für eine Woche hinter sich zurückzulassen. Ihr Leben und alles, was ihnen wichtig war, spielte sich an der Pazifikküste im Nordwesten ab. Außerdem war der Handyempfang in Joannes Gegend unzuverlässig, was bei ihren Enkeltöchtern lächerlicherweise fast einen Nervenzusammenbruch auslöste. Dass Joanne kein Kabelfernsehen hatte, machte die Sache auch nicht besser. Als die Kinder ein gewisses Alter erreicht hatten, kam die Familie ihres Sohns zu dem Schluss, dass Wisconsin ihnen nicht viel zu bieten hatte.

Sie hatte ihren Sohn und seine Lieben mehrmals in Seattle besucht und mochte die Gegend sehr. Die Landschaft war eindrucksvoll. Berge! Das Meer! Wanderwege! Es war ein Paradies für die Sinne, und die Leute, die mit ihren Rucksäcken unterwegs waren, wirkten so lebendig. Tätowierungen, Dreadlocks und Piercings waren so verbreitet, dass sie ihr nach dem ersten Tag kaum mehr auffielen. Nach ihrer Heimkehr entging ihr nicht, dass die Leute, denen sie im Supermarkt begegnete, hier wesentlich gelangweilter und weniger fit wirkten als jene, die sie im Nordwesten getroffen hatte.

Im Verlauf der Jahre hatten Glenn und seine Familie sie immer seltener besucht, aber sie selbst war zu ihnen gereist, und sie telefonierten regelmäßig. Auch Belinda mailte ihr häufig Fotos der Familie. Hin und wieder dachte Joanne tatsächlich über Glenns Angebot nach. Normalerweise nach einer Beerdigung. In ihrem Alter waren die Beerdigungen von gleichaltrigen Verwandten, Freunden und Bekannten ebenso häufig wie früher, als sie jung war, die Hochzeiten. Einer nach dem anderen gingen die Vertrauten und hinterließen eine Lücke. Ihr Mann John hatte den Reigen eröffnet, als er vor zwanzig Jahren mit dreiundsechzig gestorben war (so jung noch!), und danach waren ihre Geschwister nacheinander von der Welt verschwunden, ebenso wie ihre Freunde. Es kam ihr so vor, als müsste sie sich nur einmal kurz umdrehen, und schon erhielte sie eine weitere schlechte Nachricht. Manchmal dachte sie bei sich: *Da war es nur noch eins.* Wider alle Logik kam es ihr oft so vor, als würde sie im Stich gelassen. Aber sterben wollte sie natürlich auch nicht.

Ihr kam der Gedanke, dass es eine gute Strategie wäre, jüngere Freunde zu gewinnen. Doch das war leichter gesagt als getan.

Aber sie hatte keinen Grund zur Klage. Jeder ihrer Tage war ausgefüllt. Bei schönem Wetter verbrachte sie so viel Zeit wie möglich draußen, kümmerte sich um den Garten oder hängte Wäsche auf. Nichts roch frischer als in der Sonne getrocknete Wäsche. An Sonntagen ging sie in die Kirche und hinterher zum Bingo. Wenn die Tomaten und Paprika reif wurden, brachte sie sie körbeweise zur lokalen Tafel, damit die Ärmeren auch etwas davon hatten. Im Winter las sie, strickte, backte und schaute ihre Lieblingssendungen. Bis vor Kurzem hatte sie den Schnee von ihrer langen Zufahrt eigenhändig weggeschaufelt, aber seit zwei Jahren hatte sie einen Vertrag mit einem Schneeräumdienst. Manchmal war der Mann fertig, bevor sie auch nur ihren Morgenkaffee getrunken hatte. Sie war froh, die Arbeit los zu sein, aber hin und wieder kam es ihr auch ein bisschen zu einfach vor. Eine unmögliche Aufgabe vor sich zu haben, sie in kleine Abschnitte zu zerteilen und dann tatsächlich zu bewältigen, hatte etwas ungeheuer Befriedigendes.

Und natürlich war da Samson, der Pitbullmischling, der sie seit acht Jahren ständig begleitete. Er liebte sie so sehr, dass er unruhig wurde, wenn sie einmal länger als zwei oder drei Stunden weg war. Sie ihrerseits liebte ihn so sehr, dass sie ihm etwas vorsang und ihm Kosenamen gab. Dabei hatte sie so etwas noch nie für ein Tier oder auch einen Menschen getan, nicht einmal für ihren Sohn und ihren Mann. Es war geradezu peinlich, wie sehr sie diesen Hund liebte. Kein Tag verging ohne einen Spaziergang mit Samson, denn der war für sie so selbstverständlich geworden wie Zähneputzen. Und dann war da noch sein roter Ball, sein Lieblingsspielzeug. Wenn er ihr den roten Ball zu Füßen legte und sie flehend ansah, schmolz sie dahin. Man müsste auch ganz schön kaltherzig sein, um in so einer Situation nicht alles liegen und stehen zu lassen und für eine Apportierrunde nach draußen zu gehen. Manchmal erfüllte der Anblick des durch die Luft fliegenden Balles und des danach springenden Samson sie mit einer solchen Freude, dass sie meinte, platzen zu können. Die einfachsten Vergnügungen waren oft die besten.

Im Allgemeinen kümmerte sie sich nicht viel um die Nachbarn, aber heute verhielten sie sich ungewöhnlich. Sie bauten irgendetwas hinter dem Haus auf. Der größte Teil von Joannes Land war mit Bäumen bewachsen, sodass sie dies als ihren Wald betrachtete, aber als dieses Paar sein Haus baute, ließen sie nicht nur auf dem Bauplatz selbst die Bäume fällen, sondern schufen auch hinter dem Haus einen großen Garten mit einer Terrasse und einer Rasenfläche. Da Joannes Haus ein Stück zurückgesetzt und den Hang hinauf lag, hatte sie einen guten Einblick in dieses Gartenstück.

Joanne beobachtete jetzt, wie die beiden hin und her eilten, als wären sie Ameisen, die eilig Vorräte zum Nest schleppten. Sie spähte hinüber, konnte sich aber keinen Reim auf das machen, was die beiden taten, und wünschte sich, sie hätte ein Fernglas.

Der Mann trug riesige Metallteile am Haus vorbei nach hinten, und die Frau gab Anweisungen und zeigte, wo er die Teile hinlegen sollte. Das Metall blitzte kurz blendend hell auf, als der Mann es auf dem Boden deponierte. Was um alles in der Welt machten die beiden?

Joanne versuchte angestrengt, sich ihre Namen in Erinnerung zu rufen. Paul und Laura. Bei den Vornamen war sie sich sicher, aber beim Nachnamen weniger. Vielleicht Sutton. Er stand auf ihrem Briefkasten, aber leider in schwarzen Lettern, die wenig Kontrast zum Metall boten. Wenn sie nächstes Mal daran vorbeifuhr, würde sie noch einmal genau hinschauen. Auch wenn sie sich ziemlich sicher war, dass sie Sutton hießen.

Die Frau, Laura, trat einen Schritt zurück, die Arme in die Hüften gestemmt, und musterte das bisherige Werk. Ihr Mann und sie wechselten ein paar Worte, die Joanne natürlich aus der Entfernung nicht hörte. Dann zerrte sie eine große Metallplatte einen Meter weiter. Schließlich zog ihr Mann etwas aus der Hosentasche, vielleicht ein Handy, und beide starrten auf das Display.

Joanne fragte sich, ob sie eine Kletterwand oder irgendein anderes Spielgerät aufbauten. Hatten sie Kinder? Es war etwa ein Jahr her, seit sie das Grundstück gekauft hatten und Joannes Zufahrt hinaufgekommen waren, um sich vorzustellen. Die Fertigstellung des Hauses lag weniger lang zurück. Seitdem waren erst einige wenige Monate vergangen.

Joanne konnte sich nicht erinnern, sie mit einem Baby oder einem Kind gesehen zu haben, aber vielleicht hatte ja einer von ihnen ein Kind aus einer früheren Ehe? So etwas kam häufig vor. Die Familien waren heutzutage anders als zu ihrer Zeit. Einmal hatte der Besitzer der örtlichen Tankstelle bemerkt, wie sie einige Fotos betrachtete, die hinter ihm an die Wand geheftet waren. »Ihre Familie?«, fragte Joanne. Der Mann nickte.

»Sollten Sie sich wundern, warum wir alle so unterschiedlich aussehen, dann liegt das daran, dass die meisten von uns durch Liebe verbunden sind und nicht durchs Blut.«

Joanne gefiel dieser Ausdruck sehr: »Durch Liebe verbunden.« Sie antwortete: »Sie sehen gut aus so zusammen.«

Vielleicht erwarteten die Nachbarn den Besuch einer Nichte oder eines Neffen. Allerdings erschien es ihr unwahrscheinlich, dass jemand für einen vorübergehenden Besuch einen solchen Aufwand betreiben würde. Nun, bald würde sie mehr wissen. Falls es ein Kind war, würde es hoffentlich nicht herüberstromern und den Hund necken. Bei dem Gedanken, jemand könnte gemein zu Samson sein, wurde ihr elend zumute, doch sie schob ihn beiseite. Ihr Mann hatte früher oft gesagt, sie neige dazu, sich über ungelegte Eier aufzuregen, und diese Eigenschaft fiel ihr mit dem Älterwerden zunehmend an sich auf. Mehr freie Zeit zu haben, hieß eben auch, mehr Zeit zu haben, um sich Sorgen zu machen.

Die Frau schleppte gerade eines der Teile vom Rest weg und beugte sich darüber, um es genauer in Augenschein zu nehmen. Die Metallteile waren, wie Joanne jetzt sah, für ein Spielgerät absolut ungeeignet. Sie waren von unterschiedlicher, aber zum Klettern ungeeigneter Breite und sahen aus, als bestünden sie aus gebürstetem Edelstahl. Fast empfand sie sie als hübsch. Um besser sehen zu können, trat Joanne aus dem Schatten der Garage heraus einen Schritt vor und reckte den Hals. Jetzt hatte sie wirklich keine Ahnung mehr, worum es sich bei dem Ding handelte. Um einen Sonnenschutz? Einen Grill? Bauten die Nachbarn eine Pergola oder einen Pavillon zusammen? Doch diese Teile wirkten für nichts dergleichen geeignet. Wo sie nun alle beieinanderlagen, sah es so aus, als errichtete das Paar ein Riesengyroskop. Eine lächerliche Idee, aber etwas an den Metallstücken erinnerte wirklich daran.

Sie legte Finger und Daumen beider Hände so zusammen, dass zwischen ihnen ein Löchlein entstand, ein improvisiertes Fernrohr, durch das sie hindurchspähte. Nun sah sie zwar ein bisschen besser, bekam aber immer noch nicht heraus, was da zusammengebaut wurde. Gerade wollte sie sich abwenden und ins Haus gehen, da blickte die Nachbarin auf und erwischte sie beim Spähen. Sofort hob Laura den Arm und winkte freundlich. Aufgeflogen.

Joanne war peinlich berührt, doch ihr blieb nichts anderes übrig, als zurückzuwinken, bevor sie sich verlegen in den sicheren Schatten der Garage zurückzog. Die Nachbarn würden noch auf die Idee kommen, sie sei eine zudringliche alte Dame, wo doch nichts weiter von der Wahrheit entfernt sein könnte. Joanne war zwar neugierig, neigte aber überhaupt nicht dazu, ihre Nase in fremde Angelegenheiten zu stecken. Nächstes Mal würde sie besser achtgeben, nicht gesehen zu werden.

4

Logan rannte los, nicht zum Tankstellenshop, sondern die Straße entlang und weg von den beiden Männern. Offensichtlich wollten sie ihm nichts Böses, doch das spielte keine Rolle. Sie machten ihm noch die geringste Angst, denn mit Schrecken wurde ihm klar, dass er so weit weg von zu Hause und ohne jede Möglichkeit, sich mitzuteilen, in einer schlimmen Lage steckte. Sein Magen krampfte sich vor Verzweiflung zusammen, so deutlich spürte er, dass er am Ende war. Es gab keinen Ausweg. Falls es ihm tatsächlich gelänge, den Heimweg zu finden, wäre sein Vater mehr als nur außer sich vor Wut. Es würde in keinem Fall gut ausgehen. Aber wenn er nicht nach Hause zurückkehrte, in die Wohnung, in der er mit Tia, ihrer Mutter und seinem Vater lebte, was würde dann aus ihm werden? Wie sollte er sich am Leben erhalten?

Als er völlig außer Atem war, ging er langsamer weiter und blieb schließlich vornübergebeugt stehen, keuchend wie ein Hund. Erst jetzt fiel ihm auf, dass er den Fünfdollarschein in der einen Hand hielt und die Dose Orangenlimonade in der anderen. Die Limonade beunruhigte ihn besonders, weil er sie gestohlen hatte. Auch die Cola, die er hinten im Lastwagen getrunken hatte, war nicht seine eigene gewesen. Das machte schon zwei Dinge, die er entwendet hatte. Sonst nahm er niemals etwas bewusst an sich, das nicht ihm gehörte, das war also vollkommen untypisch für ihn. Logan tröstete sich jedoch mit dem Gedanken, dass die beiden Männer ja die Dose in seiner Hand gesehen haben mussten und nicht eingeschritten waren. Zudem hatte er das Gefühl, dass zwei Dosen Limonade in Anbetracht der umwälzenden Ereignisse, die er durchlebt hatte, eher eine Kleinigkeit waren.

Eine Rückgabe war jedenfalls nicht möglich.

Die Straße, auf der er ging, war ein von hohem Gras gesäumter, zweispuriger Highway. Zu beiden Seiten durchzogen Baumgruppen und kleine Wäldchen die Landschaft, meistens Nadelbäume. Häuser und Firmengebäude entdeckte er keine, geschweige denn eine Polizei- oder Feuerwache. Wie sollte ein Junge ohne Stimme an einem solchen Ort um Hilfe bitten?

Er war sich auch gar nicht sicher, ob er Hilfe wollte.

Sein Kopf schwirrte von Gedanken, und er versuchte, einen Plan zu fassen. Das Motto hieß, eins nach dem anderen. Erst einmal würde er sich um das Notwendigste kümmern. Er steckte das Geld in die Hosentasche und trat dann hinter ein paar Bäume, wo er die Limonadendose auf dem Boden abstellte. Dann öffnete er den Hosenschlitz und erleichterte sich erst einmal. Wie wunderbar, den Druck auf der Blase schwinden zu fühlen. Das hatte er immerhin nun erledigt.

Er nahm die Dose wieder an sich, und als er das Wäldchen verließ, schaute er sich nach der Tankstelle um. Der Lastwagen, in dem er sich versteckt hatte, war verschwunden. Er stand nicht mehr an der Zapfsäule und war auch sonst nirgends zu sehen. Logan hätte also ungefährdet zurückkehren können. Er nahm das Geld aus der Hosentasche und überlegte kurz, wie viel Essen er sich dafür würde kaufen können. Fünf Dollar würden reichen, um einem hungrigen Jungen den Magen zu füllen.

Er ging langsam zurück und lauschte dabei auf das klatschende Geräusch, das er beim Auftreten mit dem Fuß machte, dessen Schuhsohle mit Klebeband befestigt war. Die Schuhe drückten ihn an beiden großen Zehen, doch als Tias Mutter seinen Vater auf die wunden Stellen an Logans Füßen hingewiesen hatte, war der in Wut geraten. »Was zum Teufel soll ich dagegen machen!«, hatte er zornig gebrüllt. »Die verdammten Schuhe hab ich ihm gerade neu gekauft. Das verdammte Balg bringt mich noch ins Armenhaus.« Damals war Tias Mutter mit gebeugten Schultern ins andere Zimmer gegangen, von wo Logan ein unterdrücktes Schluchzen hörte. Er hätte ihr gern gesagt, dass sie sich keine Sorgen machen solle, sie könne schließlich nichts für den Jähzornanfall.

Sie hatte noch nicht richtig begriffen, wie sein Vater tickte. Das musste sie erst noch lernen.

Als Logan sich der Einfahrt des Minimarkts näherte, versteckte er die ungeöffnete Dose in einem Gebüsch am Maschendrahtzaun des Parkplatzes.

Vor dem Gebäude stand ein Picknicktisch, wie man ihn oft in Parks findet. Niemand saß daran. Er betrat das Geschäft hinter einer Frau, die ein Sommerkleid und Zehensandalen trug. Auf ihrer Hüfte saß ein Mädchen mit lockigem Haar. Die Frau hielt ihm die Tür auf, und er bedankte sich mit einem schüchternen Lächeln.

Drinnen war ein Festmahl aufgebaut, wie er es nur ein einziges Mal schöner gesehen hatte, nämlich in einem Old Country Buffet, in das ihn Grandma Nan einmal eingeladen hatte. Beim Anblick der Auslage in der Mitte des Minimarkts lief ihm das Wasser im Mund zusammen. Heiße Würstchen drehten sich in einem zylindrischen Hotdogwärmer. Daneben lagen Brötchen, und es standen Gefäße mit Würzsaucen und rot karierten Pappschälchen für die Kunden bereit, die sich selbst bedienen sollten. In Folie verpackte Sandwiches lockten in einer

Kühlvitrine, außerdem gab es einen großen Getränkespender für Limonaden und Slush-Eis. Hinter einem Gefrierschrank mit Glastür warteten Eis am Stiel und diverse Eiscremesorten. Tüten mit Knabbereien lagen neben Behältern mit einzeln verpackten Keksen und Cupcakes. Am Rand des Buffets befanden sich Serviettenspender, Pappteller sowie Plastikbesteck. Zwei ältere Männer stellten sich gerade eine Mahlzeit zusammen und beluden ihren Teller mit Hotdogs, einer Würzsauce und Senf. Der eine entfernte sich von der Wärmetheke und hielt seinen Becher unter einen Eisspender, der die Würfel mit einem lauten Klackern ausspuckte.

Die Frau, die vor Logan eingetreten war, ging an ihm vorbei, und das kleine Mädchen reckte sich vom Arm ihrer Mutter herab nach den Keksen. »Wir nehmen uns was, wenn du Pipi gemacht hast«, sagte ihre Mutter, setzte sie mit einem Ruck wieder aufrecht und ging mit ihr zur Toilette.

Logan betrachtete alles und rechnete aus, wie er am meisten für sein Geld bekäme, wenn er das Angebotene auf die eine oder auf die andere Weise kombinierte. Schließlich entschied er sich für ein in Folie verpacktes Käse-Schinken-Sandwich sowie eine kleine Tüte Chips und ging damit zur Theke.

Ein älterer Herr, der hinter der Theke saß, schaute auf einem kleinen Bildschirm fern. Seine jüngere Ausgabe – ein Mann, der Logans früherem Sportlehrer Mr Patel ähnelte – stand an der Ladenkasse. Er nickte, als Logan das Essen auf den Tresen legte. Logan hatte befürchtet, dass jemand ihn nach seinen Eltern fragen würde, aber keinem der beiden Männer schien aufzufallen, dass er allein da war. Um sich von seiner Unruhe abzulenken, betrachtete Logan beim Warten auf den Kassiervorgang die Familienfotos, die hinter ihm an der Wand klebten. Auf dem einen Bild, das ihm besonders ins Auge fiel, stand eine große Gruppe in einer parkähnlichen Landschaft. In der Mitte befand sich ein älteres Paar, umgeben von einer Reihe weiterer

Erwachsener. Dazwischen trieb sich mindestens ein Dutzend Kinder herum, darunter auch ein Baby, das jemand auf dem Arm hielt. Die Leute auf dem Foto wirkten aufgrund einer großen Bandbreite von Hauttönungen und Körperbautypen sehr unterschiedlich, doch was Logan am meisten beeindruckte, war der Ausdruck in ihren Gesichtern. Jeder Einzelne von ihnen lächelte, als freuten sie sich alle riesig, beieinander zu sein. Ein Mann strahlte mit geneigtem Kopf den kleinen Jungen neben sich an. Vielleicht ein Vater mit seinem Sohn? Die beiden sahen so aus, als wollten sie nirgends auf der Welt lieber sein als da, wo sie gerade waren. Dies war unübersehbar eine Familie, deren Mitglieder einander liebten. Wenn es so etwas doch auch für ihn gäbe.

»Das macht vier Dollar und zwei Cent«, unterbrach der Mann seine Gedanken.

Logan schob mit dem Finger seinen Fünfdollarschein über die Theke.

»Hast du zufällig noch zwei Cent?«

Er schüttelte den Kopf.

»Schon gut. Die übernehme ich.« Mr Patels Ebenbild suchte zwei Centstücke aus der kleinen Keramikschale auf dem Tresen, legte sie in die Kasse und gab ihm einen Dollar. »Einen schönen Tag noch, junger Mann.«

Logan hatte gehofft, dass der Mann seine Einkäufe in eine Tüte stecken würde, doch das war nicht geschehen, und da Logan nicht darum bitten konnte, nahm er seine beiden Sachen und verließ den Laden. Draußen blieb er stehen und lauschte auf das Rauschen der auf dem Highway vorbeifahrenden Autos. Neben der Tür hing ein Zeitungskasten, an dem »Zum Mitnehmen« stand. Ein Blick durch die Glasscheibe zeigte ihm eine Broschüre mit dem Titel: *Ferienwohnungen in Wisconsin zu verkaufen.* Jetzt wusste er also, wo er sich befand! Der Umzugswagen war von Chicago aus nordwärts gefahren und hatte ihn mitten in Wisconsin abgesetzt. Dieser Gedanke munterte ihn auf. Alles, was er über Wisconsin wusste, war, dass man dort Käse herstellte und dass es eine Footballmannschaft namens Green Bay Packers sowie ein Erlebnisbad namens Noah's Ark gab. Sein Vater hatte mehrmals angekündigt, einmal mit ihm dorthin zu fahren, es aber nie getan. Das war einer der Unterschiede zwischen seinem Dad und Grandma Nan. Sie hielt immer Wort. Er so gut wie nie.

Logan hatte noch nie etwas Schlechtes über Wisconsin gehört. Die Leute machten dort Urlaub, oder zumindest hatte es für ihn immer so geklungen.

Logan holte die Orangenlimonade aus ihrem Versteck und setzte sich an den Picknicktisch. Er bemühte sich, Sandwich und Chips langsam zu essen, und trank nach jedem dritten Bissen einen Schluck aus der Dose. »Die Vorräte strecken.« Das sagte sein Vater immer, wenn das Geld knapp und nur noch wenig zu essen im Haus war. Letzthin war es beinahe immer so. Seit dem Tod von Logans Mutter waren sie ständig umgezogen. Ein paarmal verschwanden sie mitten in der Nacht und ließen die Möbel zurück. Sie zogen aus einer Wohnung in die nächste. Manchmal nur sein Vater und er, aber meistens waren noch andere Leute dabei, so wie Tia und ihre Mutter. Manche Dinge änderten sich jedoch nie, und er wusste inzwischen, was er tun musste: sich unauffällig verhalten, nicht zu viel essen und keinen Ärger machen. Wenn er sich daran hielt, kam er meistens ohne schlimmere Bestrafungen davon.

Allerdings wurde es letzthin immer schwieriger, einen Tag zu überstehen, ohne den Zorn seines Vaters zu reizen. Seit einiger Zeit trank er mehr – wegen seiner Rückenschmerzen, behauptete er. »Der verdammte Autounfall hat mich kaputtgemacht«, sagte er zwischen zwei Schlucken. Wenn er trank, wurde er gemein. Ursache und Wirkung waren so unmittelbar gekoppelt, wie wenn man einen Lichtschalter umlegt. Er war nie ein herzlicher, liebevoller Vater gewesen, aber mit dem Trinken und der Boshaftigkeit war es im Laufe der Zeit schlimmer geworden. In ihrer vorvorletzten Wohnung hatten sie über einer großen kubanischen Familie gelebt, und Logan war verwirrt gewesen, wie liebevoll der Familienvater mit seinen Kindern umging. Sie rannten ihm zur Begrüßung entgegen, wenn er von der Arbeit nach Hause kam, und er nahm die kleineren auf den Arm und küsste und umarmte sie ohne jede Verlegenheit. Einer der Jungen war sogar älter gewesen als Logan und hatte seinen Vater bedenkenlos umarmt. »Papi«, rief er dann immer voll unbändiger Freude. Logan hatte sich gefragt, wie so etwas wohl mit seinem eigenen Vater wäre. Es war eine genauso abwegige Idee, wie Baumrinde zu essen.

Als Logan mit dem Sandwich und den Chips fertig war, knüllte er die Verpackung zusammen und warf sie in den Abfalleimer. Die Dose, in der noch ein paar Schlucke Limonade schwappten, bewahrte er auf. Dass es ihm gelungen war, das Essen zu kaufen und es draußen zu verzehren, ohne jemandem aufzufallen, gab seinem Selbstvertrauen einen Schub, und er traf eine Entscheidung. Er würde nicht nach Hause zurückkehren, zumindest nicht freiwillig. Sein Vater, Tias Mutter und Tia – keiner von ihnen würde ihn vermissen, und er die drei seinerseits ebenso wenig. Oder zumindest würde er das Leben nicht vermissen, das er bei ihnen geführt hatte.

Und außerdem wusste er, was ihn dafür erwartete, dass er unerlaubt die Wohnung verlassen hatte. Er hatte ja gehört, wie wütend sein Vater ihm auf der Straße nachgebrüllt hatte, und wusste, dass ihn daheim keine Vergebung erwartete. Vielmehr würde der Vater ihn zur Strafe verprügeln oder hungern lassen. Oder vielleicht noch Schlimmeres. Da irrte Logan lieber allein durch Wisconsin.

Ein Plan formte sich in seinem Kopf, und diesmal war er langfristiger angelegt. Er würde sich so lang wie möglich versteckt halten. Mehrere Tage waren in jedem Fall drin. Er hatte schon früher so lange ohne Nahrung durchgehalten. Sollte er auf ein Haus stoßen, gäbe es vielleicht im Garten einen Wasseranschluss und er könnte seine Dose auffüllen. Außerdem hatte er noch einen Dollar.

Sein Vater würde ihn garantiert nicht als vermisst melden. Von ihrem vorherigen Wohnort gab es noch einen Haftbefehl gegen ihn, und er würde nicht zur Polizei gehen. Er war für ein Vergehen namens Drogenbesitz und Alkohol am Steuer verhaftet worden, und ein anderes Mal wegen Belästigung einer Nachbarin. Er hatte sich bei jedem, der zum Zuhören bereit war, beklagt, dass ihm Unrecht widerfahre, aber statt sich der Gerichtsverhandlung zu stellen, war er lieber ein weiteres Mal umgezogen und hatte sich einen Job besorgt, bei dem er bar auf die Hand bezahlt wurde. Damals waren dann auch Tia und ihre Mom aufgetaucht. Wieder eine neue Wohnung mit neuen Menschen, an die Logan sich gewöhnen musste.

Wegen der Vorgeschichte seines Vaters mit der Polizei konnte Logan ziemlich sicher davon ausgehen, dass keiner nach ihm suchte. Er musste sich einfach nur ein paar Tage still verhalten, oder ein paar Wochen, wenn er es schaffte. Sollte man ihn am Wickel kriegen, würde er der Polizei einen falschen Namen und einen falschen Wohnort angeben. Oder vielleicht würde er auch Gedächtnisverlust vortäuschen. Er hatte einmal einen Film gesehen, in dem das passiert war. Der Mann trug keine Brieftasche bei sich, als er bewusstlos aufgefunden wurde, und als er aufwachte, fehlte ihm jede Erinnerung daran, wer er war. Er wusste weder etwas über sich selbst noch über das Leben, das er geführt hatte, oder den Ort, von dem er kam. Falls Logan später auf Gedächtnisverlust machte, sollte er vielleicht so tun, als hätte er wirklich alles vergessen und erinnerte sich an gar nichts mehr. Oder wäre es besser, einfach nur seinen Namen nicht zu kennen und einen anderen zu nennen? Er würde darüber nachdenken und eine Entscheidung treffen müssen.

Er wusste, was passieren würde, sollte die Polizei ihn auflesen. Man würde ihn der Jugendfürsorge übergeben, und von dort aus würde man ihm eine neue Familie suchen. Eine Pflegefamilie. Sein Vater hatte ihm oft damit gedroht, aber in letzter Zeit hatte ihn das nicht mehr sonderlich geängstigt.

Vielleicht gäbe es in der Pflegefamilie ja eine ältere Dame, die wie eine Oma für ihn sein könnte. Logan dachte an seine Grandma Nan. Sie war wundervoll gewesen. Was er auch machte, sie war stolz auf ihn. Wütend wurde sie nie. In ihrer Nähe hatte er sich so wohlgefühlt.

Niemand könnte sie ersetzen, aber vielleicht könnte er so etwas noch einmal empfinden. Das wäre einfach wundervoll.

Was für eine Erleichterung es doch wäre, von vorn anzufangen. Er müsste sich dann an eine neue Wohnung und neue Menschen gewöhnen, aber das hatte er schon so oft gemacht. Der Gedanke, von vorn zu beginnen, war längst nicht so erschreckend wie der, zu seinem tobenden Vater zurückzukehren.

5

Laura Sutton stand an der Spüle und wusch das Geschirr ab. Draußen waren die Teile ihres Mobiles inzwischen in der richtigen Ordnung ausgelegt. Das Glitzern der Sonne auf dem Metall verlieh ihnen eine besondere Art von Schönheit. Aber nach der Montage sollte es noch viel großartiger wirken. Es würde hoffentlich spektakulär werden.

Paul trat hinter sie und legte ihr die Arme um die Taille. Er war so viel größer und massiger als sie, dass es fast schon etwas Komisches hatte. Sie musste sich Mühe geben, um nicht abzunehmen, während er mit dem entgegengesetzten Problem kämpfte. Wie der spannenlange Hansel und die nudeldicke Dirn, nur anders herum. »Ich gebe dir gern ein paar Pfund ab«, hatte er schon oft zu ihr gesagt. »Das Angebot steht.«

In Pauls Armen zu liegen, fühlte sich an, als wäre sie von allen Seiten von Liebe umfangen. Könnten seine Schüler ihren Direktor auf diese Weise erleben, wären sie überrascht von seiner weichen Seite. »Bist du glücklich?«, fragte er. »Das solltest du nämlich sein. Du hast lange auf das hier hingearbeitet.«

Sie zuckte mit den Schultern. »Ich bin erst glücklich, wenn es installiert ist und alles so funktioniert, wie es soll.«

»Es wird wie am Schnürchen laufen.« Er klang zuversichtlich. »Beim Modell hat alles perfekt geklappt, und die computergenerierte Version hat ebenfalls hundertprozentig gestimmt. Deine sämtlichen Berechnungen sind exakt. Was könnte da noch schieflaufen?«

Laura wusste, dass er theoretisch recht hatte. Sie hatte bereits eine Miniatur des Mobiles angefertigt, die sich vollendet bewegte. Aber bei Größenänderungen entstanden neue Variablen, von den Problemen bei der Montage ganz zu schweigen. Ob es wirklich geklappt hatte, wusste man erst, wenn ein Projekt fertig war. Alles musste ordnungsgemäß abgesichert und in perfektem Gleichgewicht sein, was bei kleinen Mobiles einfacher war als bei einer Version im großen Maßstab. Dies hier war ihr erster großer Auftrag, und das Krankenhaus würde fünfzehntausend Dollar für das Kunstwerk bezahlen. Bisher ihr größtes Projekt. Es gab so viel, woran man denken musste. Zuallererst kam das Wichtigste, die Sicherheit. Um diese zu garantieren, würden krankenhauseigene Handwerker bei der Installation des Mobiles im überdachten Innenhof helfen. Das Mobile würde auf einer kleinen Grünfläche stehen, über sich einen Kranz von Oberlichtern. Zu dieser Grünfläche wäre nur dem Wartungspersonal der Zutritt gestattet, was hieß, dass selbst ein herabfallendes Teil kaum Schaden anrichten und praktisch niemanden treffen könnte. Doch allein schon der Gedanke war ihr entsetzlich, und so würde sie größte Sorgfalt walten lassen, damit das ausgeschlossen war. Sie hatte nicht die Absicht, eine Künstlerin zu werden, deren Objekte lebensgefährlich waren.

Als man Paul die Stelle in dieser Stadt angeboten hatte, die sie im Scherz einen Ort am Ende der Welt nannten, hatte sie sich gefreut, ihren verhassten Job in einer Personalabteilung loszuwerden, und war gleichzeitig begeistert gewesen, von nun an alle Zeit ihrer künstlerischen Arbeit widmen zu können. Aber es war nicht ganz so gelaufen, wie sie es sich vorgestellt hatte. Der

Hausbau war ein aufregendes Projekt gewesen, das gleichzeitig zu lang gedauert hatte und zu schnell vorüber gewesen war. Sie hatte mit Begeisterung an der Planung mitgewirkt und ein Studio für sich selbst entworfen, einen Ort, der dazu geeignet war, die Arbeit dort liegen lassen zu können, wenn ihr Tagwerk beendet war. Wenn Chaos entstand, war es ihr eigenes, und es gehörte mit zum kreativen Prozess.

Ursprünglich hatten sie vorgehabt, das Haus auf der Kuppe des kleinen Berges zu errichten, weiter von der Straße entfernt, doch als Paul und sie selbst das Grundstück abgegangen waren, um den eigentlichen Bauplatz festzulegen, war ihr die alte Dame aufgefallen, ihre Nachbarin, die sie mit vor der Brust verschränkten Armen und finsterer Miene beobachtete. Laura hatte gewinkt, und die alte Dame (deren Name Joanne war, wie Laura später erfuhr) hatte zurückgewinkt. Durchaus freundlich, doch Laura hatte die Botschaft verstanden. Der Gedanke, sie beide könnten so nah bei ihrem eigenen Haus bauen, gefiel Joanne ganz und gar nicht.

Weiter hangabwärts gab es näher bei der Straße noch eine weitere ebene Stelle, und für diesen Platz entschieden sie sich letztlich. Er hatte auch seine Vorteile. Im Winter war die kürzere Zufahrt leichter zu räumen, und außerdem war der Weg zum Briefkasten nicht so weit. Manchmal kam ihr allerdings immer noch der Gedanke, wie schön es wäre, beim Blick aus dem Fenster die Aussicht von oben zu genießen.

Paul unterbrach ihr Sinnieren. »Laura, es ist großartig. Alles wird bestens klappen.«

Nach zwölf Ehejahren und allem, was sie gemeinsam durchgemacht hatten, wusste er, dass er die Aufgabe hatte, sie zu beruhigen. Von ihnen beiden war er der Positivere, der Pragmatiker, der die Dinge so nahm, wie sie kamen. Sie hatten so spät im Leben geheiratet, dass eine Schwangerschaft nicht mehr selbstverständlich gewesen war, und das war ihr auch schon damals bewusst gewesen, doch sie hätte sich nie träumen lassen, dass ein eigenes Kind ins Reich des Unmöglichen gehörte. »Endometriose«, hatte die Diagnose des Arztes gelautet, als sie sich hatte untersuchen lassen. »Viel schlimmer habe ich es noch nicht gesehen.« Nach dem Befund war er überrascht, dass ihr einziges Symptom in einer schmerzhaften Periode bestand. Durch den Eingriff im Rahmen einer Bauchspiegelung war das besser geworden, aber obwohl sie alle medizinischen Möglichkeiten ausgeschöpft hatten, war sie niemals schwanger geworden, und mit jedem Jahr, das verstrich, schwanden ihre Hoffnungen dahin, bis sie sich schließlich widerstrebend gegenseitig eingestanden, dass es wohl niemals dazu kommen würde.

Doch obwohl Laura Paul versichert hatte, das sei für sie nun in Ordnung, hatte sie insgeheim die Hoffnung nicht aufgegeben. Zwei Jahre lang wartete sie jeden Monat auf ein Wunder. Wenn ihre Regel sich auch nur um einen einzigen Tag verspätete, verlor sie sich in den Gedanken, wie es wohl wäre, wenn sich doch auf wundersame Weise eine Schwangerschaft eingestellt hätte, und dann rechnete sie den Monat aus, in dem dieses Kind geboren würde. Lang im Bett ausgestreckt, legte sie die Hand auf den Bauch und stellte sich vor, die ersten Kindsbewegungen zu spüren. Von da aus malte sie sich dann eine ganze Kindheit aus. Wie alt sie sein würde, wenn der Junge in den Kindergarten käme. Das erste Weihnachtsfest, an dem er sich eine Vorstellung vom Weihnachtsmann machen könnte. Welches Alter Paul und sie selbst hätten, wenn er seinen Highschool-Abschluss machte. Natürlich wären sie dann die ältesten Eltern bei der Abschlussfeier, aber das wäre ihr gleichgültig. Kinder, die ihre Existenz einem Wunder verdankten, kamen nicht auf Kommando, und sie kamen mit Sicherheit nicht auf die übliche Weise, sonst wäre es ja kein Wunder.

In ihrer Vorstellung war es immer ein Junge. Sie wusste selbst nicht warum. Vielleicht, weil die kleinen Jungen, die sie kannte, ihre Mutter rückhaltlos liebten. Ihre Freundin Sasha hatte einen vierjährigen Sohn namens Riley, der schon verkündet hatte, wenn sie einmal stürbe, wolle er ebenfalls sterben, weil er nicht ohne seine Mommy leben wolle. Ein bisschen makaber, gerade auch von einem Vorschulkind, aber doch auch reizend. Wer hätte nicht gern ein Kind, das einen so sehr liebte?

Und so hatte sie gehofft und gebetet, und wenn ihre Regel dann doch kam, und das tat sie immer, trauerte sie um ein Leben, das noch nicht einmal begonnen hatte.

Nach mehreren Jahren der Unfruchtbarkeit hatte sie dann schließlich auch vor sich selbst zugegeben, dass mit einer Schwangerschaft nicht mehr zu rechnen war. Sie hatten sowohl über eine Adoption als auch über Leihmutterschaft gesprochen. Beides kostete viel Geld und konnte einem, wenn es schiefging, das Herz brechen, doch Laura stand beiden Möglichkeiten offen gegenüber. Paul hatte erklärt, mit einer Leihmutterschaft könne er sich absolut nicht anfreunden, doch für eine Adoption sei er aufgeschlossen. Als es jedoch Zeit gewesen wäre, sich das für eine Adoption nötige Geld zu leihen, waren sie gerade damit beschäftigt, ihr altes Haus zu verkaufen und dieses neue zu bauen. Im Anschluss folgte der große Umzug in das neue Haus. Zwischendurch waren sie in eine Mietwohnung gezogen, und Paul hatte seine neue Stelle angetreten. Und als der Sommer begann, ließen sie die Terrasse betonieren und mussten Terrassenmöbel und jenen bestimmten Grill anschaffen, den Paul im Baumarkt immer so sehr bewundert hatte.

Irgendetwas war immer. Und mit jedem Monat, der verging, wurden sie älter. Letzthin hatte sie den Eindruck gewonnen, Paul säße in Wirklichkeit nicht mit im Boot und hoffte insgeheim, dass sie das Thema fallen lassen würde.

Ihre Sehnsucht nach einem Kind war während ihrer Arbeit an dem jetzigen Mobile erträglicher geworden. Eine bedeutende Förderin des Krankenhauses hatte angeboten, ein Kunstobjekt für den Innenhof der neonatologischen Station zu stiften, und durch ihren Sohn, einen ehemaligen Kommilitonen Pauls, von ihr erfahren. Sie hatten sich privat getroffen, und Laura hatte Mrs Lofgren ihr Portfolio gezeigt und ihr ein paar Bilder des Mobiles, das ihr vorschwebte, vorgelegt. »Es ist abstrakt«, sagte sie und drehte ihren Laptop so, dass die alte Dame das dreidimensionale Modell sehen konnte. »Die Enden der Metallteile stehen für die Eltern«, fuhr sie in ihrer Erklärung fort. »Das Licht, das durch die Prismen einfällt, symbolisiert die Babys. Wenn das Mobile sich dreht, spiegelt das Licht sich in den Metallteilen und verbindet die beiden.«

Laura rief mehrere Bilder auf, die das Modell aus verschiedenen Blickwinkeln zeigten. Mrs Lofgren betrachtete den Bildschirm lange wortlos. Laura nahm inzwischen an, es sei für jemanden ihrer Generation zu abstrakt. Plötzlich war sie von Selbstzweifeln erfüllt. Hätte sie es vielleicht realistischer machen sollen? Pausbäckige Engelchen oder Hände, die ein Neugeborenes hielten? Ach, warum musste es bei ihr immer abstrakt sein? »Ich kann es abändern, wenn es Ihnen nicht gefällt«, hatte sie schließlich gesagt, um das Schweigen zu brechen.

»Und ob es mir gefällt. Ich liebe es«, erwiderte Mrs Lofgren, und als sie sich Laura zuwandte, sah diese Tränen in ihren Augen. Mrs Lofgren setzte die Brille ab und betupfte die Augen mit einem Papiertaschentuch, das sie hastig aus der Jackentasche zog. »Ich habe ein Kind verloren, wissen Sie. Vor zweiunddreißig Jahren. Über so etwas kommt man niemals hinweg.« Laura hatte nichts davon gewusst. »Ihr Mobile trifft es haargenau. Das Licht lässt sich auf so viele unterschiedliche Weisen interpretieren, und alle machen einem Mut. Sie haben hier etwas Wundervolles geschaffen. Es erinnert mich an Engel, an Wunder und Hoffnung.« Noch am selben Tag schickte sie dem Krankenhaus einen Scheck, der für Lauras Mobile bestimmt war.

»Ich möchte das auf keinen Fall vermasseln«, sagte Laura zu Paul. »Mrs Lofgren hat so viel Geld dafür bezahlt und setzt so viel Vertrauen in mich. Ich habe noch nie ein so raumgreifendes Werk geschaffen.«

»Ich habe ebenfalls Vertrauen in dich.«

»Das sollte mich aufmuntern, aber stattdessen befürchte ich jetzt, auch dich noch zu enttäuschen. Das hier ist etwas ganz anderes, als auf einem Künstlermarkt in einer Bude zu sitzen und auf Käufer zu warten. Das hier ist ein großer Auftrag.«

»Das weiß ich, aber du bist dem gewachsen.«

»Habe ich dir erzählt, dass sie mich angerufen haben, weil sie ein Schild anfertigen wollen? Sie wollten wissen, ob ich einen Künstlernamen habe und welchen Titel ich dem Mobile gebe. Jetzt ist es ganz offiziell.«

Er zog sich ein Stück zurück und sah ihr ins Gesicht. »Wann war das?«

»Gestern.«

»Und du hast mir nicht davon erzählt?«

»Nein, ich ...« Sie holte tief Luft. »Sie haben mich überrumpelt, und ich habe einfach das Erstbeste gesagt, was mir in den Sinn kam. Hinterher fand ich, dass es blöd klang. Ich könnte es wohl immer noch ändern, wenn ich mich bald melde, aber mir fällt nichts Besseres ein.«

»Was für einen Titel hast du denn genannt?«

»Ich habe ihnen gesagt, das Objekt heiße *This Thing Called Life*.«

Paul dachte einen Augenblick lang nach. »*Dieses Ding namens Leben.* Wie in dem Song von Prince?«

»Ja.« Sie schaute verlegen. »Albern, oder?«

Paul schüttelte den Kopf. »Ich finde es absolut nicht albern. Ich finde den Titel perfekt.«

6

Als die Sonne unterging, fand Logan einen großartigen Schlafplatz. Ein Glücksfall. Er war schon meilenweit gegangen, so kam es ihm zumindest vor, und unterwegs auch auf ein paar Häuser gestoßen, aber die waren ihm ungeeignet erschienen. Er war bei jedem stehen geblieben und hatte es in Erwägung gezogen, doch sie alle lagen so ungeschützt hinter einer offen einsehbaren Fläche, dass sie nicht infrage kamen.

Beim Marschieren folgte er der Strategie, gegebenenfalls Deckung zu suchen. Wenn er hörte, dass sich ein Auto näherte, versteckte er sich. Das passierte ihm aber an der Landstraße nur ein einziges Mal, und da gelang es ihm, hinter ein Gebüsch zu rennen, bevor der Pick-up vorbeirumpelte. Danach wartete er noch ein paar Minuten ab, ob der Wagen langsamer werden oder umkehren würde, und atmete erleichtert auf, als klar war, dass man ihn nicht bemerkt hatte.

In gewisser Weise wäre es leichter für ihn, sich in einer Stadt zu verstecken, dachte er. Dort würde keiner sich über irgendein dahergelaufenes Kind wundern. Hier draußen dagegen war jeder Fußgänger auffällig. An einen allein umherwandernden Jungen seines Alters würde man sich erinnern.

Er würde sich unsichtbar machen müssen. Aus den Augen, aus dem Sinn, wie Grandma Nan gern sagte. In den letzten Jahren hatte er gelernt, sich so unauffällig zu verhalten, dass er meist übersehen wurde.

Gegen Ende des Tages war er zunehmend erschöpft. Und da entdeckte er ein weiteres Haus. Es lag näher an der Straße als viele der bisherigen Häuser, und zwar am Fuß eines von Bäumen gesäumten Hanggrundstücks. Es sah vielversprechend aus. Anders als die anderen Häuser, an denen er vorbeigekommen war, wirkte es neu. Es war eingeschossig und schien nur aus vorspringenden Kanten und großen Fenstern zu bestehen. Modern. Selbst die Zufahrt kam ihm edel vor: Beton statt Kies oder Asphalt, und auf beiden Seiten von Pflastersteinen eingefasst. Die meisten Häuser, an denen er vorbeigekommen war, sahen abgewohnt aus. Dieses Haus dagegen war wie ein frisch ausgepacktes, brandneues Spielzeug.

Nichts wies darauf hin, dass jemand zu Hause war, doch Logan verhielt sich trotzdem vorsichtig. Im Schutz der Bäume ging er um das Haus herum. Die Bäume standen so dicht, dass der Himmel über den Zweigen aussah, als hätte jemand blaue Scherben ausgestreut. Hier konnte man ihn nicht bemerken, und so wurde er ein wenig mutiger und schob sich näher an das Haus heran. Er schaute aufmerksam um sich, konnte aber niemanden entdecken, sondern stieß nur auf eine große Terrasse mit Gartenmöbeln und einem riesigen Grill. Auf dem Rasen, der die betonierte Terrasse umfasste, lagen Metallteile im Gras. Vielleicht Schrott. Nichts, was ihn interessiert hätte.

An das Haus war eine Garage angebaut, deren Tür geschlossen war, sodass er nicht an die Mülltonnen darin herankam. Logan wusste aus Erfahrung, dass sich in abseitsstehenden Mülltonnen manchmal etwas Essbares finden ließ.

In der Schule hatte einmal ein Kind einen Apfel nach dem ersten Bissen in den Abfalleimer geworfen. Logan hatte es beobachtet und kapiert, dass er schnell handeln musste. Er würde nicht zulassen, dass etwas so Gutes verdarb. Als keiner hinschaute, schnappte er sich den Apfel und steckte ihn in die Jackentasche, um ihn in der Toilette abzuwaschen. Es war zudem noch ein besonders guter Apfel, ein Honeycrisp. Er hielt immer Ausschau nach weggeworfenem Essen. Manchmal fand er Chips oder Salzbrezeln in einer fast leeren Tüte, die jemand auf dem Tisch hatte liegen lassen. Wenn er rasch zugriff, waren die Knabbereien für ihn. Hin und wieder passierte es, dass ein Kind beim Anblick seines Pausenbrotes aufstöhnte, weil seine Mutter es mit Leberwurst bestrichen hatte, oder dass es die grünen Trauben nicht mochte, die die Mutter ihm eingepackt hatte, weil es die roten vorzog. Manchmal kam es vor, dass dieses Kind, meist ein gutherziges Mädchen, ihm das verschmähte Essen anbot, und er nahm es immer, was es auch sein mochte.

In seiner letzten Schule war seiner Sprachtherapeutin Ms Tracey aufgefallen, dass er oft kein Mittagessen dabeihatte, und so hatte sie dafür gesorgt, dass er in der Schulkantine eine kostenlose Mahlzeit erhielt. Sie rief dafür noch nicht einmal bei ihm zu Hause an. Sonst hätte sein Vater ihr gesagt, bei ihnen gäbe es mehr als genug zu essen und Logan sei einfach nur vergesslich. Gelegentlich über Mittag zu fasten, würde sein Gedächtnis auf Trab bringen. Aber sie rief ihn nicht an, und es mussten auch keine Formulare ausgefüllt werden. Logan bekam einfach ein Plastikkärtchen, das er an der Essenstheke vorzeigen sollte, wenn er sein Essen holte. Diese Karte kam ihm geradezu magisch vor. Er vermisste die verständnisvolle Ms Tracey mit ihrer freundlichen Stimme immer noch. Sie war wunderbar und kam für ihn gleich hinter Grandma Nan.

Als Logan klar wurde, dass er zweimal in der Woche zur Sprachtherapie würde gehen müssen, fürchtete er sich zunächst davor. Er war sich sicher, dass die Therapeutin versuchen würde, ihn zum Sprechen zu zwingen, und das konnte Logan ja eben nicht. Im Gegensatz zu den meisten Dingen in seinem Leben verlief diese Begegnung aber besser, als er es sich im Voraus ausgemalt hatte. Als er ihr am ersten Tag an einem runden Tischchen in ihrem kleinen Sprechzimmer gegenübersaß, sagte sie: »Ich möchte dir helfen, dich besser mitzuteilen. Die meisten Leute teilen sich durch Reden mit, aber ich habe erfahren, dass das etwas ist, was du nicht tust.«

Er erstarrte, doch sie lächelte mitfühlend und fuhr fort: »Redest du manchmal, wenn keiner da ist?«

Als er ihr keine Antwort gab, versuchte sie es erneut: »Dem Arzt zufolge, so hat es dein Vater gesagt, ist mit deinen Stimmbändern alles in Ordnung. Die Unterlagen von deiner letzten Schule legen den Gedanken nahe, dass du unter einem psychisch bedingten Mutismus leidest. Verstehst du, was das bedeutet?«

Logan starrte nach unten. Mit ihren rötlichen Haarwellen und den winzigen Sommersprossen auf dem Nasenrücken war Ms Tracey unglaublich hübsch. Und auch ihre Stimme war sehr freundlich, als bemühte sie sich, gut mit ihm umzugehen, damit er ihr vertraute. Aber er wusste, wo es hinführen würde. Immer wieder glaubten die Erwachsenen, sie könnten ihn zum Reden zwingen. Sein Vater hatte ihm einmal den Arm verdreht, und von dem furchtbaren Schmerz hätte Logan fast das Bewusstsein verloren, aber kein Laut war über seine Lippen gekommen, obwohl er versucht hatte zu schreien. An früheren Schulen hatten die Lehrer ihm damit gedroht, ihn sitzen bleiben zu lassen, weil er sich nicht am Unterricht beteiligte. Und andere Kinder verspotteten ihn gern, damit er endlich einmal etwas sagte.

Begriffen sie denn nicht, dass er sehr gern geredet hätte? Er versuchte es immer wieder, aber seine Zunge lag wie gelähmt im Mund, und seine Kehle verkrampfte sich. Er hätte wahnsinnig gern etwas gesagt, mehr als alles auf der Welt, aber für ihn war es so unmöglich, als würde er versuchen zu fliegen. Keine Stimme zu besitzen, war eine besondere Form der Folter. Er hatte sich das nicht ausgesucht.

»Deine Lehrerin hat mir gesagt, dass du nicht gerade glücklich wirkst. Ich würde dir gerne helfen, wenn ich es kann. Wirst du mir das erlauben?«

Auch diese Frage beantwortete er nicht, aber jetzt hatte sie ihn erreicht. »Okay«, sagte sie und legte die gefalteten Hände auf den Tisch. »Wie wäre es damit? Ich werde niemals versuchen, dich gegen deinen Willen zum Sprechen zu zwingen. Ich werde auch nicht versuchen, dich durch einen Trick dazu zu bekommen. Und du musst mir auch nicht antworten, es sei denn, du möchtest es.«

Logan blickte vom Tisch auf und brachte die Andeutung eines Lächelns zustande.

»Ich habe eine Idee«, fuhr sie fort. »Eine besondere Art des Austauschs nur unter uns. Wenn ich dir eine Frage stelle und du Ja sagen möchtest, dann hebst du den Daumen. So.« Sie machte es ihm mit einem Lächeln vor, und ihre Zähne blitzten weißer, als er es jemals zuvor gesehen hatte. »Und wenn du Nein sagen willst, fasst du dir so an die Nase.« Sie tippte sich an die Nasenspitze. »Das wirst du nicht vergessen. Nase bedeutet Nein und Daumen hoch bedeutet Ja. Meinst du, das könntest du hinkriegen?«

Logan zog seinen Arm unter dem Tisch hervor und legte ihn auf die Tischplatte. Langsam ballte er die Hand zur Faust und reckte den Daumen nach oben.

Ms Tracey nickte. »Okay, ich freue mich, dass wir das geklärt haben. Möchtest du gern ein bisschen malen? Ich mache das sehr gern.« Sie stand auf und holte mehrere große Blätter Papier und zwei kleine Kübel herbei, einer mit Buntstiften gefüllt und der andere mit Filzstiften. Und so begannen sie nun jedes Mal die Sitzungen. Ms Tracey plauderte angeregt und füllte das Schweigen mit Geschichten über ihren Zwergpudel oder erzählte Logan beim Malen von ihrer Familie. Ihre Stimme war glockenhell wie die Tasten auf der leiseren Seite eines Klaviers.

Sie habe einen Zwillingsbruder, erzählte sie, und der sei ebenso zu »hässlichen roten Locken und Sommersprossen verflucht« wie sie. Wenn er hätte reden können und keine solche Angst gehabt hätte, hätte Logan gesagt, dass ihr Aussehen ihm gefalle. Stattdessen deutete er auf ihr Haar und hob den Daumen.

»Also, danke, Logan. Das ist aber ein nettes Kompliment«, sagte sie daraufhin.

Sie malten viel. Einmal zeichnete er ein Bild seiner Großmutter und schrieb »Grandma Nan« darüber. Es zeigte sie in ihrem himmelblauen Pullover, den Jeans und den schwarzen Schuhen, die sie ihre Slipper nannte.

»Was für ein schönes Bild«, sagte Ms Tracey. »Wohnt deine Großmutter in der Nähe?«

Er tippte sich an die Nase und senkte den Blick, peinlich berührt, als eine Träne ihm aus dem Auge rann, auf das Blatt tropfte und die Zeichnung verschmierte. Er knüllte sie zusammen und warf sie weg, bevor er etwas Neues begann. Diesmal etwas anderes.

»Ist sie gestorben?«, fragte Ms Tracey leise.

Er hielt im Malen inne, um ganz leicht den Daumen zu heben, und schaute sofort wieder aufs Bild.

»Das tut mir leid«, sagte Ms Tracey. »Ich wollte dich nicht verletzen.« Für den Rest der Stunde malten sie schweigend, und als die Glocke läutete und er gehen musste, hielt sie ihn an der Tür auf und drückte ihn kurz an sich, obwohl die Erwachsenen in der Schule eigentlich keine Kinder umarmen sollten. Die Geste machte seine Trauer ein kleines bisschen leichter erträglich.

Hin und wieder ließ sie ihn Sprachtherapieübungen machen, die nichts mit Reden zu tun hatten. Er übte das Atmen, manchmal einfach nur, indem er Luft aus dem Mund blies. Aber oft ließ sie ihn dazu auch mit Seifenblasen spielen. Die Blasen flogen überall herum und landeten auf dem Teppich und den Möbeln, aber das störte Ms Tracey nicht. »Mach dir deswegen keine Sorgen«, sagte sie achselzuckend. »Ich wische es nachher wieder weg.«

Manchmal kam nach dem Ausatmen ein leises Geräusch heraus, und dann schaute sie immer total glücklich. »Erzähl es niemandem«, sagte sie einmal und beugte sich über den Tisch zu ihm vor. »Zu mir kommen viele Schüler, aber du bist mir von allen der liebste.« Vielleicht hatte sie das einfach nur so dahingesagt, aber das glaubte er nicht. Er fühlte sich wirklich wie ihr Liebling.

»Ich weiß, dass du gerade eine schwierige Zeit durchmachst«, sagte sie. »Aber glaub mir, dein Leben wird besser werden, und du wirst wieder sprechen. Ich weiß nicht, wann es so weit ist, aber es wird geschehen, und wenn es geschieht, dann so mühelos wie das hier.« Sie schnippte mit den Fingern. »Die Worte werden kommen.«

Er musste wohl skeptisch dreingeschaut haben, denn sie fügte hinzu: »Ich verspreche es dir, Logan. Eines Tages wirst du wieder sprechen können. Darauf gebe ich dir mein Wort.« Sie wandte blinzelnd den Kopf ab und schaute aus dem Fenster. »Du hast bestimmt eine wunderschöne Stimme.«

Manchmal stellte er sich vor, wie es wohl wäre, wenn Ms Tracey seine Mutter wäre. Häufig malte er sich in seinen Tagträumen aus, sie würde zu seinem Vater gehen und ihm sagen, sie habe Logan lieb gewonnen. Ob er nicht künftig bei ihr leben könne? In seiner Vorstellung war sein Vater dann erleichtert, ein Maul weniger stopfen zu müssen, und willigte ein. Vermutlich würde er irgendwelche Adoptionsformulare ausfüllen müssen, aber das würde er einfach tun, ohne irgendein Problem zu machen. Und danach würde Logan bei Ms Tracey und ihrem kleinen Hund Mimi einziehen, und sie wären eine

Familie. Abends würde sie ihm bei den Hausaufgaben helfen, und an den Wochenenden würden sie einkaufen gehen und er könnte ihr die Taschen tragen. Weihnachten würde es immer Geschenke geben, und wenn er krank wäre, würde sie ihn zum Arzt bringen. Wenn sie dann einmal eine alte Dame wie Grandma Nan wäre, würde er sich seinerseits um sie kümmern und dafür sorgen, dass sie bei ihrem Tod nicht allein wäre.

Das alles wäre so perfekt.

Doch es geschah nie, und dann zogen sie um, und jetzt war er ein Ausreißer, weit weg von daheim, und versuchte, einen Ort zu finden, an dem er sich wenigstens ein paar Tage lang verstecken konnte. Wahrscheinlich würde er sie erst wiedersehen, wenn er erwachsen wäre und sich auf die Suche nach ihr machte.

Ob sie sich dann wohl noch an ihn erinnern würde?

Im Moment stieg er einen kleinen Hügel hinauf. Hier im Schatten war es angenehmer, nicht so heiß, und außerdem hatte er auch Sichtschutz vor der Straße. Auf dem Boden lagen so viele Fichtennadeln und Blätter, dass er sich daraus wohl ein Lager zum Schlafen machen könnte. Nicht gerade ideal, aber es würde schon irgendwie gehen.

Logan kundschaftete das Gelände weiter aus. Er stapfte den Hang hinauf, und nur das Klebeband um seinen Schuh verhinderte, dass er vollkommen lautlos ging. Auf der Hügelkuppe angekommen, hörte er von der anderen Seite das Plätschern eines Bachs. Das Geräusch kam so unerwartet, dass er erst meinte, sich geirrt zu haben, und so blieb er zum Lauschen stehen. Ja doch! Dort floss tatsächlich Wasser, und außerdem hörte er in den Bäumen Vögel zwitschern.

Er ging einen Hang hinunter, an dessen Fuß das Gelände wieder eben wurde, und dort erblickte er tatsächlich einen Bach von vielleicht anderthalb oder zwei Meter Breite. Er war flach, allenfalls knietief, doch das Wasser floss stetig und schoss gluckernd durchs Bachbett, als hätte es Eile. Ein paar Bäume wuchsen so dicht am Ufer, dass ein paar Wurzelausläufer ins Wasser ragten, als steckte jemand einen Zeh hinein. Logan setzte sich hin, zog Schuhe und Strümpfe aus und krempelte die Jeans bis zu den Knien auf. Als er fertig war, stellte er die leere Limonadendose weg und watete ins Wasser. Er spürte, wie es ihn kühl umströmte und wie weicher Schlick zwischen seinen Zehen hochquoll. *Ahh.* Was für eine Wohltat für seine müden Füße.

Aus den Sendungen von *National Geographic* wusste er, dass man fließendes Wasser meist ungefährdet trinken konnte, und so ging er das Risiko ein, legte die Hände zu einer Schale zusammen und schöpfte es sich in den Mund. Das machte er gleich noch einmal und ließ es diesmal über Kopf und Nacken rinnen.

Es fühlte sich so gut an, dass er begeistert den Fuß ins Wasser kickte, sodass es im hohen Bogen aufspritzte. Wie er so allein im Bach stand, kam er sich vor wie ein Pionier der amerikanischen Geschichte, der gerade Neuland entdeckt hat. Wenn man etwas gefunden hatte, durfte man ihm, seiner Großmutter zufolge, einen Namen geben. Und das fand er vollkommen richtig, jetzt, da er im *Loganbach* stand, einem Wasserlauf, der sich durch ein Stück Land schlängelte, das einmal als *Logans Zuflucht* bekannt werden würde.

Bei dem Gedanken musste er lächeln.

Er stieß den Fuß wie zum Tritt eines Ninjas in die Luft, dann noch einmal, und dann kreiselte er um sich selbst. In diesem Moment entdeckte er das Baumhaus, das ganz in der Nähe in die obersten Äste eines Baumes gebaut war. Es war so groß wie eine Gartenhütte und teilweise durch Blattwerk den Blicken entzogen. Logan verließ den Bach und trat darunter. Ob das Häuschen wohl einem Kind gehörte, das jetzt dort oben saß, in einem Comic schmökerte oder, schlimmer noch, Logan beobachtete? Er stellte die Schuhe mit den Strümpfen und die Limonadendose am Fuß des Baums ab und dachte über die Frage nach. Das dort oben könnte auch ein Hochsitz sein, wie ihn die Jäger zur Jagd auf Rotwild benutzten. Möglich war das, aber es sah nicht aus wie ein Hochsitz, und ohnehin war jetzt auch noch gar keine Jagdsaison. Denn die lag, wie Logan wusste, näher bei Thanksgiving.

Eine Leiter, die an dem Baum lehnte, war an einer im Astwerk fixierten Plattform festgenagelt. Bevor seine Angst zu groß werden konnte, nahm er rasch seinen Mut zusammen und kletterte los. Von Sprosse zu Sprosse arbeitete er sich hinauf, sorgfältig darauf bedacht, nicht nach unten zu schauen. Als er oben angekommen war, sah er, dass die Plattform tatsächlich begehbar und mit einem dicken Polster aus totem Laub bedeckt war. Das Schindeldach hatte unter Wind und Wetter gelitten und war mit Moos bewachsen. Er richtete sich auf der Plattform auf und sah sich das kleine Baumhaus mit den Zedernholzwänden und dem Schindeldach genauer an. Die Plattform war von einem Geländer eingefasst, damit niemand hinunterfallen konnte. Er betätigte den Türgriff, und die Tür gab sofort nach und schwang auf.

Das Innere hatte die Größe einer kleinen Schlafkammer. Zwei Polsterstühle standen zu beiden Seiten eines Korbtischs, der für ein Teekränzchen gedeckt war. Die Teekanne aus Plastik war auf die Seite gefallen, doch die beiden Teetassen standen noch immer auf ihren Untertellern, als warteten sie auf jemandes Rückkehr. Neben jeder Tasse lag Kunststoffbesteck. In der Mitte der Hütte konnte er aufrecht stehen, ohne sich den Kopf anzustoßen. Auf drei Seiten hingen Vorhänge. Als er sie aufzog, entdeckte er, dass die Fenster dahinter nicht nur Scheiben hatten, sondern richtige Schiebefenster mit einem Fliegengitter davor waren.

Logan strich mit der Hand über die Fensterbank und betrachtete im Anschluss den Staub auf seinen Fingerspitzen.

Er ging von einem Fenster zum anderen und schob es auf, damit Wind hereinkam und die abgestandene, warme Luft vertrieb. Das Laubpolster auf der Plattform und der Staub in der Kammer verrieten eindeutig, dass das Baumhaus schon lange nicht mehr benutzt wurde, und so war es der perfekte Ort für eine Übernachtung.

Ein Ort, wo keiner ihn finden und ihn stören könnte. Hier war er erst einmal sicher. Ein kleines Zuhause für ihn.

7

Ms Tracey trat zurück, um sich zu vergewissern, dass das Wandposter gerade hing. Als sie damit zufrieden war, tackerte sie das Zierband als Rahmen am Rand fest. Die Schule begann erst in zwei Wochen, aber sie wollte ihren Raum im Voraus fertig haben. Sehr oft wies man ihr noch in letzter Minute ein paar zusätzliche Kinder zu. Dann würde sie mehr als genug damit zu tun haben, mit diesen neuen Schülern ins richtige Gleis zu kommen. Für Raum-Deko bliebe ihr dann keine Zeit mehr.

Als sie heute Morgen mit ihrer gefüllten Kiste gekommen war, hatte die Schulassistentin Jenny Barnes sie hereingelassen. Im Korridor hatte der Hausmeister Trey auf einer Leiter kaputte Leuchtmittel ausgewechselt. Die Böden waren frisch gereinigt und rochen nach Desinfektionsmittel. Auch einige Lehrer waren unterwegs, und nächste Woche würden sich noch mehr von ihnen sehen lassen.

Ms Traceys kleines Sprechzimmer am Ende des Ganges war ursprünglich ein Lagerraum gewesen. Als beschlossen wurde, ihn für die Sprachtherapie zu nutzen, war ein Fenster in die Wand gebrochen worden, aber nur, weil es gesetzlich vorgeschrieben war. Brandschutzregeln und so. Sie hatte also ein Fenster, und man hatte ihr auch einen kleinen Tisch und zwei Stühle hineingestellt. Alles in der richtigen Größe für Grundschulkinder, aber zu klein für sie selbst. Die Regale und Fächer für Bücher und andere Dinge hatte sie bei Ikea gekauft und eigenhändig aufgebaut, und die Poster hatte sie bei Amazon bestellt. Und alles mit ihrem eigenen Geld bezahlt.

Eine Zeit lang hatte sie auch eine Pinnwand gehabt, an der sie ein paar Bilder ihrer Schüler aufgehängt hatte, doch der Rektor hatte dazu eine fiese Bemerkung gemacht. Dies sei doch kein Malkurs, sondern es gehe um Sprachtherapie. Sie hatte sich auf die Zunge gebissen, damit es keinen Streit gab. Sie hätte ihm ihre Philosophie erklären können, dass Malen und Basteln ein Mittel waren, um das Vertrauen der Kinder zu gewinnen, und dass die Bilder ihr oft Einblicke in deren Zuhause verschafften, aber sie hatte das Gefühl, dass sie damit auf taube Ohren gestoßen wäre. Bei ihm ging es immer nur um Regeln. Daher hängte sie die Bilder ab, sobald er aus dem Zimmer war, und ersetzte sie durch ermutigende Sprüche. *Du schaffst es! Glaube an dich! Scheitern ist der erste Schritt zum Erfolg!*

Im Grunde konnte sie sich über ihren Job nicht beklagen. Abgesehen von der Stichelei über die Schülerbilder war der Rektor ganz in Ordnung. Solange sie den Papierkram vorschriftsgemäß erledigte, ihre Schüler Fortschritte machten und die Eltern sich nicht beschwerten, konnte sie tun und lassen, was sie wollte. Sie wusste, dass sie nach Meinung der Fachlehrer eine leichte Kugel schob, und in gewisser Weise hatten sie recht. Aber wenn sie ihren Job wirklich haben wollten, könnten sie ja einen Master in Logopädie machen. Dann könnten sie ebenfalls in einem Raum arbeiten, der so klein war, dass man die Tür ein Stück geöffnet lassen musste, um keinen Anfall von Klaustrophobie zu erleiden.

Ms Tracey kramte gerade in ihrer Kiste mit Dekomaterial, als es an der nur angelehnten Tür klopfte. »Ja?«

Eine ältere Frau stand händeringend in der Tür. »Sie sind doch die Sprachtherapeutin? Ms Tracey?«

»Ja. Was kann ich für Sie tun?«

»Ich suche meinen Enkelsohn.«

Jetzt sah Ms Tracey, dass die Frau geweint hatte – oder tatsächlich immer noch weinte. Sie hielt ein zerknülltes Papiertaschentuch in der Hand, mit dem sie sich die Nasenlöcher abtupfte.

»Tut mir leid, heute sind keine Schüler hier. Die Schule beginnt erst in zwei Wochen.«

»Das weiß ich, aber die Dame im Sekretariat sagte, Logan hätte im letzten Jahr bei Ihnen Sprachtherapie gemacht. Sie sagte, Sie würden ihn kennen.« Sie kramte in ihrer großen Handtasche und brachte ein Foto zum Vorschein. »Wissen Sie, wen ich meine? Logan?« Sie streckte Ms Tracey das Foto hin, aber diese brauchte nicht hinzusehen.

»Logan Weber?«

Die Frau nickte. »Ich bin seine Großmutter, Nancy Shaw.«

»Grandma Nan?«

Ihr Gesicht hellte sich auf. »Logan hat also von mir erzählt? Wissen Sie, wo sein Vater mit ihm hingezogen ist?«

»Nein, ich weiß leider nicht, wo er sich befindet. Ich wünschte, es wäre anders«, erwiderte sie leise. »Am besten, Sie setzen sich, dann können wir von vorn anfangen. Wir erzählen uns gegenseitig, was wir wissen.«

Beide nahmen an dem Schülerpult Platz, das so niedrig war, dass ihre Knie gegen die Tischplatte stießen. »Wahrscheinlich haben Sie bereits erfahren, dass meine Tochter Amber, Logans Mutter, vor drei Jahren gestorben ist. Davor hat die Familie in derselben Straße gewohnt wie ich, und ich habe mich jeden Tag um Logan gekümmert, wenn die Eltern bei der Arbeit waren.« Sie hielt inne und schnäuzte sich. »Ich liebe den kleinen Jungen sehr. Amber war mein einziges Kind, und Logan ist alles, was mir von ihr bleibt. Er bedeutet mir die Welt.«

»Er ist tatsächlich ein ganz besonderes Kind.« Ms Tracey nickte.

»Nach Ambers Tod hat Logan aufgehört zu sprechen. Einfach so. Wir dachten alle, das sei der Kummer, weil er seine Mutter verloren hat, aber nach ein paar Wochen habe ich mir wirklich Sorgen gemacht. Ich habe Robert – Logans Dad – damals immer wieder gesagt, dass er mit ihm zu einem Arzt oder Therapeuten gehen muss, aber er hat nicht auf mich gehört. Ich habe auch versucht, mit Logan darüber zu reden, aber …« Ihre Stimme versagte, und ihr Blick wanderte zum Fenster. »Na ja, es hat zu nichts geführt. Er kam mir einfach so unglücklich vor, nicht mehr ganz er selbst.«

»Ich weiß. Ich hatte den Eindruck, dass es ihm zu Hause nicht gut ging.«

»Konnten Sie ihn zum Reden bewegen? Es ist ja schon drei Jahre her.«

»Nein, er hat nie gesprochen, zumindest mit niemandem hier. Als ich endlich das Gefühl bekam, dass sich nun bald Fortschritte einstellen könnten, ist er plötzlich nicht mehr in der Schule erschienen. Ich habe mir Sorgen gemacht und bin zu der Adresse gegangen, unter der er gemeldet war, aber der Hausverwalter sagte, die Familie sei ausgezogen. Ohne irgendeine Kündigung oder so. Sie waren einfach von einem Tag auf den anderen weg. Verschwunden.«

Grandma Nan wirkte nicht überrascht. »Das entspricht dem Muster, dem Robert schon seit drei Jahren folgt. Ich kann Ihnen gar nicht mehr sagen, wie oft er in dieser Zeit mit Logan umgezogen ist. Wir kommen aus Nebraska, und als er einige Monate nach Ambers Tod für einen Sommerjob nach Indiana ging, habe ich ihn angefleht, Logan bei mir zu lassen, aber das wollte er nicht.«

Dann brach auch alles andere aus ihr heraus. Dass Robert und Logan praktisch alle paar Monate umgezogen seien und dass Robert sich gegen Besuche verwahrt habe. Zwei Mal, als die beiden in Southern Illinois waren, sei es ihr aber doch gelungen. Schließlich nannte Robert ihr bei seinen Umzügen jedoch keine neue Adresse mehr, ließ allerdings noch zu, dass sie mit Logan telefonierte. Was leider nicht viel zu bedeuten hatte, da der Junge ihr nur zuhören konnte. Daher konnte sie nicht einmal sicher sein, ob ihr Enkel überhaupt wirklich da war.

»Robert bestraft mich, weil ich nach meinem letzten Besuch die Jugendfürsorge informiert habe«, erzählte sie. »Logan war so mager und trug schmutzige Kleidung, die schon zu klein für ihn war. Es hat mir das Herz gebrochen. Ich habe die Leute bei der Jugendfürsorge gebeten, Robert nicht zu verraten, dass ich hinter dem Hinweis stecke, aber er wird es wohl vermutet haben, denn danach hat er seine Handynummer gewechselt und den Kontakt zu mir abgebrochen.«

Grandma Nan erzählte, sie sei daraufhin zur Polizei gegangen. Doch dort erklärte man ihr, da Logan sich bei seinem Vater befinde, der sorgeberechtigt sei, könne sie ihn nicht offiziell als vermisst melden. Nachdem sie bei allem, was sie versucht hatte, erfolglos geblieben war, hatte sie einen Privatdetektiv eingeschaltet. Doch die Spur, der der Mann folgte, endete mit Logans letzter Mietwohnung. Der Wohnungsverwalter wusste nicht, wohin die beiden verschwunden waren. Dann war Grandma Nan auf den Gedanken gekommen, in der örtlichen Grundschule nach jemandem zu suchen, der vielleicht etwas wusste. »Die Sekretärin erzählte mir, Logan und Sie hätten eine besondere Beziehung gehabt. Da dachte ich, Sie könnten vielleicht etwas erfahren haben, was mir weiterhilft.«

»Wir sind niemals offiziell informiert worden, dass die Kinder von der Schule genommen werden sollten«, erklärte Ms Tracey. »Logan und Tia sind einfach nicht mehr hier erschienen.«

Grandma Nan setzte sich mit verblüffter Miene aufrecht. »Wer ist Tia?«

»Sie kennen Tia nicht?«

»Nein.«

»Sie ging ebenfalls in Logans Klasse, eine Drittklässlerin wie er. Sie und ihre Mutter lebten mit Logan und seinem Vater zusammen.« Sie beobachtete, wie Grandma Nan diese Information aufnahm.

»Waren Tias Mutter und Robert verheiratet?«, fragte Grandma Nan leise.

»Ich glaube nicht. Die Lehrerin der Kinder hat mir einmal erzählt …« Sie stockte. Diese Frau litt ohnehin schon genug. Ms Tracey wollte ihr helfen, aber wäre es wirklich hilfreich, ihr Tratsch weiterzusagen?

»Was?« Grandma Nan beugte sich über den Tisch vor. »Was hat sie erzählt?«

»Anscheinend hat Tia der Lehrerin anvertraut, sie und ihre Mutter hätten in einem Obdachlosenheim gewohnt, bevor sie zu Logan und seinem Dad gezogen seien. Ich habe den Eindruck gewonnen, dass Mr Weber sich dort ehrenamtlich engagiert hat. So haben sie sich kennengelernt.«

»Pffft.« Grandma Nan stieß angewidert die Luft aus. »Ehrenamtlich. Das ist stark. Wahrscheinlich wollte er sich einfach nur eine Freundin angeln.«

»Nun, darüber weiß ich nichts«, erklärte Ms Tracey, der klar geworden war, dass sie vielleicht schon zu viel gesagt hatte. Es gab so viele Datenschutzvorschriften. Sie erinnerte sich an einen Vorfall, als eine Lehrerin einer Mutter empfohlen hatte, die Freundschaft zwischen ihrem Sohn und einem anderen Jungen möglichst zu unterbinden, da beide keinen guten Einfluss aufeinander hatten. Die Eltern des anderen Kindes erfuhren davon und drohten damit, die Lehrerin zu verklagen. Grandma Nan kam Ms Tracey zwar nicht wie ein Prozesshansel vor, aber man konnte nie wissen. »Mr Weber ist nie zu den Elternabenden oder schulischen Veranstaltungen erschienen, und die Handynummer, die in Logans Anmeldebogen stand, existierte nicht. Und Logan selbst hat nicht viel preisgegeben.«

»Das überrascht mich nicht besonders«, sagte Grandma Nan.

»Es gibt da etwas, was mich damals zum Nachdenken gebracht hat. Während unserer Sitzungen serviere ich den Kindern gern einmal etwas zu knabbern. Die Schüler mögen das, und manchmal beziehe ich es auch in die therapeutische Arbeit ein – dann zählen wir die Chips oder ordnen sie zu Mustern an oder so.« Sie hielt inne, aber fuhr dann fort. Es würde eigentümlich klingen, doch sie musste Bescheid wissen. »Hatte Logan jemals ein schlechtes Erlebnis mit Teddy-Graham-Crackern?«

Die alte Frau sah sie verständnislos an. »Mit Teddy Grahams?«

»Ja. Hat er als kleines Kind einmal einen in die falsche Kehle bekommen und musste würgen oder so?«

»Nicht dass ich wüsste.«

»Ich frage das nur, weil er welche abgelehnt hat, die ich ihm angeboten hatte. Er wollte sie nicht einmal anschauen.« Ms Tracey erinnerte sich, wie er erbleicht war und sich mit entsetzter Miene die Hand vor den Mund gehalten hatte, als kämpfte er mit dem Erbrechen. Sie hatte sofort reagiert und den Pappteller mit den Teddy Grahams so weggestellt, dass Logan ihn nicht mehr sehen konnte, doch für den Rest der Sitzung war er ein zitterndes Häufchen Elend gewesen, das sich auf nichts konzentrieren konnte. Im Verlauf der nächsten Sitzung hatte sie deswegen nachgehakt, aber er hatte nur den Kopf geschüttelt. Offensichtlich wollte er nicht darauf eingehen.

Grandma Nan beugte sich über den Tisch. »Wissen Sie sonst noch etwas über Logan? Hatten Sie den Eindruck, dass sich jemand um ihn kümmert? War er diesen Winter warm genug angezogen?«

»Ja, er hatte eine warme Winterjacke, eine Mütze, Handschuhe und warme Schuhe.« Das wusste sie, weil die Lehrer der Schule die Kleidungsstücke aus den abgelegten Sachen ihrer eigenen Kinder zusammengetragen hatten. Sie selbst hatte ein Namensschildchen in jedes Teil genäht. »Und er hat mittags warm gegessen.« Dafür hatte sie gesorgt.

Grandma Nan atmete erleichtert auf. »Das freut mich sehr. Hat er glücklich gewirkt?«

Wie sollte sie darauf ehrlich antworten? »Ich konnte ihm fast immer ein Lächeln entlocken. Er war einer meiner Lieblingsschüler.« Bevor Grandma Nan weiter nachhaken konnte, kam Ms Tracey ihr zuvor: »Möchten Sie gern die Bilder sehen, die Logan während unserer Sitzungen gemalt hat?«

»Ja, sehr gern.«

Ms Tracey ging zum Regal und kehrte mit einem blauen Ordner zurück, auf dem vorn Logans Name stand. »Ich habe ihn ermutigt, sich mir durch seine Bilder mitzuteilen. Erst hatte ich ihn gebeten, in kleinen Sätzen über sein Leben zu schreiben, aber das hat er ziemlich schnell abgeblockt, und ich habe davon abgelassen. Wir haben Atemübungen gemacht, und beim Ausatmen hat er manchmal einen kleinen Laut herausgebracht. Hätten wir mehr Zeit gehabt, hätten wir wohl weitere Fortschritte erzielt.« Sie schob Grandma Nan die Mappe über den Tisch hinweg zu.

Diese schlug sie auf, als wäre sie ein Wunder, und betrachtete jede Seite aufmerksam, bevor sie zur nächsten blätterte. Als sie sah, wie Logan die Bilder mit seinem Namen gekennzeichnet hatte, sagte sie: »Er hat inzwischen die Schrift eines richtigen Schulkindes. Er muss sich seit unserer letzten Begegnung enorm verändert haben. Haben Sie vielleicht Fotos von ihm?«

»Nein. Tut mir leid. Aber Sie können im Sekretariat danach fragen, wenn Sie gehen. Falls er bei einem Schulbesuch des Fotografen da war, hat Jenny mit Sicherheit einen Abzug des Klassenfotos.«

Im Raum herrschte Stille, während Grandma Nan den Bilderstapel durchging. Nur das Rascheln des Papiers war zu hören. Als sie zum letzten Bild kam, zog sie die Augenbrauen zusammen. Sie blickte zu Ms Tracey auf. »Er hat hier ein Bild von mir gemalt, aber warum ist es zerknüllt?« Sie hob es hoch und zog es straff. Doch selbst jetzt waren die Flecken und Falten unübersehbar.

»Das war Logan selbst«, antwortete Ms Tracey, die sich plötzlich genau an die Situation erinnerte. »Es war wohl meine Schuld, fürchte ich. Als er mit dem Bild fertig war, habe ich mich nach Ihnen erkundigt, und das hat ihn traurig gemacht.« Sie dachte an den gesenkten Kopf des Jungen zurück, an die dicken Tränen, die auf das Papier gefallen waren, und daran, wie verstört er es zerknüllt und in den Mülleimer geworfen hatte. Als er gegangen war, hatte sie es herausgeholt und glatt gestrichen. Sie hatte Mr Weber nach dem Tod von Logans Großmutter fragen wollen, wenn sie ihn einmal bei einem Elternabend sah, aber dazu war es natürlich niemals gekommen.

»Hatten Sie den Eindruck, dass er mich vermisst?«, fragte Grandma Nan eifrig. »War es das, was ihn so aus der Fassung gebracht hat?«

Ms Tracey ließ sich alle denkbaren Antworten auf diese Frage durch den Kopf gehen: *Vielleicht. Ich kann es nicht sagen. Möglich. Ich erinnere mich nicht. Er hat sich bedeckt gehalten.* Jede hätte ihren Zweck erfüllt, aber es kam ihr nicht richtig vor, Logans Großmutter zu belügen, und so entschied sie sich für die Wahrheit. »Ich habe den Eindruck gewonnen, dass er Sie für tot gehalten hat. Dass man ihm das gesagt hat.«

8

Als Grandma Nan auf dem Weg aus der Grundschule an der Empfangstheke Halt machte, traf sie die Schulassistentin Jenny gerade dabei an, wie sie an ihrem Platz ein Sandwich zum Lunch verzehrte. »Entschuldigen Sie bitte«, sagte die junge Frau und wischte sich den Mund mit einer Serviette ab. »Haben Sie Ms Tracey gefunden?« Jenny lächelte sie freundlich an, und Grandma Nan dachte, wie tröstlich diese Frau auf Kinder wirken musste, die mit einem blutigen Knie oder einer anderen kleinen Verletzung vom Spielplatz des Pausenhofs kamen.

»Ja, vielen Dank.« Grandma Nan legte die Hände auf die Theke. »Sie sagte, bei Ihnen könnte es vielleicht ein Klassenfoto mit Logan darauf geben. Falls ja, würde ich es wirklich gern betrachten. Ich habe Logan seit mehr als zwei Jahren nicht mehr gesehen.«

»Zwei Jahre?« Jenny erhob sich mit mitfühlender Miene von ihrem Schreibtisch. »Das ist wirklich traurig. Sie müssen ihn furchtbar vermissen.«

Grandma Nan hatte vorhin gegenüber Jenny zwar erwähnt, dass sie den Kontakt zu Logans Familie verloren hatte, war aber nicht auf Einzelheiten eingegangen. Irgendwie beschämte es sie. Eine Großmutter sollte ihr Enkelkind doch eigentlich regelmäßig besuchen. Es war schwer, einem Gesprächspartner klarzumachen, dass das alles nicht ihre Schuld war. Als ihre Tochter Amber noch lebte, hatte sie Logan beinahe täglich gesehen. Sie hatte auch eine gute Beziehung zu Robert gehabt, obgleich sie diesen Mann nie besonders gemocht hatte. Er hatte etwas Merkwürdiges an sich gehabt und manchmal fast kriecherisch gewirkt. Er konnte charmant sein, ungeheuer charmant, aber wehe, man sagte etwas, das ihm übel aufstieß (und man wusste nie im Voraus, was das sein könnte). Dann reagierte er verletzt und wütend und sagte Dinge wie *Was nimmst du dir heraus* oder *Das muss ich mir von dir nicht bieten lassen.* Um des lieben Friedens willen entschuldigte sie sich damals immer, und das schien ihn zu beruhigen.

Hinterher bemühte Amber sich immer, Grandma Nan zu beschwichtigen. Er habe einen anstrengenden Arbeitstag hinter sich. Er habe in der Nacht nicht gut geschlafen. Jede andere hätte diese Erklärungen vielleicht akzeptiert, doch Grandma Nan wusste es besser. Dies war kein normales Verhalten; tatsächlich war es sogar beunruhigend. Wenn schon ein falsches Wort ihn derart aufbringen konnte, wozu war er dann noch alles fähig? Da war vermutlich noch viel Schlimmeres denkbar.

Robert trank regelmäßig mehr, als im Rahmen eines geselligen Abends üblich war. Er liebte Bier und Whisky. Sie hatte ihn noch nie betrunken erlebt, aber allein schon die schiere Menge dessen, was er konsumierte, war beunruhigend.

Als Robert und Amber begonnen hatten, miteinander auszugehen, war ihr nicht ganz wohl dabei gewesen. »Wenn man meint, sich in jemanden verliebt zu haben, ist man häufig nur in das Gefühl verliebt, das er in einem auslöst«, erklärte sie ihrer Tochter. »Wenn du diesen Mann nicht gern als Freund hättest, ist er vermutlich auch als Partner nicht geeignet.« Amber hatte zustimmend genickt, aber ihr Verhalten nicht geändert. Das konnte Amber gut – so tun, als gäbe sie ihrer Mutter recht, aber deren Rat in den Wind schlagen. Dieses Mädchen hatte seinen eigenen Kopf.

Normalerweise redete Grandma Nan nicht über Probleme mit ihrer Familie. Wenn sie Logan jedoch finden wollte, brauchte sie Informationen, und wenn die Enthüllung einiger Familiengeheimnisse sie zu ihrem Enkel führen würde, würde sie nicht davor zurückscheuen.

»Er fehlt mir furchtbar«, kehrte Grandma Nan zum Thema des Klassenfotos zurück. »Ein Bild neueren Datums zu sehen, würde mir enorm viel bedeuten.«

Jenny beugte sich über die Theke und flüsterte verschwörerisch: »Ich kann Ihnen das Bild zeigen, aber wir müssen uns beeilen. Ich hätte Ihnen eigentlich nicht einmal den Rat geben dürfen, mit Ms Tracey zu reden. Es ist gegen die Schulregeln, Informationen über Schüler preiszugeben.«

Grandma Nan nickte. »Das verstehe ich. Ich will nicht, dass Sie Probleme bekommen.«

Jenny ging zu einem Aktenschrank in der Ecke. Sie kam mit einem Klassenfoto zurück und reichte es ihr.

Grandma Nan legte es auf die Theke und betrachtete es aufmerksam. Ganz oben stand der Name der Grundschule, und über dem Foto der Klassenlehrerin, Mrs Parks, las sie die Worte: *Dritte Klasse.* Darunter befand sich ein Farbfoto jedes einzelnen Kindes und sein Name.

»Oh«, sagte sie und legte die Hand aufs Herz. Logans Gesicht so vor sich zu sehen, rief beinahe ein Schwindelgefühl in ihr hervor. Sie lehnte sich gegen die Theke und nahm jede Einzelheit in sich auf. Sie hätte ihr Enkelkind überall erkannt, aber trotzdem war dies eine andere Version des Logan, den sie in Erinnerung hatte. Natürlich älter, aber außerdem war sein Gesicht schmaler und sein Haar zottiger. Amber hätte niemals zugelassen, dass ihm eine solche Mähne wuchs. Außerdem hatte er einen gequälten Gesichtsausdruck und ließ das fröhliche

Lächeln vermissen, an das sie sich so gut erinnerte. Jetzt waren seine Lippen zu einem schmalen Strich verzogen, als hätte der Fotograf ihn zum Lächeln aufgefordert und besser als so bekäme er es nicht hin. Einige Jungen trugen richtige Hemden, aber Logan hatte ein graues T-Shirt an. Vermutlich war er vom Fototermin in der Schule überrumpelt worden. Ohne Mutter ging so vieles verloren.

»Er sieht jetzt so erwachsen aus«, sagte sie. »Haben Sie ihn gekannt? Ich meine, natürlich gibt es hier an der Schule sehr viele Kinder, aber erinnern Sie sich daran, ihn gesehen zu haben?« Sie griff nach einem Strohhalm, das war ihr klar, aber sie war so ausgehungert nach Informationen über das Leben, das er ohne sie führte. Sie konnte ihn sich einfach nicht vorstellen, da er ihr dort draußen in der Welt so vollständig entzogen worden war, während sie nicht die geringste Ahnung hatte, wie sein Leben aussehen mochte. Die klaffende Lücke, die seine Abwesenheit hinterlassen hatte, tat fast genauso weh wie der Tod ihrer Tochter. Nach Ambers Beerdigung hatte sie jeden einzelnen Tag geweint, aber es immer geschafft, sich zusammenzureißen, wenn sie sich um Logan kümmern musste. Da hatte sie sich die Augen trocken gewischt und ein Lächeln zustande gebracht.

Das emotionale Trauma, das sie durch den Tod ihrer Tochter erlitten hatte, war schlimmer als alles, was sie jemals hatte ertragen müssen, und der Schmerz ließ nicht nach und heilte nicht. Ohne Logan hätte sie diese Qualen wohl gar nicht überlebt. Er war wie die andere Hälfte ihres Herzens, doch nun war auch er verschwunden.

»Ich verbinde etwas mit ihm«, antwortete Jenny leise. »Ich erinnere mich, dass Mrs Park über ihn gesagt hat, er sei ein guter Schüler und mache niemals Ärger.«

Grandma Nan wandte sich wieder dem Klassenfoto zu und strich suchend mit dem Finger unter den Reihen der Kinder entlang. »Da war noch ein anderes Kind in seiner Klasse, oder? Ein Mädchen namens Tia? Ich finde sie hier gar nicht.«

»Lassen Sie einmal sehen.«

Grandma Nan drehte die Seite mit den Fotos um.

»Da ist sie. Satira Zafiries.« Jenny deutete auf ein kleines Mädchen mit einem breiten Lächeln und glänzendem schwarzem Haar. »Sie heißt genauso wie ihre Mutter, daher hat sie den Kosenamen Tia bekommen. Reizend, oder?«

Grandma Nan nickte zustimmend. »Was wissen Sie über sie?«

»Also, an sie erinnere ich mich gut«, antwortete Jenny mit gesenkter Stimme. »Sie war speziell. So jemanden nennen wir im Sanitätsraum einen *Vielflieger*. Ständig kam sie mit irgendeinem Wehwehchen an und wollte unbedingt nach Hause.«

»Und hatte sie Erfolg?«

»Selten, soweit ich mich erinnere. Ihre Mutter hat als Kassiererin bei Aldi gejobbt, und wir konnten sie so gut wie nie erreichen. Meistens haben wir Tia einfach ein paar Minuten lang auf der Liege ausruhen lassen und sie dann wieder zur Klasse zurückgeschickt. Viele Kinder sind so. Sie wollen einfach nur ein bisschen Aufmerksamkeit.«

Grandma Nan betrachtete das Foto erneut. Tias Gesicht blickte strahlend zu ihr auf wie eine Blume zur Sonne. Was für ein krasser Gegensatz zu Logans ernster Miene. Ob die beiden sich wohl mochten und vertrugen? Sie versuchte sich vorzustellen, wie sie am Küchentisch zusammen Hausaufgaben machten. Logan war ein guter Schüler und hätte ihr bestimmt geholfen, wenn sie es brauchte. Ob die Anwesenheit von Tia und ihrer Mutter im Haus wohl Roberts emotionale Ausbrüche dämpfte? Oder ihnen sogar einen Riegel vorschob? Man sollte meinen, einem erwachsenen Menschen müsste es peinlich sein, sich so zu verhalten und wegen winzigster Kleinigkeiten aus der Haut zu fahren. Schuld daran war der Alkohol. Robert war immer labil gewesen, und der Alkohol hatte ihm den Rest gegeben.

Heftige Gefühle überschwemmten Grandma Nan. *Ach, Logan, wohin bist du verschwunden?* Sie hielt das Foto hoch und fragte: »Wäre es irgendwie möglich, dass ich eine Kopie davon bekomme?«

Jenny zögerte.

»Wenn keiner davon erfährt?«, bat Grandma Nan eindringlich.

»Das ist wahrscheinlich keine gute Idee«, antwortete Jenny, den Blick auf das Foto geheftet. »Ich verstehe, dass Sie etwas wirklich Schreckliches durchmachen, aber falls das jemand herausfindet, bekomme ich ernstliche Schwierigkeiten.« Sie dachte noch einmal kurz nach und nahm Grandma Nan das Foto aus der Hand. »Warten Sie hier«, sagte sie und verschwand durch eine Tür.

Als sie zurückkam, hielt sie zwei Kopien in der Hand: ein Klassenfoto und noch ein größeres, auf dem Logan allein zu sehen war. Sie steckte die Fotos in einen Umschlag und sagte: »Von mir haben Sie die nicht.«

»Sie können sich nicht vorstellen, wie dankbar ich Ihnen dafür bin«, gab Grandma Nan zurück.

9

Logan stand auf der Plattform des Baumhauses und wachte über das Land um ihn herum. Der Wald schien sich ewig weit auszudehnen. Logan stellte sich vor, dieses Land gehöre ihm und er sei König über alles, was er betrachtete. Wenn er ein König wäre, dann einer, der zu allen Menschen gütig wäre. Sie würden mit ihren Problemen zu ihm kommen und seinen weisen Rat einholen, und er würde immer die richtigen Antworten für sie haben. In seinem Königreich müsste niemand hungern oder dursten. Wer krank oder verletzt wäre, könnte jederzeit einen Arzt aufsuchen und bräuchte dafür nicht einmal zu bezahlen.

In seinem Königreich gäbe es ein ganz besonderes Buch, *Das Buch Logan,* in dem man Antworten auf alle Fragen finden könnte und Lösungen für alle Probleme. Er stellte sich vor, er stünde auf einem Balkon, unter sich seine ehrfürchtigen Untertanen, und zwar so viele von ihnen, dass man mit ihnen ein ganzes Fußballstadion füllen könnte. Die Menschenmenge würde so weit reichen, wie das Auge blickte. Er würde Reden halten, die von jedem gepriesen würden, der sie hörte, und seine Worte würden von Generation zu Generation weitergegeben. Körperliche Züchtigungen für Kinder würde er gesetzlich verbieten. Vielmehr würden die Eltern wissen, wie man freundlich mit seinem Kind sprach und es liebevoll belehrte. Das alles sah er genau vor sich.

Ein leichter Windstoß ließ die Blätter rascheln. Auf allen Seiten trällerten Vögel, als wollten sie ihn bei sich begrüßen. Er stützte sich auf die Ellbogen, ohne sich darum zu scheren, dass das Holzgeländer ziemlich schmuddelig war. Beim Spähen durch die Zweige bemerkte er plötzlich etwas, das ihm bisher gar nicht aufgefallen war. Ein Haus. Nicht das Haus am Fuß des Hügels, das modern war und in dessen Garten ein Grill auf der Terrasse stand und Metallteile im Gras lagen. Dieses neu entdeckte Haus war näher. Wenn er etwas laut riefe, könnte eine Person im Garten hinter dem Haus ihn hören. So nahe war es.

Zu nah. Falls er sich dazu entschließen sollte, das Baumhaus künftig als Basis zu benutzen, müsste er ganz besonders vorsichtig sein.

Doch die Neugier gewann die Oberhand, und er beschloss, sich das Haus näher anzuschauen. Also ließ er die leere Limonadendose neben den Plastikteetassen und dem Plastikbesteck auf dem Tisch stehen, kletterte die Leiter hinunter und machte sich auf den Weg. Am Waldrand angekommen, blieb er stehen und spähte durch einen Strauch. Da stand es vor ihm. Das Haus. Oder eher ein Cottage. Es hatte mit Holz verkleidete Wände, dunkelgrüne Fensterläden und von Fensterkreuzen gefasste Scheiben. Die Terrasse war von einem Schattenspender geschützt, einem wie ein Kartoffelchip gewellten Metallblech, das von dekorativen schmiedeeisernen Pfosten getragen wurde. Die Schneckenverzierung der Pfosten erinnerte Logan an den Buchstaben S. Ein kleiner, betonierter Absatz führte zur Schwelle der Hintertür, und daneben stand unter einem Fenster eine Bank mit Hundespielzeug und einer Gießkanne darauf.

Rechts der Terrasse lag ein großer Nutzgarten, der mit Maschendrahtzaun eingefasst war, vermutlich um Kaninchen und andere Tiere draußen zu halten. Die Pflanzen waren hochgewachsen, grün und üppig. Er sah das Rot nahezu reifer Tomaten, und das Wasser lief ihm im Mund zusammen. Das Sandwich und die Chips zur Mittagszeit waren inzwischen nur noch eine Erinnerung und sein Magen leer. Und was sah er da noch? Waren das nicht Paprika? Er reckte den Hals, war sich aber nicht sicher. Das in der einen Ecke war jedenfalls Mais. Neben dem Garten hing Wäsche an der Leine und flatterte im Wind.

Logan bestaunte diese unerwartete Fülle an Nahrung und dachte angestrengt nach. Seine Großmutter hatte ihm immer klargemacht, wie wichtig es war, ehrlich zu sein. Einmal hatte sie sich hingekniet, sein Gesicht zwischen die Hände genommen und ihm das Versprechen abgenommen, dass er sie niemals anlügen würde. Ein anderes Mal hatte sie ihm die Vorstellung des Karmas erläutert, nämlich den Grundgedanken, dass Handlungen Folgen haben und dass alles, was man in die Welt setzt, irgendwann zu einem zurückkehrt. Zwar sind die Verkettungen nicht immer auf Anhieb zu durchschauen, aber gut zu handeln war *immer* richtig. Er hatte ihr erklärt, dass er niemals stehlen würde – es ihr sogar versprochen. Da küsste Grandma Nan ihn und sagte: »Das weiß ich. Du bist ein guter Junge.«

Daran dachte er jedes Mal, wenn er den Impuls verspürte, es mit der Wahrheit nicht so genau zu nehmen oder etwas einzustecken, was ihm nicht gehörte. Allein schon ein Gedanke in diese Richtung flößte ihm Unbehagen ein, als enttäuschte er sie dadurch. Aber das Essen lag direkt vor seiner Nase, da draußen im Freien. Und es sah so aus, als wäre es mehr, als eine einzige Familie aufbrauchen könnte. Seine Gedanken überschlugen sich. War es Diebstahl, wenn der Bestohlene die Sache gar nicht vermisste? War es Diebstahl, wenn der eine Mensch mehr als genug besaß und der andere zu wenig? Er kannte die

Antwort auf beide Fragen. So etwas wie ein bisschen Diebstahl oder einen halben Diebstahl gab es nicht. Stehlen war Stehlen.

Er erinnerte sich an den Apfel, den der Junge in der Schulkantine weggeworfen hatte. Den hatte er sich genommen, aber das war kein Diebstahl gewesen. Der Junge hatte ihn ja nicht mehr gewollt. Vielleicht lag hier ja die eine oder andere Gemüsefrucht auf dem Boden und war schon von Tieren angeknabbert worden oder leicht angefault. Dann hätte er das Gefühl, sie ruhig nehmen zu können. Sie wäre so etwas Ähnliches wie Abfall, und er hülfe damit nur dem Gärtner, den Garten ordentlich zu halten.

Inzwischen war die Dämmerung hereingebrochen, doch es war noch hell genug, um etwas zu sehen. Hinten auf der Terrasse war kein Licht an, und so könnte man ihn bei einem Blick aus dem Fenster wohl kaum entdecken. Wenn er jetzt ein wenig Gemüse fände, könnte er es mit zum Baumhaus nehmen und hätte dann etwas für morgen. Den Dollar besaß er ja ebenfalls noch. Morgen könnte er zum Tankstellenshop zurückkehren und sich noch etwas Zusätzliches zum Essen kaufen.

Er ging quer durch den Garten und an der Terrasse vorbei zum umzäunten Gartenstück. Jetzt war er so dicht dran, dass er das Tor sah, durch das man hineingelangte. Der Maschendrahtzaun reichte ihm bis zum Hals. Wer immer das Gemüse gepflanzt hatte, passte gut darauf auf.

Ein nervöser Blick zum Haus zeigte Logan zu seiner Erleichterung, dass dort noch immer kein Licht brannte. Das Gartentor war mit einem Haken verschlossen. Er öffnete es, trat ein und musterte die Pflanzenreihen mit schnellem Blick. Tatsächlich lag neben einem der Tomatensträucher eine leuchtend rote Frucht auf der Erde, als hätte sie nur auf ihn gewartet. Logan hob sie auf und rieb sie an seinem Shirt ab. Wie schön sie war. Er würde sie wie einen Apfel verzehren, wenn er wieder im Baumhaus säße.

Er verließ den Garten so schnell, wie er eingetreten war, und legte hinter sich den Haken vor. Das Rascheln der flatternden Wäsche erregte seine Aufmerksamkeit, und er bemerkte zwei gestreifte Badetücher, die ordentlich neben einigen Handtüchern und Waschlappen hingen.

Er ging hinüber und befühlte den Stoff. Er war dicker und weicher als die Handtücher seines Dads, und ihm kam der Gedanke, wie schön es wäre, in der Nacht eines dieser Handtücher zu haben. Ohne Zudecke schlief er schlecht. Unter so einem Tuch würde er leichter zur Ruhe kommen, und am Morgen könnte er im Bach baden und sich damit abtrocknen. Wäre es Diebstahl, wenn er sich jetzt eines nähme und es später zurückbrächte? Eine Stimme im Hinterkopf sagte ihm, dass die Besitzer des Hauses nicht glücklich sein würden, wenn sie entdeckten, dass ein Handtuch fehlte. Aber wie zufrieden würden sie dann sein, wenn er es zurücklegte! Ihm war klar, dass er die Regeln damit allzu weit dehnte, aber sein Verlangen war stärker. Blitzschnell beschloss er, sich ein Badetuch auszuleihen. Auf Zehenspitzen kam er gerade so eben an die Wäscheklammern heran, nahm sie ab und holte eines der gestreiften Badetücher von der Leine. Er war schon auf dem Rückweg und an der Terrasse vorbei, als die Hintertür des Hauses aufging und ein riesiger Hund mit mächtigem Kopf herauskam. Logan erstarrte, und gleich darauf bellte der Hund laut los, während die Frau in der Tür schrie: »He, du!« In diesem Moment wich die Starrheit aus Logans Körper, und er konnte losrennen. »Zurück! Bleib stehen, du Dieb!« Der Hund hetzte hinter Logan her und war fast bei ihm, als dieser den Waldrand erreichte. Instinktiv warf er die Tomate hinter sich und rannte schneller als je zuvor in seinem Leben, während die Zweige des Unterholzes ihm ins Gesicht peitschten.

Als er das Baumhaus erreichte, kletterte er eilig die Leiter hinauf und machte die Tür hinter sich zu. Wenn es doch nur ein Schloss gäbe. Er hörte das tiefe Bellen des Hundes, nicht drohend, aber doch angsteinflößend. Es hallte in der Ferne durch den Wald, bis er endlich die Frau rufen hörte: »Samson. Samson! Komm zurück.«

Er kauerte sich erschöpft auf den Boden des Baumhauses und wiegte sich hin und her. Sein Herz raste, und er schnappte mit dem furchtbaren, aber vertrauten Gefühl nach Luft, dass etwas ihn in der Mitte zusammenquetschte. Als ihm das zum ersten Mal zugestoßen war, war er noch viel jünger gewesen und hatte geglaubt, er hätte einen Herzanfall und würde bald sterben. Doch das Gefühl war damals vorübergegangen, genau wie später immer, und es hatte ihn bisher nicht umgebracht. Doch das Wissen, dass er es überstehen würde, machte es nicht leichter zu ertragen. Man hatte ihn beinahe dabei erwischt, wie er Essen und ein Handtuch stahl. Wie er das Gesetz übertrat. Dies war ein ernstes Vergehen.

Nun, er hatte das Badetuch noch immer bei sich. Wenn man ihn also jetzt aufstöberte, würde man wissen, dass er ein Dieb war. Er war in ein fremdes Grundstück eingedrungen und hatte gestohlen. Diese Frau würde mit Sicherheit die Polizei rufen und ihn abholen lassen. Er ließ sich auf den Hintern plumpsen und zog das Badetuch so eng um sich, dass nur noch seine Augen und seine Stirn herausschauten. Das Tuch war dicker und flauschiger, als er es gewöhnt war, und es roch auch gut. Nach Sonne und Wind. Er sog den Geruch ein und versuchte, sein Herz zur Ruhe zu zwingen, damit es ihm nicht die Brust entzweiriss.

Wenn er zu Hause diese Mini-Herzanfälle hatte, zeigte sein Vater kein Mitgefühl. Im Gegenteil, er reagierte sogar voll Abscheu. »Du Loser«, hatte er mehr als einmal gesagt. »Was bist du für eine Enttäuschung.« Sein Vater hatte sich einen Sohn gewünscht, der so hart und zäh war wie er selbst, gut im Sport und ein Siegertyp beim Armdrücken. Einen lauten, selbstbewussten Burschen. Aber so war Logan nicht. Überhaupt nicht. Er war nicht selbstsicher. Nie. Das Leben war laut, verwirrend und beängstigend. Diese Anfälle machten alles nur noch schlimmer, weil er niemals wusste, wann sie plötzlich losgehen würden.

Was er jedoch wusste, war, wann sie angefangen hatten. Nämlich unmittelbar nach dem schlimmsten Ereignis, das ihm jemals zugestoßen war. Logan war dabei gewesen, als es passierte, auch wenn der Polizei später gesagt wurde, er habe damals schon im Bett gelegen und geschlafen. Eine Lüge. Er war Zeuge geworden, und selbst jetzt, Jahre später, spulte sich das Ende des Abends wie in einer furchtbaren Endlosschleife immer wieder in seinem Kopf ab.

Es hatte mit wütend erhobenen Stimmen begonnen und mit einem so niederschmetternden Anblick geendet, dass er selbst jetzt noch beim Gedanken daran am liebsten geweint hätte. Als es schließlich vorbei war, hatte sein Vater ihn gepackt und gesagt: »Kein Wort darüber, verstanden? Kein einziges Wort. Wenn du irgendjemandem davon erzählst, wird es dir leidtun.«

Und Logan hatte es niemals jemandem erzählt. Wozu auch. Es würde nichts ändern.

10

Die Gegend, in der Joanne lebte, war so ländlich, dass sie nur selten Autos auf der Straße sah, und schon gar keine Menschen, die unerwartet in ihrem Garten auftauchten. Daher war sie bestürzt, als sie Samson für sein Geschäft nach draußen schicken wollte und beim Öffnen der Hintertür eine dunkle Gestalt entdeckte, die verstohlen durch den Garten huschte. Selbst im Dämmerlicht erkannte sie, dass die Person zu klein war, um ein Erwachsener zu sein. Es war ein Junge. Ein kleiner Junge, und er hatte sich eines ihrer gestreiften Badetücher über den Arm geworfen.

Dann war alles auf einmal passiert. Samson erblickte den Jungen im selben Moment wie sie, sein Schutzinstinkt erwachte, und er rannte bellend los. Sie selbst schrie etwas, was den Jungen erschreckte und veranlasste, aus dem Garten in den Wald zu flüchten, mit Samson dicht auf den Fersen. Gleich darauf hatte sie den Hund zurückgerufen, weil sie sich vor einer Racheaktion des Kindes fürchtete, das den Hund treten oder mit einem Stock schlagen könnte. Allein schon bei dem Gedanken krümmte sie sich innerlich. Samson war ein großer Hund, der laut bellte, im Herzen aber war er wie ein kleines Kind. Glenn war beunruhigt gewesen, als er erfuhr, dass sie sich im Tierheim für einen Pitbull-Mix entschieden hatte, aber sie selbst hatte sich niemals Sorgen gemacht. Vom ersten Tag an war er immer nur freundlich gewesen, liebevoll um sie bemüht, und er folgte ihr auf Schritt und Tritt wie ein Hundeschutzengel. Wenn sie ihn allein zu Hause ließ und länger als üblich wegblieb, begrüßte er sie bei ihrer Rückkehr mit mehr Begeisterung, als sie verdient hatte. Mit mehr Freude, als nur irgendein lebender Mensch ihr je gezeigt hatte.

Samson hatte kehrtgemacht und war mit seiner üblichen Begeisterung zu ihr zurückgerannt. Als er den Lichtschein der Terrassenleuchte erreichte, fiel ihr auf, dass um seine Schnauze etwas rot verschmiert war, und sie fragte sich für einen Sekundenbruchteil, ob er die Zähne in etwas geschlagen hatte – in die Beine des Jungen oder in einen Tierkadaver im Wald. Doch bei näherem Hinsehen erkannte sie, dass es sich um eine Tomate handelte. Nun ergaben alle Bruchstücke ein Bild. Der Junge, der in den Garten eingedrungen war, hatte mit der Tomate nach Samson geworfen, und Samson, der nichts lieber tat, als sein rotes Bällchen zu fangen, hatte auch diesen »Ball« im Flug erhascht.

Joanne rieb sich die Stirn. »Was bist du für ein braver Kerl. So schön hast du den Eindringling verjagt«, lobte sie. »Ja, du bist der Beste. Und jetzt lauf los und mach dein Geschäft.« Sie deutete auf das hintere Ende des Gartens, eine Geste, die der Hund gut kannte. Sie wusste selbst nicht, warum ihre Stimme immer eine Oktave höher wurde, wenn sie mit Samson sprach, aber so war es. Sie spähte zum Wald hinüber und fasste die Stelle ins Auge, an der das Kind verschwunden war, doch nichts wies mehr darauf hin, dass jemand dort entlanggerannt war. Hätte Samson das Kind nicht ebenfalls gesehen, würde sie sich wohl fragen, ob ihre alten Augen ihr einen Streich gespielt hatten.

Einen Fremden hier auf ihrem Grundstück zu sehen, selbst einen so kleinen, erfüllte sie mit Unbehagen. Ihr Garten war ihr immer unantastbar erschienen, ein so sicherer Schutzraum, als befände sie sich hinter verschlossenen Türen. Dass jemand bei ihr eindrang und sie bestahl, machte ihr zu schaffen. Es war eine Kränkung. Und um alles noch schlimmer zu machen, hatte der Junge ausgerechnet eines der Handtücher genommen, mit denen sie Samson nach dem wöchentlichen Bad abtrocknete. Das ließ es noch persönlicher wirken.

Sie dachte eine Weile darüber nach, während Samson, der das perfekte Örtchen suchte, im Garten herumschnüffelte. Sollte sie deswegen die Polizei alarmieren? War es das wert? Vielleicht. Es war zwar nur ein Badetuch, aber für sie fühlte es sich schwerwiegender an. Der Junge hatte sie bestohlen. Schlimmer noch, er war in ihr Grundstück eingedrungen und hatte Samson mit einer Tomate beworfen. Und wer weiß, vielleicht hätte er ja noch Schlimmeres angestellt, wäre sie nicht gerade in diesem Moment nach draußen gekommen. Vielleicht wäre er in die Garage oder ins Haus eingebrochen. Und ihr kam ein weitaus schrecklicherer Gedanke. Was, wenn er statt einer Tomate einen Stein geworfen hätte? Damit hätte er Samson ernstlich verletzen können.

Kurz darauf packte sie in der Küche Samsons Schnauze und wischte sie mit einem sauberen Geschirrtuch ab. Ein Blick auf das Tuch bestätigte, dass es sich um eine Tomate gehandelt hatte. Vermutlich eine aus ihrem eigenen Garten. Wo mochte der Junge nur hergekommen sein? Ihr Haus lag Meilen von der Stadt entfernt, und abgesehen von Laura und Paul waren alle Nachbarn ziemlich weit weg. »Ich muss wohl mit ihnen reden«, sagte sie zu dem Hund. Laura und Paul mussten erfahren, dass sich ein Dieb in der Gegend herumtrieb. Oder möglicherweise wussten sie, wer der Junge war. Vielleicht gehörte er ja sogar zu ihnen, war ihr Kind oder ein Besucher. In diesem Fall würden sie mit Sicherheit erfahren wollen, was vorgefallen war.

Sie schloss das Haus ab und nahm beim Hinausgehen den Schlüssel mit. Der kürzeste Weg zum Nachbarhaus führte durch den Wald, aber dort würde sie nicht entlanggehen, denn sie wusste ja nicht, wer sich sonst noch dort draußen aufhalten mochte. »Ich bin gleich wieder da«, rief sie dem Hund zu, als sie die Tür hinter sich zumachte.

Die lange Zufahrt zu ihrem Haus war noch so ein Grund, aus dem Glenn es lieber sehen würde, wenn sie dort auszöge: Sie benötige zu viel Pflege, sei im Winter voll Eis und Schnee, der Weg zum Briefkasten sei zu weit und so fort. Ganz unrecht hatte er damit nicht, dachte sie, als sie vorsichtig den Hang hinuntertappte. Sie hatte sich so sehr daran gewöhnt, diesen Weg mit dem Auto zurückzulegen, dass er ihr immer machbar erschienen war. Als sie bei der Straße ankam, öffnete sie gewohnheitsmäßig den Briefkasten, obgleich sie die Post des Tages bereits herausgenommen hatte. Er war leer, aber immerhin sah sie, dass der Nachbarbriefkasten mit dem Namen »Sutton« beschriftet war, wie sie es ja auch gedacht hatte. Sie ging bis zur Einfahrt ihrer Nachbarn weiter und lief zu deren Haus.

Sie hatte es noch nie aus so großer Nähe gesehen und war von der riesigen Fensterfront überrascht – eine gläserne Wand, die das Gebäude von allen Seiten umfasste. Noch verblüffender erschienen ihr die fehlenden Jalousien. Hier konnte jeder direkt hineinschauen. Das Haus war hell erleuchtet, und es kam ihr so vor, als blickte sie durch die Scheibe auf eine Installation in einem Museum. Der Titel wäre »So lebt das moderne Ehepaar«. Ausgestellt würden skandinavische Designermöbel, an Papierlaternen erinnernde Lampen und ein Flachbildschirm von der Größe einer Weltkarte, wie sie in einem Grundschulklassenzimmer hängt. Was für ein Gegensatz zu ihrer Couch mit dem Karomuster, ihrem beigefarbenen Schaukelstuhl und dem Telefon, das noch immer in der Küche an der Wand hing. Ihre Enkeltöchter hatten sich manchmal köstlich mit dem Spiel amüsiert, so zu tun, als telefonierten sie und gingen dabei weg, würden aber immer wieder wie ein Bumerang zurückgelenkt, wenn sie das Ende der Schnur erreichten. Okay, ihr Telefon mochte komisch und altmodisch sein, aber sie schaffte sich trotzdem kein neues an. Dieses hier hatte immer seinen Zweck erfüllt, danke bestens.

Joanne klopfte ein paarmal an Pauls und Lauras Tür. Als sich drinnen nichts rührte, drückte sie auf die Klingel.

11

Sie waren gerade nach dem Abendessen mit dem Abwasch fertig, da klingelte es an der Tür. Paul und Laura wechselten einen erstaunten Blick. »Das ist jetzt hoffentlich nicht deine Mutter«, sagte Laura nur halb im Scherz. Allerdings war das unwahrscheinlich, da seine Eltern drei Stunden entfernt wohnten und eigentlich nie ohne Vorankündigung hereinschauten. Und noch unwahrscheinlicher, weil Paul gerade heute erst eine Stunde lang mit seiner Mutter telefoniert hatte, während Laura im Supermarkt gewesen war. Das lange Gespräch bedeutete, dass sie jetzt wieder wechselseitig auf dem Laufenden waren. Pauls Mutter, die manchmal ein wenig schroff sein konnte, sagte sogar zum Schluss: »Also, ich glaube, jetzt wissen wir über alles Bescheid. Grüß bitte Laura von mir.«

Als Paul die Tür aufmachte, erkannte er die alte Frau nicht auf Anhieb. »Kann ich Ihnen helfen?«, fragte er. Ihm war bewusst, dass seine Frau links hinter ihm stand.

»Ja, ich bin die Frau von nebenan. Joanne Dembiec?«

Ja, natürlich. Sie hatten sich einander schon einmal vorgestellt und winkten sich öfters im Vorbeifahren gegenseitig zu. Ihr Sohn hatte die Einzelheiten des Grundstücksverkaufs geregelt und erklärt, seine Mutter freue sich über die neuen Nachbarn, aber das entsprach nicht Pauls Eindruck. »Bitte. Kommen Sie doch herein.« Er trat zurück und hielt ihr die Tür auf.

»Ich möchte nicht stören«, begann sie beim Eintreten. »Aber haben Sie vielleicht ein Kind? Einen kleinen Jungen?«

Paul spürte, wie Lauras Hand sich auf seiner Schulter anspannte. »Wir haben keine Kinder«, sagte er. »Wir sind nur zu zweit.«

»Und es ist auch niemand bei Ihnen zu Besuch?«

»Nein.«

»Ich frage das nur, weil ich vor ein paar Minuten ein Kind in meinem Garten auf frischer Tat ertappt habe. Einen Jungen. Er hat ein Handtuch von meiner Wäscheleine gestohlen und meinen Hund mit einer Tomate beworfen. Dann ist er in den Wald verschwunden. Ich weiß nicht, wo er herkam, aber ich dachte, Sie sollten Bescheid wissen. Damit Sie gut auf ihr Haus aufpassen und vielleicht alles Wertvolle aus dem Garten hereinholen.«

»Haben Sie die Polizei gerufen?«, fragte Paul.

»Noch nicht«, antwortete Joanne. »Es ist erst vor ein paar Minuten passiert, und ich konnte den Jungen nicht richtig erkennen. Da wird die Polizei wohl nicht viel unternehmen können. Aber ich dachte, ich informiere Sie besser, weil Sie ja ganz in der Nähe wohnen.« Am Ende des Satzes zitterte ihre Stimme, und Paul schloss daraus, dass der Vorfall ihr mehr zu schaffen machte, als es zunächst den Anschein gehabt hatte.

Inzwischen stand Laura unmittelbar neben ihm. Das Gesicht, das sie gerade machte, kannte Paul gut. »Kommen Sie doch herein und setzen Sie sich«, sagte sie freundlich und deutete zum Wohnzimmer. »Dann können Sie uns von Anfang an erzählen, was vorgefallen ist.«

Joanne nickte und ließ sich von Laura zur Couch führen.

»Kann ich Ihnen etwas zu trinken anbieten?«, fragte Laura. »Eine Limonade oder ein Wasser?«

»Oder einen Wein?«, fügte Paul hinzu. »Wir haben gerade eine Flasche Riesling aufgemacht.«

Joanne nickte. »Riesling klingt gut. Vielleicht nur ein halbes Glas?«

Paul ging in die Küche, um den Wein zu holen, und lauschte dabei mit einem Ohr auf die beiden Frauen. Joanne erzählte, wie sehr sie erschrocken war, im Dunkeln jemand Unbekannten im Garten zu entdecken, und Laura murmelte zur Antwort etwas Mitfühlendes. Laura hatte ein Händchen dafür, Menschen aus sich herauszulocken. Es war, als würde sie um sich herum einen Zauber verbreiten. Sogar im Lift sprachen manchmal Unbekannte sie an. Kassiererinnen im Supermarkt erzählten ihr ihre Sorgen. Babys hörten auf zu weinen, wenn sie mit ihnen redete. Er hatte versucht herauszufinden, was sie so zugänglich machte, war aber nur zu dem Schluss gelangt, dass sie großes Einfühlungsvermögen besaß. Sie brauchte nur kurz zu nicken oder den Kopf zur Seite zu neigen, und jeder begriff, dass sie mitfühlte.

Pfeifend nahm Paul drei Weingläser aus dem Schrank und stellte sie nebeneinander auf die Küchentheke. Die Terrassenleuchte war an, und durchs Fenster über der Spüle blickte er auf die Teile von Lauras Mobile, die noch immer im Gras lagen. Es war zwar unwahrscheinlich, dass jemand sie stehlen würde, aber er würde sie trotzdem hereinholen. Er ging lieber auf Nummer sicher. Beim Einschenken des Weins dachte er über das Telefongespräch nach, das er heute mit seiner Mutter geführt hatte. Es war ungewöhnlich, dass sie sich so lang unterhielten. Normalerweise wechselten sie ein paar Nettigkeiten, bevor er das Telefon an Laura weiterreichte, denn in Wirklichkeit wollte seine Mutter vor allem mit ihr reden. Doch diesmal war es anders. Aus irgendeinem Grund war er mit dem einzigen Thema herausgeplatzt, das in seiner Ehe problematisch war. Kinder. Oder, besser gesagt, ein Kind. Laura hatte eine Art verzweifeltes Verlangen, fast eine Begierde danach, ein Kind zu lieben und großzuziehen. Seit klar war, dass eine Schwangerschaft ausgeschlossen war, hatten sie verschiedene Alternativen in Erwägung gezogen. Eine Leihmutterschaft hatten sie ausgeschlossen, oder besser gesagt, Paul hatte sie ausgeschlossen. Die Vorstellung war ihm unangenehm, und die Kosten waren immens.

Laura hatte hier zurückgesteckt, legte aber ohnehin keinen Wert darauf, dass das Kind mit ihnen verwandt war; sie war für alles offen. Sie hatte eine Pflegeelternschaft mit einer Aussicht auf Adoption vorgeschlagen. In ihrer Vorstellung gab es irgendwo im Land ein Kind, das auf sie wartete, und je länger sie den Prozess durch endloses Grübeln hinauszögerten, desto länger müsste dieses Kind warten.

»Und was hast du gegen die Idee einzuwenden?«, fragte seine Mutter. »Du möchtest kein Pflegekind aufnehmen?«

Paul seufzte. »Es ist nicht so, dass ich es nicht *möchte.* Ich glaube einfach nur, dass sie es nicht gründlich durchdacht hat. Sie begreift anscheinend nicht, dass sie sich damit in eine Lage manövrieren könnte, die ihr das Herz bricht. Wer weiß denn, was das Kind vielleicht schon durchgemacht hat? Ich habe Tag für Tag mit Kindern zu tun, und glaub mir, die Bandbreite ist immens. Laura möchte ein Kind, das sie lieben kann, aber ihr ist wohl nicht ganz klar, dass man einfach nicht weiß, was man bekommt.«

Seine Mutter lachte. »Paul, selbst wenn es die eigenen Kinder sind, weiß man nie, was man sich mit ihnen einhandelt. Ich habe euch drei zur Welt gebracht, aber du, dein Bruder und deine Schwester, ihr könntet nicht unterschiedlicher sein.«

»Das weiß ich«, erwiderte er ein wenig ungeduldig. »Aber ich meinte die Gefahr, ein Kind mit einer schweren seelischen Krankheit oder mit riesigen Verhaltensproblemen zu bekommen.« So etwas konnte eine Ehe ruinieren. Das sagte er zwar nicht, aber es war der Hauptgrund für seine Vorbehalte.

»So jemanden haben wir doch auch in unserer eigenen Familie.« Sie wirkte fast freudig erregt, als wäre sie ganz wild darauf, seine Einwände zu widerlegen. »Erinnerst du dich noch an Onkel Dave bei der letzten Familienhochzeit?«

Doch Paul ließ sich nicht darauf ein. »Und selbst wenn das Pflegekind sich gut einfügt und nicht verhaltensauffällig ist, kann es vorkommen, dass die leiblichen Eltern sich wieder fangen und das Kind zurückhaben wollen. Du selbst aber hast schon dein Herz daran gehängt. Wäre das nicht eine Katastrophe für Laura? Ich versuche nur, sie zu beschützen.«

Jetzt schwieg seine Mutter am anderen Apparat. »Ich weiß, dass du Laura liebst und sie beschützen willst, aber ich sage dir, was ich bei dir wirklich heraushöre – *du selbst* bist derjenige, der sich wegen all dieser Dinge Sorgen macht. Bei Laura klingt es so, als wäre sie bereit, das Risiko einzugehen. Du weißt, dass es bei einer solchen Frage keinen Kompromiss gibt. Man kann kein halbes Kind aufnehmen. Entweder du bist mit dabei oder eben nicht. Laura war immer für dich da. Möchtest du denn nicht, dass sie glücklich ist?«

«Sie *ist* doch glücklich«, antwortete er mit Nachdruck. »Endlich hat sie Zeit für ihre künstlerische Arbeit, und gerade hat sie einen großen Auftrag bekommen. Außerdem planen wir für nächsten Sommer einen Urlaub in Spanien.« Es kam ihm so vor, als sollte das reichen. »Wenn sie weiter künstlerische Erfolge einfährt, wird ihr Kinderwunsch schwächer werden. Sie wird dann einfach zu viel zu tun haben, um daran zu denken.«

»Ich glaube nicht, dass das passieren wird, Paul.«

»Nun, warten wir's ab.«

»Ich weiß, dass du mich nicht um meinen Rat gebeten hast …«

»Aber davon lässt du dich nicht aufhalten.«

Die Mutter lachte. »Du warst immer schon ein kluger Junge. Jedenfalls sage ich dir jetzt, was ich mache, wenn ich vor einer schwierigen Entscheidung stehe und nicht weiß, welchen Weg ich einschlagen soll. Zunächst einmal tue ich gar nichts. Sondern ich höre nur zu.«

»Du hörst zu?«

»Ich höre zu, und früher oder später bekomme ich ein Zeichen, das mich in die richtige Richtung weist. Das ist nicht immer ein wirklich reales Zeichen. Manchmal ist es einfach nur eine leise Stimme in meinem Inneren, aber immer, immer und jedes Mal bekomme ich ein Zeichen. Wenn das geschieht, ist mir die Lösung für mein Dilemma mit einem Mal vollkommen klar. Ich will jetzt nicht behaupten, dass man nur auf diese Weise an eine Entscheidung herangehen kann, aber bei mir funktioniert es. Vielleicht willst ja auch du einmal innehalten, hinhören und sehen, was passiert.«

»Okay, Mom, ich werde es versuchen.«

Beiden war klar, dass er das nur ihr zuliebe sagte, denn er war zu klug, um mit seiner Mutter zu streiten. In seiner Kindheit lautete der Familienleitspruch: »Mutter weiß es am besten.« Er hatte zwar letzthin nicht die Probe aufs Exempel gemacht, nahm aber an, dass er immer noch galt.

Er riss sich aus seinen Gedanken, korkte die Flasche zu, stellte sie in den Kühlschrank und trug die drei Gläser ins Wohnzimmer. Die beiden Frauen blickten nur kurz zu ihm auf, ergriffen jede ein Glas und unterhielten sich weiter.

»Das ist wirklich faszinierend«, sagte Joanne gerade. »Ich bin vollkommen verblüfft, dass ich direkt neben einer Künstlerin wohne.«

Paul ließ sich ihnen gegenüber nieder und beobachtete die beiden, die wie alte Freundinnen lebhaft miteinander plauderten. Laura holte ihren Laptop und zeigte Joanne die Entwürfe des fertigen Mobiles. »Es wird im überdachten Innenhof einer neonatologischen Station eines Krankenhauses in Milwaukee hängen«, erklärte sie.

»Neonatologische Station?«

»Das ist die Intensivstation für Frühchen. Dort bleiben die zu früh geborenen Babys, bis sie so stabil sind, dass sie nach Hause dürfen.«

Laura erklärte, dass sie Scheinwerfer montieren würde, deren durch die Prismen gebrochene Lichtstrahlen auf die sich bewegenden Metallteile fallen würden. Joanne staunte über ihre Kreativität. »Sie sind Künstlerin und gleichzeitig Erfinderin und Magierin«, rief sie aus.

»Ach, das würde ich nicht sagen«, wehrte Laura, deren Wangen sich röteten, das Kompliment ab.

Joanne sah Paul direkt in die Augen. »Sie sind bestimmt sehr froh, eine so talentierte Frau zu haben.«

»Ja, wahrhaftig, das können Sie mir glauben. Ich habe mit meiner Frau einen Sechser im Lotto gewonnen.«

»Ach, genug davon.« Laura winkte verlegen ab, doch er sah deutlich, dass seine Worte ihr gefielen. Sie freute sich immer riesig über ein Kompliment. Er sollte ihr wirklich öfter welche machen.

Es gab überhaupt nichts, was Paul *nicht* an seiner Frau liebte. Als sie sich kennenlernten, arbeiteten sie beide in Abendkursen auf einen Master zu. Bei ihrer ersten Begegnung stand sie vor sich hin summend an einem Trinkbrunnen und füllte eine Wasserflasche auf. In dieser Durchgangshalle wimmelte es von anderen Studenten, doch sobald sein Blick auf sie fiel, war es ihm, als würde ein Scheinwerfer aufleuchten und sie in sein Licht tauchen. Gewiss, sie war hübsch, aber auf dem Campus gab es viele hübsche Frauen. Doch keine war wie sie. An jenem Tag hatte sie sich einen Zopf geflochten und ihn wie einen Kranz um ihren Kopf gelegt. Bei einer anderen Frau hätte das vielleicht merkwürdig ausgesehen, aber bei ihr funktionierte es. Beim Auffüllen der Wasserflasche merkte sie, dass er sie anstarrte, und entschuldigte sich: »Ich bin fast so weit. Sorry. Gleich bin ich hier weg.« Und als sie den Deckel zuschraubte und zurücktrat, fuhr sie fort: »Man soll immer genug trinken, weißt du.«

Als er sie später draußen auf einer Bank entdeckte, setzte er sich neben sie und fragte: »Na, trinkst du immer noch genug?« Er hielt das für einen guten Spruch, den er sich raffiniert zurechtgelegt hatte, doch sie erinnerte sich gar nicht an ihre Bemerkung von zuvor und sah ihn verwundert an. Paul erklärte ihr, warum er etwas so Verrücktes gesagt hatte, und es war keineswegs peinlich, sondern sie krümmte sich vor Lachen. Danach kamen sie ins Gespräch, und es endete nie wieder. Heute war der Spruch über die Wichtigkeit des Trinkens einer ihrer Running Gags, den nur sie beide verstanden.

Er liebte alles an Laura. Hätte er mit ihr ein Kind zeugen können, hätte es sie unglaublich glücklich gemacht und ihn ebenfalls. Dass es nicht geklappt hatte, war der eine Punkt, den er in seinem Leben bedauerte.

Paul trank seinen Wein und überließ das Reden den beiden Frauen. Joannes Sohn lebte in Seattle, und diese Stadt hatten Paul und Laura kürzlich besucht. Da konnten sie und Joanne sich über einiges austauschen. Sie sprachen auch über die Bibliothek ihres eigenen Städtchens und das Café an der Main Street. »Wir müssen uns demnächst mal dort zum Lunch treffen«, sagte Laura. Joanne machte eine erfreute Miene, und in diesem Augenblick war klar, dass seine Frau eine Freundin gewonnen hatte. Nach einer Stunde kündigte Joanne an, sie werde nun den Berg hinauf nach Hause zurückmarschieren, doch Laura sagte: »Sie sollten nicht zu Fuß durch die Dunkelheit gehen. Und schon gar nicht, wenn dort draußen ein Unbekannter herumlungert.«

Paul fing das Stichwort auf. »Ich fahre Sie«, sagte er und stand auf.

»Aber es ist doch gar nicht weit«, protestierte Joanne. »Ich möchte Ihnen wirklich keine Umstände bereiten.«

»Es ist zwar nicht weit, aber dunkel, und der steile Weg könnte rutschig sein«, widersprach Laura. »Lassen Sie doch bitte zu, dass Paul sie fährt. Okay? Sonst mache ich mir Sorgen.«

»Das macht doch überhaupt keine Mühe«, fügte Paul hinzu. »Ich hole den Schlüssel.«

12

Im Baumhaus versuchte Logan, sein Herzrasen mit einem Trick zu bezähmen, den er schon lange kannte. Er hatte einmal entdeckt, dass er das heftige Herzklopfen ignorieren und sich stattdessen auf etwas anderes konzentrieren musste. Das half. Es war fast, als würde sein Herz dann das Interesse am Angsthaben verlieren.

In der Dunkelheit nahm er den Dollarschein aus der Hosentasche, setzte sich auf einen Stuhl, legte den Schein auf den Tisch und strich die Falten mit den Fingerspitzen glatt. Ein Dollar. Mehr Geld besaß er nicht auf der Welt. Er würde sehr sorgfältig damit umgehen müssen. Es würde gerade noch reichen, um an der Tankstelle eine Kleinigkeit zu kaufen, und dann wäre sein Glück aufgebraucht. Am Arsch, sagte sein Vater immer. Logan wusste, dass er selbst diese Worte nicht aussprechen sollte. Grandma Nan hasste Schimpfwörter und Flüche und erklärte, nur faule Leute redeten so. Ein intelligenter Mensch könne alle möglichen verschiedenen Wörter finden, um etwas zu beschreiben. »Du musst lernen und dich bilden, Logan«, sagte sie oft. »Ein kluger Junge wie du kann es in der Welt weit bringen.«

Lernen war Grandma Nans liebstes Hobby, und besonders gern erzählte sie Logan von neuen, interessanten Ideen. Sie hatte immer ein Buch in der Handtasche, damit sie für Wartezeiten gerüstet war. Das letzte Buch, das er sie lesen gesehen hatte, hatte von Dschingis Khan gehandelt. Sie fand es faszinierend. Manchmal las sie auch Krimis oder Thriller, aber nur, wenn sie nicht zu blutrünstig waren. Am liebsten mochte sie Biographien oder Sachbücher über neue wissenschaftliche und technische Entwicklungen. »Je mehr ich lerne, desto mehr wird mir klar, wie wenig ich weiß«, sagte sie immer.

Und noch etwas Gutes gab es bei Grandma Nan. Wenn sie ihm versprach, etwas mit ihm zu machen – zum Park fahren, Plätzchen backen oder einen Schneemann bauen – hielt sie immer Wort. Darauf konnte er sich verlassen. Manchmal sagte sie »versprochen ist versprochen«, und das fand er verwirrend. Was konnte *versprochen* denn sonst sein?

Manchmal erzählte sie ihm Geschichten von seiner Mutter als kleinem Mädchen, und diese Geschichten ließen sie für ihn wieder lebendig werden. Amber, so hatte Logans Mutter geheißen. Wenn Grandma Nan erzählte, klang diese Kindheit wundervoll. Seine Mutter hatte von klein auf im selben Haus gelebt. Und immer dieselbe Schule besucht. Er konnte sich kaum vorstellen, wie so etwas sein musste.

Er atmete tief durch und schloss kurz die Augen, froh, dass der Anfall vorbei war. Um sich eine Art Schlaflager zu machen, schob er die Stühle und den Tisch an die Wand und nahm die Sitzpolster von den Stühlen. Er platzierte sie so auf dem Boden, dass eine improvisierte Matratze entstand. Darauf legte er sich nieder und deckte sich mit dem Badetuch zu. Es war nicht so gut wie eine Decke, weil es ihm nur bis zur Brust reichte, aber besser als nichts.

Logan lag Minuten so da, und sie fühlten sich an wie Stunden. Er blinzelte, doch mit geöffneten Augen sah er nichts anderes als mit geschlossenen. Der Wind in den Bäumen wurde zu einem unheimlichen Geflüster, so als erzählten kleine Kinder sich gegenseitig Gespenstergeschichten.

Er hatte gehofft, unter dem Handtuch besser schlafen zu können, doch jetzt hatte er ein furchtbar schlechtes Gewissen, weil er etwas genommen hatte, das ihm nicht gehörte. Fast meinte er, Grandma Nans Stimme zu hören, die ihn über die Notwendigkeit der Ehrlichkeit und die Wege des Karmas belehrte. Alles Gute und alles Schlechte kehrten zu einem zurück, so drückte sie es aus. Sie würde sich schämen, wenn sie wüsste, was er getan hatte. Vielleicht schaute sie sogar gerade jetzt aus dem Himmel auf ihn herab und wusste genau Bescheid.

Nach ihrem ersten Umzug hatte Logan noch ein Jahr lang regelmäßig von seiner Großmutter gehört. Zweimal hatte sein Vater sogar ihren Besuch zugelassen. Beinahe jede Woche hatte sie Päckchen und Karten mit Fünfdollarscheinen geschickt. Meistens brauchte sein Vater das Geld für den Haushalt auf, aber einmal durfte Logan es behalten, und da kaufte er sich im Laden Süßigkeiten davon. Grandma Nan rief ihn damals oft an und erwartete niemals von ihm, dass er etwas sagte. Stattdessen füllte sie die Stille selbst aus und erzählte ihm, was es bei ihr Neues gab, wie sehr sie ihn vermisste und dass sie ihn besuchen würde, sobald sein Vater es erlaubte.

Doch das änderte sich, kurz nachdem er mit seinem Vater in eine gemeinsame Wohnung mit dessen neuer Freundin gezogen war. Sie hieß Alicia.

Alicia war längst nicht so nett wie Tias Mutter, aber sie achtete auf Sauberkeit und kochte auch. Wie sein Vater war Alicia Biertrinkerin, und sie konnte wirklich enorm viel trinken! Tatsächlich sogar so viel wie sein Dad. Wenn Alicia und sein Dad betrunken waren, wollte keiner von ihnen Logan in der Nähe haben. Damals hatte er gelernt, sich unsichtbar zu machen, und sich in dieser Kunst perfektioniert. Wenn er sich nicht blicken ließ, keine Unordnung machte und niemanden um etwas bat, vergaßen sie einfach, dass er da war, und das war für alle Beteiligten eindeutig das Beste.

Als er eines Abends gerade zu Bett gegangen war, hörte er, wie Alicia seinen Vater fragte, ob es nicht noch irgendwelche Verwandte gäbe, die ihnen Logan abnehmen könnten. Das hatte Logan sich auch selbst schon oft gefragt, denn er wusste, dass Grandma Nan ihn gern bei sich aufgenommen hätte, sein Vater das aber abgelehnt hatte. Seine Weigerung schien mit etwas namens Sozialhilfe zu tun zu haben. Das wusste er, weil er mit angehört hatte, wie Grandma Nan ihrer Schwester am Telefon erklärte, Robert behalte Logan nur wegen der Sozialhilfe. »Meinetwegen kann er das Geld ruhig einstecken«, sagte sie. »Ich möchte nur Logan haben.« Doch dazu war es nicht gekommen, und jetzt hatte Alicia das Thema erneut zur Sprache gebracht. Logan spitzte die Ohren, weil er wissen wollte, was sein Vater sagte.

»Der Junge hat niemanden als mich«, blaffte sein Vater sie lallend an. Logan stellte sich vor, wie die beiden in der Küche saßen und Bier tranken und schon massenhaft leere Dosen an den Rand des Tisches geschoben hatten. »Alle Verwandten seiner Mutter sind tot.«

»Wirklich alle?«, fragte Alicia.

Logan stand auf und schlich auf Zehenspitzen zur Tür, um ganz genau hinzuhören.

»Alle, die ihn nehmen würden«, antwortete sein Vater.

Logan überwand sein Bedürfnis, unsichtbar zu bleiben, ging in die Küche und schrieb ein paar Worte auf eine alte Quittung, die auf der Arbeitsplatte herumlag. *Ist Grandma Nan tot?* Mit stockendem Atem schob er den Zettel zu seinem Vater hinüber. Er musste die Wahrheit wissen, sosehr er sich auch davor fürchtete.

Sein Vater trank einen Schluck Bier, bevor er Logans Zettel las und bejahend nickte. »Alte Menschen sterben nun mal, mein Junge. So ist das Leben. Du musst dich daran gewöhnen. Und jetzt ab ins Bett.«

Logan hatte damals lautlose Tränen in sein Kissen vergossen. Als er am nächsten Morgen aufwachte, waren seine Augen verquollen und rot. Er fühlte sich furchtbar und sah auch so aus, aber niemand schien es zu bemerken. Ihm war zwar der Gedanke gekommen, dass sein Vater nicht immer die Wahrheit sagte, doch als er erst tagelang und dann wochenlang nichts mehr von seiner Großmutter hörte, musste er den Tatsachen ins Gesicht sehen.

Sie war gestorben. Würde sie noch leben, hätte sie schon angerufen und ihm Karten und Päckchen geschickt. Nie und nimmer hätte sie ihn vergessen. Wenn er zu viel darüber nachdachte, blutete die Wunde erneut und er musste schon wieder weinen. Das brachte nichts.

Er konnte sich vorstellen, was Grandma Nan dazu sagen würde, dass er das Handtuch und die Tomate gestohlen hatte und in den Garten der alten Dame eingedrungen war. Sie wäre bestimmt nicht stolz auf ihn. Das Wissen, wie furchtbar enttäuscht sie von ihm wäre, weckte in ihm das bittere Gefühl, von sich selbst enttäuscht zu sein.

Und nun wusste er, was er zu tun hatte.

Gleich darauf kletterte er mit dem Handtuch über der Schulter die Leiter hinunter. Auf der Erde angekommen, suchte er sich zwischen den Bäumen hindurch seinen Weg zum Haus der alten Dame, wobei ihm das Licht, das aus den Fenstern fiel, den Weg wies. Er trat vorsichtig auf und blieb nur einmal kurz stehen, als er in der Nähe etwas rascheln hörte. Der Wind oder irgendein Tier? Besser nicht darüber nachdenken, sonst machte er sich noch selbst verrückt.

Als er schließlich zur Terrasse gelangte, blieb er stehen und faltete das Badetuch ordentlich zusammen. Die Außenlampe war nicht eingeschaltet, aber von drinnen leuchtete ein freundlicher Lichtschein heraus und weckte eine unbestimmte Sehnsucht in ihm. Eine Art Heimweh nach einem Zuhause, das er aus einer längst vergangenen Zeit in Erinnerung hatte, als seine Mutter noch da war und ihr Tod sein Leben noch nicht so hart und kompliziert gemacht hatte.

Er stellte sich auf die Bank neben der Hintertür und spähte durch das Küchenfenster nach drinnen. In der Küche befand sich niemand, aber durch einen offenen Torbogen, der ins Wohnzimmer führte, erhaschte er einen Blick auf eine Frau, die mit geschlossenen Augen in einem Schaukelstuhl saß. Der Hund lag zu ihren Füßen, den Kopf auf ihre Pantoffeln gelegt und die Pfoten zu beiden Seiten aufgestützt. Beide sahen zufrieden und entspannt aus. Jetzt konnte er sich die Dame, die ihn vom Grundstück verjagt hatte, einmal genau ansehen. So wirkte sie gar nicht furchterregend, sondern einfach nur alt. Ihr graues Haar war kinnlang geschnitten, und sie hatte eine Nickelbrille auf der Nase. Trotz der sommerlichen Wärme trug sie eine Strickjacke und eine Hose mit langen Beinen.

Logan kletterte langsam von der Bank herunter, legte das gefaltete Badetuch auf die Stufe vor der Verandatür und klopfte zweimal gegen den Fliegengitterrahmen. Als er den Hund bellen hörte, rannte er wie der Blitz davon, hinaus aus dem Garten und zurück in den Wald, wo nichts auf ihn wartete als das bisschen Sicherheit im Baumhaus.

Joanne hatte die Augen geschlossen, um sie ein wenig zu entspannen, als Samson plötzlich aufheulte und zur Hintertür rannte. »Was ist denn los, Junge?« Sie ging ihm in die Küche nach und fand ihn dort wild bellend vor der Tür vor.

»Still, Samson.« Sie befahl ihm, sich zu setzen. Der Hund hockte sich auf die Hinterbacken und winselte, während sein Schwanz unruhig zuckte.

Vorsichtig schaltete sie die Terrassenleuchte ein und öffnete die Tür. »Wer ist da?«, rief sie in die noch immer schwüle Nacht hinaus. Als sie nichts hörte, beugte sie sich nach draußen und entdeckte das Handtuch auf der Stufe.

Als sie es aufhob, stellte sie fest, dass es ordentlich gefaltet war. Wie eigenartig, es auf diese Weise zurückzuerhalten. Der Junge hatte es spät nachts ungenutzt gebracht und war wieder in den Wald geflohen, bevor sie aufstehen und zur Hintertür gelangen konnte. Entweder hatte jemand ihn zur Rückgabe aufgefordert, oder sein schlechtes Gewissen hatte ihm zu schaffen gemacht. Sie musterte die Bäume, die ihren Garten säumten, und überlegte, wie viel Mut ein Kind brauchen würde, um in diese Dunkelheit zurückzukehren. »Danke«, rief sie, ging ins Haus und machte die Fliegengittertür hinter sich zu.

13

Grandma Nan saß bei geöffneten Fenstern im Auto und betrachtete Logans Foto. Noch vor wenigen Monaten war er in diese Schule hier gegangen. Hätte sie mit der Beauftragung des Privatdetektivs nicht so lange gewartet, hätte sie ihn gefunden. Sie versuchte, sich ihn vorzustellen, wie er durch die Korridore gelaufen war, in der Kantine das Tablett mit seinem warmen Mittagessen zum Tisch getragen und in Ms Traceys winzigem Sprachtherapie-Zimmer gesessen hatte. Es fiel ihr jedoch schwer. In ihrer Vorstellung war er noch ein viel kleinerer Junge, und jetzt musste sie dieses Bild durch das viel größere Kind ersetzen, das er in ihrer Abwesenheit geworden war.

Bei ihrem Abschied hatte Ms Tracey sie gefragt, ob sie Logans Bilder mitnehmen wolle. Sie hatte das Angebot dankbar angenommen. Den Umschlag hatte sie beim Weggehen an die Brust gedrückt, denn sein Inhalt war ihr so wichtig wie alles, was sie nur je besessen hatte.

Etwas in der Hand zu halten, das Logan kürzlich eigenhändig gemalt hatte, verschaffte ihr Trost, doch der Gedanke, dass er sie für tot hielt, brach ihr das Herz. Dem Neunjährigen musste er allerdings schlüssig erscheinen. Wie sollte er sich das plötzliche Schweigen seiner sonst so eifrigen Großmutter anders erklären, die ihm Woche für Woche Karten und Päckchen geschickt hatte? Robert war derjenige, der den Kontakt unterbunden hatte, und gewiss hatte er Logan auch das Märchen von ihrem Tod aufgetischt. Tot. Ein unerwünschtes Band ließ sich auf diese Weise mühelos kappen. Wie grausam das doch war. Und der Grund dafür? Da sie wusste, wie empfindlich Robert reagieren konnte, war sie immer besonders nett zu ihm gewesen.

Als Robert und Logan nicht mehr ans Telefon gegangen waren, war sie beunruhigt gewesen, und wirklich außer sich war sie geraten, als das erste Päckchen mit dem Vermerk »Unbekannt verzogen, Zustellung nicht möglich« zurückgekommen war. Verzweifelt hatte sie überlegt, was los sein mochte. Die beiden waren verreist oder besuchten die ziemlich verlotterte Verwandtschaft von Roberts Seite. Oder vielleicht war ihre Wohnung auch zwangsgeräumt worden, und sie waren noch nicht dazu gekommen, ihr die neue Adresse zu schicken. Während die Wochen verstrichen, wurden die Gründe, die sie sich überlegte, immer schrecklicher, bis allein schon der Gedanke unerträglich war. Beide waren einem Mord zum Opfer gefallen. Einer oder beide waren entführt worden. Robert hatte Logan im Stich gelassen und war mit einer neuen Freundin verschwunden, während Logan jetzt allein auf der Straße lebte.

Sie meldete sich bei Facebook an, und sobald sie verstanden hatte, wie man Nachrichten verschickte, nahm sie zu allen noch so entfernten Bekannten Kontakt auf, die irgendeine Verbindung mit Amber oder Robert hatten, darunter auch Roberts Schwägerin, eine Frau namens Yvonne, die mit Roberts älterem Bruder Neal verheiratet war. Neal war auch so ein Siegertyp. Er trudelte von einer Gefängnisstrafe in die nächste, als hätte der Knast für ihn eine Drehtür. Natürlich waren die Anklagepunkte ihm zufolge immer erstunken und erlogen. Angeblich hatte die Polizei vor Ort ihn auf dem Kieker.

Keiner der Bekannten, denen Grandma Nan eine Nachricht schickte, wusste etwas über Logans und Roberts Aufenthaltsort. Yvonne allerdings gab preis, dass Robert eine neue Handynummer besaß. Die dürfe sie ihr aber nicht geben. »Ich gebe ihm Bescheid, dass du nach ihm suchst«, sagte sie.

Danach machte Grandma Nan sich Hoffnungen, doch als die Tage und Wochen ohne einen Anruf vergingen, erlosch diese Hoffnung wie ein Feuer, das nichts als Asche zurücklässt. Später entfreundete Yvonne sie auf Facebook, und damit war auch dieser Zugang versperrt.

Monate vergingen, ein ganzes Jahr und dann noch weitere Monate, und jeder Tag brannte ihr aufs Neue ein, was sie verloren hatte. Sie recherchierte im Internet und stellte eigene Nachforschungen an, suchte Kneipen auf, in denen Robert einmal Stammgast gewesen war, und redete mit seinen früheren Kollegen. Doch was sie auch versuchte, nichts hatte Erfolg. Die Polizei zeigte zwar Mitgefühl, half ihr aber nicht. Schließlich engagierte sie einen Privatdetektiv, einen Ex-Polizisten namens Granger Finch. »Alle nennen mich Grinch«, hatte er bei ihrem ersten Besuch in seinem Büro gesagt. Sie setzte also all ihre Hoffnungen und ihr ganzes Vertrauen auf eine Person, die den Namen einer herzlosen Kinderbuchfigur trug.

Grinchs Büro lag im Erdgeschoss eines Komplexes mit einzeln vermieteten Geschäftsräumen und einer Gemeinschaftstoilette im Korridor. Der Raum war spartanisch eingerichtet: ein Schreibtisch mit einem Stuhl davor, ein Computer und ein Sessel in der Ecke. Grinch sah aus wie der Opa einer Sitcom aus den Achtzigerjahren: in Strähnen über den rosigen Schädel gelegtes, schütteres Haar, eine Brille mit dicken Gläsern und ein gestreiftes Hemd mit einem grauen Pullunder darüber.

»Die meisten Kunden nehmen nur telefonisch Kontakt auf«, entschuldigte er sich, bevor er aufstand, um den Stuhl näher an den Schreibtisch zu rücken. Sie erzählte ihm ihre Geschichte, und er nickte, während sie redete. Er stellte ihr viele Fragen, machte sich Notizen, nannte ihr seine Gebühr und versprach, sich regelmäßig bei ihr zu melden.

Irgendwie hatte er es geschafft, Roberts Spur bis zu dieser Stadt in Illinois zu verfolgen und seine Adresse aufzuspüren. Sobald Grandma Nan diese hatte, packte sie noch am selben Tag ihre Sachen, stieg ins Auto und fuhr los, ohne ein einziges Mal Rast zu machen, von Toilettenpausen abgesehen. Als sie bei der angegebenen Wohnung ankam und feststellte, dass Robert und Logan weggezogen waren, kam ihr die Idee, Logans ehemalige Grundschule zu besuchen, um dort eventuell etwas herauszufinden.

Das Klassenfoto und die Mappe mit den gemalten Bildern bewiesen, dass ihr Enkel bis vor Kurzem mehr oder weniger wohlauf gewesen war. Sie war froh über diese Dinge, aber sie reichten ihr nicht. Nicht einmal annähernd.

Sie ging die Bilder ein weiteres Mal durch, und beim Umdrehen einer Seite fiel ihr diesmal etwas auf, das ihr bisher entgangen war – ein Haftnotizzettel, auf dem in einer zierlichen Schrift mit blauer Tinte etwas geschrieben stand. Sie löste ihn ab und las die Notiz: *Logan gerät unter massiven Stress, wenn man ihn nach dem Tod seiner Mutter fragt. Vermutlich wurde er Zeuge dieses traumatisierenden Vorfalls.* Bestimmt hatte die Sprachtherapeutin die Notiz verfasst. Irgendwie war sie versehentlich in die Bildermappe geraten.

Vermutlich wurde er Zeuge dieses traumatisierenden Vorfalls.

Aber das ergab doch keinen Sinn. Die Frau musste sich irren. Logan hatte während Ambers Unfall geschlafen und war erst nach dem Eintreffen der Polizei aufgewacht. Und sein Vater war zum Zeitpunkt des Unfalls nicht einmal zu Hause gewesen. So stand es im Polizeibericht, und als Grandma Nan Logan danach gefragt hatte, hatte er bestätigend genickt.

Als sie noch einmal das Klassenfoto studierte, kam ihr der Gedanke, dass sie damit mehr Informationen in den Händen hielt, als sie vorher gehabt hatte.

Es gab noch Tias Mutter.

Jenny hatte erzählt, die Tochter trage denselben Namen wie ihre Mutter, und diese habe als Kassiererin bei Aldi gejobbt. Sollte Grandma Nan Grinch anrufen und ihn über diese neue Entwicklung informieren? Vielleicht besaß der Geschäftsführer von Aldi ja Tias neue Adresse, um ihr Post nachzuschicken, und sie selbst könnte Logan auf diese Weise aufspüren.

Sie war die ganze Strecke von Nebraska hergefahren, um Logan zu finden, und sie würde nicht heimkehren, bis sie den kleinen Jungen in die Arme geschlossen und an sich gedrückt hatte. Und wenn sie ewig hierbleiben müsste.

14

Logan wachte vom Gesang der Vögel auf. Er war laut. Sehr laut. Wie die Vögel es nur schafften, so einen Lärm zu machen – sie zwitscherten und krächzten, als säßen sie mit ihm im Baumhaus. Er rieb sich die Augen und schaute nach oben, wo durch kleine Löcher im Dach ein wenig Licht hereinfiel. Er brauchte einen Augenblick, um sich darüber klar zu werden, wo er sich befand – und sich die Ereignisse der letzten vierundzwanzig Stunden in Erinnerung zu rufen: Er hatte sich auf die Schuhe seines Vaters erbrochen, war vor Schreck davongelaufen und mit einem Umzugswagen versehentlich nach Wisconsin verfrachtet worden, wo er dieses Baumhaus gefunden hatte.

Allmählich nahm die kleine Kammer um ihn Gestalt an, während er sich auf Einzelheiten konzentrierte: Die winzigen Stäubchen, die in den Sonnenstrahlen tanzten und es nicht eilig hatten, zum Boden zu gelangen. Die mit schlichten Stoffvorhängen verhängten, quadratischen Fenster. Die Unterseite des Tisches, wo das Holz nicht glatt gehobelt war und jemand mit schwarzem Marker die Zahl sechsunddreißig geschrieben hatte.

Die Kissen, auf denen er geschlafen hatte, hatten sich im Verlauf der Nacht verschoben, und er war mit dem Po in die

Lücke gerutscht. Er setzte sich auf, zwinkerte und rieb sich erneut die Augen. Die im leisen Wind flatternden Vorhänge ließen viel Licht ein, und nun sah er den kleinen Raum auf neue Weise. Der Boden war von Staub bedeckt, und auch die Kissen hatten Wasserflecken und wirkten vergammelt. Offensichtlich war er seit langer Zeit der Erste, der hier hochgeklettert war.

Logan stand auf und schob die Vorhänge auf, um hinauszusehen, hatte aber nur das Blattwerk der Zweige vor Augen. Er öffnete die Tür und scheuchte ein paar Vögel auf, die auf der Plattform geruht hatten. Große Angst konnte er ihnen jedoch nicht gemacht haben, denn gleich darauf landeten sie ganz in der Nähe auf einem Baum und zwitscherten genauso nervtötend weiter wie eben, als sie ihn geweckt hatten.

Dumme Vögel.

Er dachte über seine Lage nach und ging durch, was er nacheinander erledigen musste. Erst einmal zur Toilette. Das war einfach. Dann etwas trinken und essen. Sein Magenknurren rief ihm in Erinnerung, dass das Sandwich von gestern nur noch eine ferne Erinnerung war. Sein Dollar würde so lang wie möglich reichen müssen. Er fragte sich, ob die Tankstelle wohl so früh am Morgen geöffnet haben würde, nahm es aber an. Als er die Schuhe angezogen hatte, schnappte er sich die leere Limonadendose und kletterte die Leiter hinunter. Hoffentlich würde er nicht wieder diesem riesigen Hund begegnen. Wie hieß er noch? Ach ja, Samson. Der Hund hatte ihn nicht angeknurrt, doch das hatte nichts zu bedeuten. Ein Hund, der sein Revier verteidigte, konnte durchaus einmal angreifen, und schneller als Logan wäre er ohnehin. Hätte die Tomate, die Logan hinter sich geworfen hatte, den Hund nicht abgelenkt, hätte dieser ihn mühelos eingeholt. Und wer weiß, wie es ausgegangen wäre?

Nachdem er die Dose im Bach aufgefüllt, von dem kühlen Wasser getrunken und sich etwas davon über den Kopf gegossen hatte, machte er sich auf den Weg zur Tankstelle. Es würde ein warmer Tag werden, und er wollte den Gang hinter sich bringen.

Unterwegs kam ihm nur ein einziges Fahrzeug entgegen, und er hatte mehr als genug Zeit, in Deckung zu gehen. Als das Auto vorbei war, wartete er noch eine Weile, bis es außer Sichtweite war, bevor er das Gebüsch verließ und auf der Straße weitermarschierte. Die Limonadendose hatte er absichtlich zurückgelassen, aber der Dollar steckte in seiner Hosentasche, und er prüfte ständig nach, ob er noch da war. Er dachte an das Geld, das er zu Hause in seiner Sockenschublade versteckt hatte. Nachdem Tia ihn beklaut hatte, wurde er aus Schaden klug und steckte das, was er besaß, immer in eine Socke, bevor er das Paar zusammen mit den anderen in sein Unterwäschefach legte. Nicht einmal Tia würde sich an seinen Unterhosen vergreifen, und so war sein Geld von da an sicher gewesen.

Sechs Dollar und siebenunddreißig Cent, so viel hatte er zusammengespart. Wenn er mit einem von Grandma Nans Fünfdollarscheinen Süßigkeiten kaufte, durfte er immer das Wechselgeld behalten. Dazu kamen ein paar Dollars, die Mrs Smith, die im selben Wohnblock lebte, ihm einmal gegeben hatte, als er ihr geholfen hatte, ihre Einkäufe aus dem Supermarkt nach Hause zu tragen. Sie hatte ein Zauberkunststück ausgeführt, so getan, als schüttelte sie ihm die Hand, und dann über seine erstaunte Miene gelacht, als er merkte, dass sie ihm Geld zugesteckt hatte. Er hatte versucht, es ihr zurückzugeben, doch sie hatte energisch seine Hand um die Dollars geschlossen. »Ich bestehe darauf«, sagte sie. »Ich möchte, dass du das Geld behältst.«

Wenn er sein Erspartes dabeigehabt hätte, als er sich im Umzugswagen versteckte, könnte er sich jetzt massenhaft Sachen zum Essen kaufen. Na ja, es brachte nichts, zu viel darüber nachzugrübeln. Er würde dieses Geld niemals wiedersehen.

Als er im Tankstellenshop ankam, war es warm geworden, und er war froh über die klimatisierte Kühle. Draußen waren fast alle Zapfsäulen belegt, und drinnen hatte sich eine kleine Schlange vor der Kasse gebildet. Zwei Mädchen seines Alters, Zwillinge, betrachteten die Donut-Auslage neben dem Kaffee-Automaten, während ihre Mutter Kaffeesahne in ihren großen, gefüllten Becher kippte. »Nicht vergessen, Mädels, jede nur einen«, sagte sie und warf ihnen einen Blick zu.

Logan schlüpfte in den kleinen Toilettenraum mit Waschbecken, froh, dass hier nur eine einzige Person auf einmal hineinpasste. Er wusch sich Gesicht, Hände und Hals und trocknete sich mit den braunen Papierhandtüchern ab. Als er das dritte und vierte Handtuch aus dem Spender zog, kam ihm der Gedanke, dass sie ja kostenlos waren, und so steckte er sich nach seiner Katzenwäsche ein paar für später in die Hosentasche.

Danach schaute er bei der Essensauslage, was er für sein Geld bekommen würde, und stellte entmutigt fest, dass sein einer Dollar nicht für etwas wirklich Nahrhaftes reichte. Enttäuscht schlenderte er durch den Laden und musste Sandwiches, Hot Dogs und Fritten ausschließen. Möglich wäre ein Schokoriegel. Ein paar davon gab es im Sonderangebot zu achtundneunzig Cent das Stück. Aber so köstlich so etwas Süßes auch war, wusste er doch, dass er damit nicht durch den Tag kommen würde. Er könnte auch ein Eiscreme-Sandwich nehmen, aber das würde ebenfalls nicht lange vorhalten.

Er wandte sich von der Essensauslage ab, und in diesem Moment entdeckte er einen Korb Bananen, der neben der Ladenkasse auf der Theke stand. Laut Schild kosteten sie neunundvierzig Cent pro Stück. Heute war anscheinend sein Glückstag. Er konnte sich zwei davon leisten. Logan schnappte sich die beiden größten Bananen im Korb und stellte sich mit seinem Dollar in der Hand in der Schlange an. Beim langsamen Vorrücken hörte er dem Geplauder der anderen Kunden zu.

»Haben Sie schon mitbekommen, dass ein Unwetter bevorsteht?«, fragte ein Mann mit Baseballkappe, als er seine Kreditkarte über die Theke reichte.

»Aber die Sonne scheint doch so schön«, entgegnete eine Frau, die vor Logan stand. »Sind Sie sicher?«

Der Mann wandte sich zu ihr um. »Nicht heute, sondern erst im Laufe der Woche. Eine riesige Sturmfront rückt an. Lassen Sie auf keinen Fall die Fenster offen stehen.«

»Die sind ohnehin zu«, erwiderte sie. »Bei uns läuft seit Juni die Klimaanlage.«

Logan staunte immer darüber, dass Erwachsene sich endlos über das Wetter unterhalten konnten. Wie langweilig. Das Wetter war eben, wie es war. Es kam und ging. Manchmal schneite es, manchmal regnete es, und manchmal gab es Sturm. Es änderte sich nicht, wenn man sich darüber unterhielt, und es war ohnehin kein interessantes Thema. Nur einmal hatte er das Wetter wirklich bemerkt, nämlich letzten Winter, als es furchtbar kalt geworden war und er nur eine Baumwolljacke hatte. Das war ihm ein bisschen peinlich gewesen. Als die Flocken stoben, hatten ihn sogar einige der Kinder gefragt, warum er keinen Wintermantel trage. Er hatte nur mit den Schultern gezuckt, als machte ihm die Kälte nichts aus, aber tatsächlich war er völlig durchgefroren gewesen, und es hatte ihn auch genervt, draußen immer die Hände in die Hosentaschen stecken zu müssen. Außerdem war ihm der Schneematsch in die Schuhe gekrochen, und seine Füße waren meistens eiskalt gewesen.

Eines Tages hatte ihn seine Lehrerin Mrs Parks gebeten, nach dem Unterricht noch dazubleiben. Er hatte sich Sorgen gemacht, er könnte unbeabsichtigt etwas angestellt haben, umso mehr, als sie abgewartet hatte, bis alle Kinder weg waren. Sie hatte sogar noch den Kopf aus der Tür gesteckt, um sich zu vergewissern, dass sich niemand mehr im Korridor befand. Danach holte sie einen großen Foliensack aus dem Schrank, nahm eine warme Jacke, eine Mütze, Handschuhe und Stiefel heraus und legte sie hinten im Schulzimmer auf einen Tisch. »Die hier sind für dich«, sagte sie und fügte der Klarheit halber hinzu: »Du kannst sie behalten. Aus dem Zusatzbestand der Schule.«

Er zog die Sachen begierig an und formte ein »Danke« mit den Lippen.

»Gern geschehen, Logan. Halte dich schön warm«, gab sie zurück.

Später fiel ihm auf, dass in jedes Kleidungsstück ein Schildchen mit seinem Namen eingenäht war. Er erwartete, dass sein Vater wegen der Kleiderspende Theater machen würde, aber falls ihm etwas auffiel, sagte er jedenfalls nichts dazu.

Den Rest des Winters gefiel es ihm auf dem Pausenhof viel besser, weil er nicht mehr mit dem Zähneklappern kämpfen und sich Sorgen um seine kalten Füße machen musste. Es war nett von Mrs Parks gewesen, seine missliche Lage zu bemerken und ihm das Benötigte zu geben, ohne dass die anderen Kinder es mitbekamen.

Es gab so viele gute Menschen auf der Welt, aber trotzdem schienen die schlechten in der Mehrheit zu sein, weil sie mehr Lärm machten.

Der Mann ganz vorn in der Schlange unterhielt sich immer noch über das Wetter, obwohl er gerade seinen Bankkarten-Code eingab. »Ich werde jedenfalls alles rechtzeitig in Sicherheit bringen. Letztes Mal haben wir einen Klappstuhl verloren, der von meiner Terrasse geweht wurde. Wir haben überall gesucht und konnten ihn nirgends finden.«

Logan war so hungrig, dass er den Geschmack der Banane fast auf der Zunge zu spüren meinte. Mensch, Leute, beeilt euch doch mal! Warum nur rückte die Schlange so langsam vor?

Schließlich brach der Mann mit der Baseballkappe auf und verließ den Laden durch die quietschende Tür. Danach bezahlte die Dame vor Logan ihr Benzin und ihren Kaugummi, und dann war Logan an der Reihe. Als er die beiden Bananen auf die Theke gelegt hatte, streckte er dem Mann an der Kasse – es war der, der ihn an seinen Sportlehrer Mr Patel erinnerte – den Dollar hin. Heute war nur er hinter der Theke. Der ältere Herr, der am Vortag ferngesehen hatte, war nicht zu entdecken. Es war erst einen Tag her, seit Logan zuletzt hier gewesen war, aber es kam ihm wie eine Ewigkeit vor.

»Ah, du bist wiedergekommen«, sagte der Mann und lächelte ihn an. »Guten Morgen, mein Junge.«

Logan spürte, wie er vor Schreck erstarrte, weil er wiedererkannt worden war. Ein Gefühl von Panik ballte sich in seiner Brust. Es war nie gut, wenn Menschen mit einem redeten, denen man nichts erwidern konnte. Was, wenn dieser Mann ihn fragte, warum er immer allein kam? Selbst wenn Logans Stimme mitspielen würde, gäbe es dafür keine vernünftige Erklärung.

»Heute haben wir sogar noch einen besonderen Rabatt«, fuhr der Mann fort. »Wer zwei Bananen kauft, bekommt eine dritte umsonst. Nimm dir ruhig noch eine, wenn du möchtest.«

Logan spürte, wie seine Sorge schwand und sein Herz leicht wurde wie ein Helium-Ballon. Er reckte sich und zog eine Banane aus dem Haufen, ohne hinzusehen, weil er seinen Platz in der Schlange nicht aufgeben wollte.

»Das macht achtundneunzig Cent«, verkündete der Mann, während die Ladenkasse surrte. Logan reichte ihm seinen Dollar und bekam zwei Centstücke zurück. Der Mann steckte die Bananen in eine Plastiktüte mit Griff und reichte sie ihm über die Theke. »Einen schönen Tag, junger Mann.«

Logan lächelte beim Hinausgehen. Er hatte drei Bananen und eine Plastiktüte bekommen. Das war eine ganz schöne Verbesserung.

15

Laura saß mit ihrem Kaffee am Küchentisch und dachte über die Geschichte nach, die Joanne ihnen am Vorabend erzählt hatte. Dass sie einen Jungen auf frischer Tat bei einem Diebstahl ertappt habe. Joanne hatte sich furchtbar darüber aufgeregt, jemanden in ihrem Garten anzutreffen, aber Laura kam es so vor, als hätte sie der Story eine unnötig bedrohliche Note verliehen. Ein Kind, das ein Handtuch und eine Tomate stahl, kam ihr eher traurig als bedrohlich vor.

Paul hatte ihr erzählt, dass viele der Kinder an seiner Highschool aus Familien mit Geldproblemen kamen. Bei Besuchen in den Geschäften vor Ort – in der Fastfoodkette A&W, im Supermarkt oder sogar auch bei einem Erdbeerstand am Straßenrand – war ihr aufgefallen, dass die dort jobbenden Jugendlichen Paul mit »Hallo, Mr Sutton!« begrüßten. Paul sagte, die Jugendlichen mit Jobs hätten Glück gehabt, denn in dieser Gegend gäbe es nur wenige offene Stellen.

Einer der Heranwachsenden beim Erdbeer-Farmer hatte erzählt, die Jobber wechselten zwischen dem Pflücken auf dem Feld und dem Verkauf am Stand. Auf den Feldern sei es heiß, und es sei eine harte Arbeit, sagte er, aber die Schüler würden im Akkord bezahlt. Wenn man sich die Zeit nähme und sich anstrengte, könnte man in wenigen Wochen eine Menge Geld verdienen.

Was der Junge wohl unter einer Menge Geld verstand? Wahrscheinlich war es nach bestimmten Standards gar nicht viel, aber es würde genügen, um Benzin für ein Auto und das regelmäßige Ausgehen mit Freunden zu ermöglichen oder neue Klamotten zu Beginn des Schuljahrs.

Wenn das Leben für die Jugendlichen hart war, wie sah es dann mit den jüngeren Kindern aus?

Und konkreter gefragt: Was war das für ein Kind, das ein Handtuch und eine Tomate stahl?

Vielleicht ein hungriges und durchnässtes Kind?

Der Gedanke machte sie traurig, aber sie tröstete sich mit der Überlegung, dass es unmöglich war, die Gründe herauszufinden, die das Kind für sein Verhalten gehabt hatte. Vielleicht war es einfach nur ein Lausbubenstreich gewesen, wie Joanne vermutete, doch ein Kind, das hier in der Gegend wohnte, würde weit marschieren müssen, um so etwas bei Joanne durchzuziehen. Und wozu? Besonders witzig war der Einfall nicht, und ein Handtuch war ebenfalls nicht viel wert. Es kam ihr unwahrscheinlich vor, dass ein Kind sich nur aus einer Laune heraus so viel Mühe um diese Kleinigkeiten machen würde.

Laura stand auf und schenkte sich Kaffee nach. Sie bewunderte gerade die Aussicht auf den Wald, als sie ganz kurz zwischen den Bäumen eine Gestalt erblickte, die den Hang hinaufging. Da war sie erneut, nicht mehr als ein Farbfleck. Blinzelnd verfolgte sie die zwischen den Bäumen aufblitzende Bewegung – ein Junge, der beim Gehen etwas Weißes schwenkte. Vielleicht eine Einkaufstüte? Einen Moment später verschwand er aus ihrem Blick, aber sie war sich sicher, dass sie ihn gesehen hatte.

Schade, dass Paul schon zur Arbeit aufgebrochen war, sonst hätten sie es beide bezeugen können.

Sie stellte ihren Kaffeebecher ab und ging zum Kühlschrank. Gleich darauf belegte sie ein Schinkensandwich und steckte es zusammen mit einem großen Chocolate-Chip-Cookie in eine Frühstückstüte. Und schon war sie aus der Hintertür und folgte dem Kind. Laura machte nicht einmal Halt, um das Haus abzuschließen. Während sie hörte, wie hinter ihr die Fliegengittertür zufiel, marschierte sie so leise wie möglich aus dem Garten in den Wald.

Laura und Paul waren schon oft in diesem Wald spazieren gegangen, und sie kannte ihn gut. Wenn sie eine Weile ginge, würde sie zur Hügelkuppe gelangen. Hinter dem kleinen Hang wurde die Landschaft flacher. Noch ein Stückchen weiter lag der Bach. Er war romantisch, aber Paul verlor das Interesse daran, als klar war, dass er für eine Kajakfahrt zu seicht war und beim Angeln nichts hergab. Auf der anderen Seite der Straße lagen die Felder eines Farmers. Solange sich das nicht änderte, würde Joanne ihre einzige Nachbarin bleiben.

Laura blieb stehen, um zu lauschen, und hörte ein kleines Stück weiter vorn ganz leise das Rascheln kleiner Füße. *Ja.* Ihre Einbildungskraft hatte ihr keinen Streich gespielt. Der Junge war noch da, unmittelbar vor ihr. Angestrengt spähend versuchte sie, ihn zu entdecken, jedoch erfolglos. Hastig folgte sie ihm.

Lautlos zu gehen, war nahezu unmöglich. Sie hatte vorgehabt, sich dem Jungen zu nähern, ohne ihn zu erschrecken. Sie beabsichtigte vielmehr genau das Gegenteil. Sie wollte wie zufällig in seine Nähe gelangen, als wäre sie ihm beim Spazierengehen über den Weg gelaufen, dann ein Gespräch beginnen und ihn fragen, wo er wohnte. Ihm das Essen anzubieten, war ein heikles Unterfangen. Welches Kind würde denn ein Sandwich von einer Unbekannten annehmen? Aber wenn es großen Hunger hatte, würde es vielleicht trotzdem zugreifen.

Immerhin könnte sie sich ein Bild davon machen, wer er war und was eigentlich los war. Theoretisch war es eine gute Idee, aber praktisch haute es nicht hin. Er würde sie kommen hören. Es war hier zu still, und sie hatte keine Übung darin, jemandem lautlos zu folgen.

Sie gab ihren ursprünglichen Plan auf und ging nun eiliger, um ihn hoffentlich in diesem Tempo einzuholen. Joanne hatte berichtet, der Dieb habe wie ein kleiner Junge ausgesehen, ein Grundschulkind. Da sollte sie ja wohl schneller sein. Sie hastete los, verharrte dann aber. Es klang so, als würde der Junge nun ebenfalls rennen. Er hatte sie gehört und die Flucht ergriffen, weil er sich durch sie bedroht fühlte. Sie blieb stehen und legte die Hände trichterförmig an den Mund. »Warte!«, rief sie bemüht freundlich. »Ich möchte einfach nur mit dir reden. Alles ist gut. Ich habe nichts dagegen, dass du hier bist. Es ist nur eben ungewöhnlich, hier draußen jemanden zu treffen.«

Sie ging wieder los und fuhr mit Rufen fort: »Ich heiße Laura. Ich bin vollkommen harmlos. Ich bin sehr nett.« Ihr kam plötzlich der Gedanke, dass sie am liebsten noch etwas anderes sagen würde: *Ich liebe Kinder. Ich bin eine Mom. Ich möchte dir helfen.* Das Wort *Mom* war unerwartet in ihrem Kopf aufgetaucht. Sie hatte keine Ahnung, wo es herkam. Aber entspannten sich nicht alle Kinder, wenn sie wussten, dass eine Frau eine Mom war? Dann dachte sie an ihre eigene Mutter. Einen lieben, fürsorglichen Menschen. Aber sie hatte ja kein Kind, sie war keine Mutter, und es würde nicht dasselbe bedeuten, wenn sie ihm zuriefe, sie sei eine Frau in den Vierzigern.

»Bitte, komm doch her und rede mit mir. Ich bin ein netter Mensch, Ehrenwort.« Genau dasselbe würde wahrscheinlich auch ein Serienmörder sagen, schoss es ihr kläglich durch den Kopf.

Als sie auf der Hügelkuppe ankam und ihn nirgends erblickte, wurde ihr klar, dass er verschwunden war, oder zumindest unauffindbar. Irgendwie war er ihr entschlüpft. Unten floss der Bach, und dahinter erstreckte sich der Wald noch weiter. Möglicherweise hatte er einen Bogen geschlagen. Er mochte sogar an ihr vorbeigekommen sein. Das Unterholz war so dicht, dass sie ihn übersehen haben könnte.

Sie versuchte es noch ein weiteres Mal. »Falls du Probleme hast oder etwas brauchst, findest du mich in dem Haus am Fuß des Hügels. Ich heiße Laura und möchte dir helfen.« Das Plätschern des Wassers und das Krächzen einer Krähe waren die einzige Antwort. Sie blieb ein paar Minuten stehen und wartete. »In dieser Tüte stecken ein Sandwich und ein Cookie für dich. Ich lasse das alles einfach für dich da, okay?« Sie legte die Tüte an den Fuß des Baums und lauschte, jedoch vergeblich. Schließlich gab sie auf und kehrte nach Hause zurück. Dort erwartete sie ein Becher mit Kaffee. Inzwischen war er kalt geworden, und sie würde ihn in die Mikrowelle stellen müssen. Mit Sicherheit.

Im Baumhaus kauerte Logan auf dem Boden und machte sich so klein wie möglich. Beinahe hätte sie ihn erwischt, und dann? Er wollte jetzt noch nicht gefunden werden. Falls keine Vermisstenmeldung aufgegeben worden war, könnte er sich in ein paar Tagen einfach unter einem erfundenen Namen melden, und die Polizei würde es gar nicht merken. Dann könnte er an einem neuen Ort von vorn anfangen, irgendwo, wo er weniger Angst haben müsste. Vielleicht würde Ms Traceys Vorhersage wahr werden, und eines Tages wäre er wieder fähig zu sprechen. Sehr lange hockte er zusammengekauert da, ohne sich zu rühren, damit diese Laura ihn nicht entdeckte, falls sie noch unten sein sollte. Schließlich stand er auf und spähte aus dem Fenster.

Als er nur die Bäume sah und sonst nichts, wagte er es, wieder im Baumhaus herumzugehen.

Noch später, als er sich ausreichend sicher fühlte, stieg er die Leiter hinunter, um das Essen zu holen, das Laura ihm hingelegt hatte. Beim Verzehr der Sachen, die in der Tüte steckten, dachte er, dass ein Schinkensandwich und ein Chocolate-Chip-Cookie ihm noch nie so gut geschmeckt hatten.

16

Grandma Nan bog auf den Parkplatz des Aldi-Supermarkts ein. Sie hätte niemals erwartet, in ihren Rentnerinnenjahren noch als Privatdetektivin im eigenen Auftrag tätig zu werden, aber sie würde alles in ihrer Macht Stehende tun, um Logan zu finden. Sie würde nicht aufgeben, bis sie ihn aufgestöbert hatte.

Noch auf dem Parkplatz der Grundschule hatte sie vom Auto aus versucht, Granger Finch anzurufen, aber leider vergebens. Nur sein Anrufbeantworter ging dran. Die Stimme vom Band sagte: »Sie sind mit dem Büro des Privatdetektivs Granger Finch verbunden, auch als Grinch bekannt. Ich bin gerade nicht zu sprechen. Bitte hinterlassen Sie eine Nachricht nach dem Piep.« Das schlug wirklich dem Fass den Boden aus. Wieso war er nicht erreichbar? Sie war älter als er, und trotzdem besaß sie ein Handy und war jederzeit zu sprechen. In seiner Branche sollte promptes Reagieren eigentlich eine Selbstverständlichkeit sein. Sie machte sich nicht einmal die Mühe, eine Nachricht aufzusprechen. Sie konnte unmöglich auf seinen Rückruf warten. Dann musste sie es eben selbst erledigen.

Die Schulsekretärin hatte gesagt, Tias Mutter arbeite in einem Aldi. Man brauchte kein großes detektivisches Gespür, um herauszufinden, dass es zwei Aldis in der Stadt gab. Das war nach kurzem Tippen auf dem Handy erledigt. Sie fuhr zu dem Discounter, der näher bei Roberts Wohnung lag, da ihr das am logischsten erschien, doch die Geschäftsführerin erklärte, sie hätten nie eine Angestellte namens Satira Zafiris gehabt.

Unbeeindruckt stieg Grandma Nan wieder ins Auto und machte sich auf den Weg zum zweiten Aldi. »Wird schon schiefgehen«, redete sie sich beim Überqueren des Parkplatzes Mut zu. Sie tätschelte ihre Handtasche, in der die Fotos steckten. Drinnen im Aldi kannte sie sich auf Anhieb aus. Der Laden war genauso eingerichtet wie der vorhergehende und wie vermutlich alle Läden der Discounterkette. Erst ging es an den Süßigkeiten entlang, dann am Obst und Gemüse und von dort nach vorn zur Kasse. Sie schob sich an der Schlange vorbei direkt zur Kassiererin durch und bat darum, den Geschäftsführer zu sprechen. Die Kassiererin, die laut Namensschildchen Marjorie hieß, scannte weiter mit einem regelmäßigen Piepen die Ware ein. Ohne Grandma Nan auch nur anzusehen, rief sie: »Carlos, diese Dame möchte gern mit Ihnen sprechen.«

Carlos kam so munter heran, dass Grandma Nan sich Hoffnungen machte, er werde entgegenkommend sein, doch er erwies sich als kein bisschen hilfreich.

Um der Schlange nicht im Weg zu stehen, trat sie ein Stück zurück und lächelte Carlos an. »Hoffentlich können Sie mir helfen. Ich würde Ihnen gern ein paar Fragen zu einer Angestellten stellen«, begann sie. »Einer Frau namens Satira Zafiris. Hat sie hier gearbeitet?«

Carlos runzelte die Stirn. »Worum geht es?«

»Ich wollte einfach nur wissen, ob sie hier gearbeitet hat.«

Er schüttelte langsam den Kopf. »Ich darf Ihnen keine Auskunft über unsere Angestellten geben.«

»Aber sie ist doch gar keine Angestellte mehr, oder? Ich will ihr keinen Ärger machen oder so. Aber mein Enkelsohn lebt in ihrem Haushalt, und ich versuche, ihn zu finden.«

»Tut mir leid, da kann ich Ihnen nicht helfen.« Er wollte sich abwenden, doch sie ergriff seinen Ärmel.

»Bitte, hören Sie mir zu, nur kurz«, bat sie. Als er stehen blieb, ließ sie seinen Ärmel los und suchte in ihrer Handtasche. Mit zitternder Hand brachte sie ein Foto von Logan zum Vorschein. »Er heißt Logan und ist mein einziges Enkelkind. Er ist neun Jahre alt, und ich habe ihn seit über zwei Jahren nicht mehr gesehen. Über zwei Jahre. Ich mache mir furchtbare Sorgen. Falls Sie Kinder haben, können Sie sich bestimmt vorstellen, was ich durchmache«, versuchte sie sein Mitgefühl zu wecken. Jeder konnte sehen, dass sie verzweifelt war. »Könnten Sie mir nicht helfen, bitte? Ich möchte einfach nur wissen, ob Sie Satiras Nachsendeanschrift kennen. Ich sage auch garantiert niemandem, dass ich sie von Ihnen habe.«

Carlos hob hilflos beide Hände und ließ sie stehen. »Tut mir leid, meine Dame. Ich kann Ihnen nicht helfen.«

»Bitte!«, rief sie ihm nach. »Ich flehe Sie an. Oder vielleicht können Sie mir Satiras Telefonnummer geben. Eine Adresse. Was auch immer!« Tränen stiegen ihr in die Augen, doch er ging einfach weiter. Wie konnte ein Mensch dem Leiden eines anderen nur so gefühlskalt begegnen? Sie lehnte sich gegen eine lange Tischplatte, die an der Wand hinter den Kassen verlief. Dort packten die Kunden nach dem Bezahlen die Waren um. Einige Einkaufswagen waren kreuz und quer davor abgestellt, und das halbe Dutzend Kunden, die ihre Einkäufe gerade ordentlich verstauten, hoben die Köpfe und starrten sie an. Eine junge Frau oder eher ein Mädchen, wohl noch Schülerin, kam zu ihr und bot ihr ein Papiertaschentuch an. Sie nahm es dankbar entgegen. »Danke«, sagte sie, tupfte sich die Augen trocken und putzte sich die Nase. Das Mädchen nickte und kehrte zu der Tischplatte zurück, um diverse Kartons und Plastiktüten in ihren Einkaufswagen zu laden.

Grandma Nan konnte einer Niederlage ins Gesicht sehen. Und so ging sie im Geist zu Plan B über. Sie würde erneut Grinch anrufen. Vielleicht könnte er Satiras Namen dazu verwenden, Robert aufzuspüren, wo auch immer er derzeit mit Logan stecken mochte. Dies war nicht das Ende. Ausgeschlossen.

Sie steckte das Foto wieder in den Umschlag in ihrer Handtasche, schwang sich diese über die Schulter und bemühte sich, den Supermarkt so würdevoll wie möglich zu verlassen. Sie würde nicht besiegt den Kopf einziehen, sondern ging hocherhobenen Hauptes.

Sie war schon beinahe bei ihrem Auto angelangt, als sie hinter sich eilige Schritte und eine Frauenstimme hörte: »Ma'am! Ma'am!« Als sie sich umwandte, hatte sie die Kassiererin Marjorie vor sich, die einen in Zellophan verpackten Blumenstrauß schwenkte. »Sie haben Ihre Blumen vergessen!«

Grandma Nan sah ihr ins Gesicht. »Die gehören mir nicht. Ich habe gar nichts gekauft.«

Marjorie trat noch näher, drückte ihr die Blumen in die Hand und sagte flüsternd: »Ich war mit Satira befreundet. Ich kenne zwar ihre neue Adresse nicht, weiß aber, dass sie jetzt in Chicago in dem Aldi an der Pulaski Road arbeitet. Und zwar meistens tagsüber.«

Grandma Nan hätte sie am liebsten vor Dankbarkeit umarmt, doch dazu kam sie nicht. Kaum hatte Marjorie ihre Botschaft überbracht, machte sie kehrt und eilte in den Laden zurück.

Grandma Nan hob den Blumenstrauß hoch und rief: »Danke schön!«

Marjorie drehte sich halb zu ihr um und winkte ihr zu.

Der Aldi in der Pulaski Road in Chicago. Das brauchte sie sich nicht einmal aufzuschreiben. Sie würde es sofort in ihr Navi eingeben und losfahren. In zwei Stunden wäre sie da.

17

Als Joanne vom Lunch nach Hause zurückkehrte, hatte sie einen Plan. Erst einmal musste sie Samson hinauslassen, aber sobald das erledigt wäre, würde sie den Plan umsetzen.

Die Idee war ihr nach dem Imbiss – Hamburger und eine Ingwerlimonade – mit ihrer Nachbarin Laura im A&W gekommen. Laura hatte am Vormittag angerufen und sie gefragt, ob sie sich nicht auf einen Happen treffen sollten. Die Einladung kam ganz unerwartet, aber Joanne hatte nichts anderes vor, und der Mensch musste schließlich essen, oder? Sie brachte Laura Tomaten, Gurken und Paprika mit, und diese freute sich ehrlich über das Geschenk. »Wollen Sie das wirklich alles hergeben?«, fragte sie nach einem Blick in die Kiste.

»Tja, mit Gärten ist das so eine Sache«, antwortete Joanne. »Man wartet endlos und glaubt schon, das Gemüse würde niemals reif. Dann aber kommt plötzlich alles auf einmal, und es gibt genug für ein Dutzend Familien. Ich mache einen Teil davon ein und verschenke eine Menge an die Tafel der Kirche. Ich teile gern mit anderen.«

Laura lächelte. »Und ich mag es sehr, wenn Sie mit mir teilen. Danke!«

Joanne schätzte Laura auf Ende dreißig, Anfang vierzig. Heutzutage war so etwas schwer zu sagen. Früher hatten die Leute sich entsprechend ihrem Lebensalter gekleidet, aber das war vorbei. Laura war zwar sehr gepflegt, trug jedoch ähnliche Sachen wie die halbwüchsigen Mädchen am Nachbartisch: T-Shirt, Shorts und Zehensandalen. Ein kleiner Rucksack mit Schnürverschluss diente ihr als Handtasche, und das Haar hatte sie lose hochgesteckt. Sie war hübsch, was aber wirklich an ihr auffiel, war ihr Lächeln. Sie strahlte etwas Fröhliches und Gutherziges aus. Als Joanne das Lokal betrat, begrüßte Laura sie mit einer begeisterten Umarmung.

Joanne erinnerte sich gar nicht mehr, wann sie zum letzten Mal umarmt worden war. Es fühlte sich irgendwie gut an.

Als das Essen serviert war, erzählte Laura von dem Kind, das sie in der Nähe ihres Hauses im Wald gesehen hatte. »Sobald ich den Jungen erblickte, bin ich losgelaufen, um mit ihm zu reden.« Sie trank einen Schluck zuckerfreie Limonade. »Ich konnte ihn aber nicht einholen. Entweder ist er zu schnell gelaufen, oder er hat einen Bogen geschlagen und mich ausgetrickst.« Sie schüttelte den Kopf. »Keine Ahnung. Es war, als jagte ich einen Geist. Erst kam es mir so vor, als müsste ich unmittelbar hinter ihm sein, aber als ich oben auf der Hügelkuppe ankam, war er verschwunden.«

»Meinen Sie, dass es dasselbe Kind war?«

»Vermutlich schon, oder?«, erwiderte Laura. »Wie groß ist die Wahrscheinlichkeit, dass noch ein anderes Kind in dieser Gegend unterwegs ist?«

Joanne dachte kurz darüber nach. Sie war verschwindend gering. »Er ist gestern Abend noch einmal da gewesen.« Sie stippte eine Fritte ins Ketchup und biss davon ab. »Er hat mir das Handtuch zurückgebracht und an meine Hintertür geklopft. Als ich aufmachte, lag es ordentlich gefaltet auf meiner

Schwelle. Der Junge war nirgends zu sehen. Er muss nach dem Anklopfen sofort davongelaufen sein.«

Laura wirkte fasziniert. »Haben Sie die Polizei gerufen?«

Joanne zuckte mit den Schultern. »Nein, er hat das Handtuch ja zurückgegeben, da wollte ich ihm keine Schwierigkeiten machen. Wahrscheinlich haben ihn seine Eltern noch einmal losgeschickt, als er mit einem fremden Handtuch nach Hause kam.«

Beide schwiegen eine Weile und aßen. Draußen auf dem Parkplatz fuhren zwei Jungen, vielleicht zwölf oder dreizehn Jahre alt, mit ihren Skateboards. Als sie bei der Tür des A&W ankamen, klemmten sie die Skateboards unter den Arm und stellten sich in der Schlange an. »Das klingt nachvollziehbar«, sagte Laura. »Aber warum ist er dann heute zurückgekommen?«

»Keine Ahnung.«

»Ich habe recherchiert, ob in der Gegend hier ein Junge verschwunden ist, aber das ist nicht der Fall. Ich habe die Suche dann auf einen Umkreis von hundert Meilen ausgedehnt, doch wieder ohne Ergebnis. Dieses Kind muss also irgendwo hier in der Nähe leben. Das kommt mir alles so eigenartig vor.«

»Die Kinder genießen hier mehr Freiheit als in der Stadt«, bemerkte Joanne. »Mein Sohn ist als Jugendlicher gern mit seinen Freunden zelten gegangen, und dann waren sie zwei oder drei Tage allein unterwegs. Das ist natürlich inzwischen dreißig Jahre her.« Glenn und seine Freunde hatten auf einer Wiese gezeltet, die einem Freund gehörte. Sie hatten einfach ihre Schlafsäcke und kleinen Zelte zusammengepackt, etwas Proviant mitgenommen und sich verabschiedet. Damals hatte Joanne sich Sorgen gemacht, obwohl Glenn selbst und sein Vater sie zu beruhigen versuchten. Sie wusste, dass diese Sorge nicht wirklich nötig war. Trotzdem konnte sie sich nicht dagegen wehren. Glaubten die beiden etwa, es mache ihr *Spaß,* sich zu sorgen – das endlose Grübeln über alles, was schieflaufen könnte, die Angst, jemand könnte sich verletzen oder sterben, die unruhigen Überlegungen, welche schrecklichen Dinge geschehen mochten, die sie hätte verhindern können? Nein, sie wollte sich wirklich keine Sorgen machen, aber die Aufforderung, die Sorge fallen zu lassen, löste das Problem nicht.

Viele Jahre später erzählte Glenn ihr, er und seine Freunde hätten Zigaretten geraucht, Bier getrunken und Silvesterraketen abgeschossen. Einmal hatten sie zu mehreren eine Grube gegraben und sie mit Zweigen abgedeckt, in der Hoffnung, dass ein ahnungsloser Freund hineinfallen würde. Jungs. Glenn hatte beim Erzählen gelacht, als wäre das witzig gewesen, aber sie konnte bei dieser Geschichte nur denken, was für ein Glück es war, dass jener Junge sich nicht das Bein gebrochen hatte.

Glenn hatte auch noch einige weitere aufregende Geschichten zu berichten. Sie handelten von Freunden, die vom Baum gefallen waren, sich die Hände verbrannt hatten oder beim Zündeln um ein Haar die Kontrolle über die Flammen verloren hätten. All diese Situationen wirkten im Nachhinein komisch, aber Tatsache war, dass jemand ernstlich verletzt oder getötet hätte werden können. Durch die Erkenntnis, dass sie damals recht gehabt hatte, sah sie ihre Sorgen in einem neuen Licht. Außerdem hatte ja gerade sie darauf bestanden, dass die Kinder den Feuerlöscher mitnahmen, und damit hatten sie dann das außer Kontrolle geratene Feuer bekämpft. Glenn hatte es ihr zwar damals nicht gestanden, doch sie hatte sich schon so etwas gedacht, als er ihr den Feuerlöscher mit gezogenem Stift zurückgab. Eins zu null für die mütterliche Intuition.

Doch das war Jahre her, und Laura redete jetzt über ein ganz anderes und viel jüngeres Kind. »Ich werde nach ihm Ausschau halten«, sagte Laura. »Mir geht ständig der Gedanke durch den Kopf, dieser Junge könnte zu Hause misshandelt worden und darum weggelaufen sein. Er war ganz allein, und das finde ich eigenartig. Sind Kinder normalerweise nicht in

Cliquen unterwegs? Die meisten haben doch Freunde oder zumindest *einen* Freund. Irgendetwas an der Sache kommt mir merkwürdig vor.«

Schade, dass Laura keine Kinder hatte, denn den Part mit dem Sich-Sorgen-Machen beherrschte sie bereits perfekt.

»Ich werde ebenfalls die Augen offen halten«, versprach Joanne. »Und falls ich ihn noch einmal sehe, rufe ich Sie an.«

Auf der Heimfahrt dachte Joanne über dieses Gespräch nach, und zu Hause angekommen, beschloss sie, dass sie nicht darauf warten würde, dem Jungen zufällig wieder zu begegnen. Laura hatte erzählt, sie sei bis zur Hügelkuppe hinaufgestiegen und der Junge habe sich scheinbar in Luft aufgelöst. Aber Menschen lösten sich nicht in Luft auf. Ein Kind war besser im Sich-Verstecken als Erwachsene im Finden, und aus ihrer Zeit als Mutter war sie mit einigen Tricks vertraut.

Joanne pfiff an der Hintertür nach Samson, und der kam mit seiner üblichen Begeisterung herbeigerannt. Sie streichelte ihn am Kopf und redete mit ihm. »Mom geht jetzt für ein Weilchen weg, aber du bleibst hier, okay?« Oh je, Glenn würde sie gnadenlos aufziehen, sollte er jemals herausfinden, dass sie mit dem Hund redete, als wäre sie seine Mom. Das durfte ihr in Glenns Gegenwart niemals herausrutschen, und sie vermied es sorgfältig. Ohnehin merkte er gerne einmal an, sie gehe besser mit Samson um als die meisten Leute mit ihren Kindern.

Leider hatte er recht. Sie liebte diesen Hund. Sie wusste selbst nicht, wie das hatte geschehen können. Von einem Tag auf den anderen hatte sie sich von einer normalen Frau mit Hund in eine verrückte Hundenärrin verwandelt. Es war nicht so einsam im Haus, wenn sie sich mit Samson unterhielt, und obgleich er natürlich nicht antwortete, hatte er doch immer Zeit, ihr zuzuhören. Sie berührte seine Nase mit der ihren. »Ich bleibe nicht lange weg. Versprochen.« Sie griff nach ihrem Schlüsselbund. »Sei schön brav.«

Laura mochte aufs Abschließen verzichten, aber so mutig war Joanne nicht. Laura hatte schließlich auch Paul, und damit lagen die Dinge anders. Wenn man ganz allein lebte, musste man alle möglichen Notsituationen im Blick behalten. Durch Samsons Anwesenheit fühlte sie sich ein wenig sicherer, aber sie hatte oft genug von Eindringlingen gehört, die erst den Hund außer Gefecht setzten, bevor sie das Haus ausraubten oder über seine Bewohner herfielen. Sie bemühte sich, auf alles vorbereitet zu sein. Sie hatte sogar Glenns alten Baseballschläger zwischen Nachttisch und Bett eingeklemmt, nur für den Fall, dass sie im Schlaf überfallen würde. Sie hatte so viele Filme gesehen, in denen ein Vergewaltiger bei einer Frau eindrang und die Ärmste im Bett festhielt. Doch wie überrascht wäre ein solcher Verbrecher, würde sie ihm den Baseballschläger über den Kopf ziehen. So etwas würde sie gern einmal in einem Film sehen.

Als sie von außen überprüft hatte, dass die Tür auch sicher verschlossen war, machte sie sich auf den Weg zum Baumhaus. Es bot die einzige Gelegenheit, auf der Hügelkuppe einfach zu verschwinden. Es war natürlich typisch, dass ein Kind es fand, während ein Erwachsener es übersah. Falls das Kind sich wirklich in der Nähe ihres Hauses herumtrieb, musste sie dort nach ihm suchen.

Das Baumhaus war alt: nur zehn Jahre jünger als Glenn. Er und sein Dad hatten es in seiner Kindheit gemeinsam gebaut. John war der Typ Mann, der niemals halbe Sachen machte, und so war es ein großes Baumhaus geworden: stabil und hoch oben in den Ästen. Zu hoch, nach ihrem Geschmack. »Wie wäre es denn mit einem Spielhäuschen am Boden?«, hatte sie vorgeschlagen, als John und Glenn die ersten Pläne geschmiedet hatten.

»Ein Spielhäuschen?« Glenn klang damals richtig gekränkt. Schon als Kind wusste er genau, was er wollte. »Das ist doch was für Babys.«

Von da an hatte sie sich aus der Sache herausgehalten und nur die Planskizzen bewundert und gefragt, was das Baumaterial kosten würde – die Bretter und Balken, die Dachschindeln, die Fenster und Fensterrahmen und die Tür, für die richtige Angeln gesetzt werden sollten. Das fertiggestellte Baumhaus war dann sehr eindrucksvoll. Drei Generationen bot es jeweils zur gegebenen Zeit einen Rückzugsort. Glenns Töchter spielten darin Familie und feierten Teekränzchen. Glenn und seine Freunde nutzten es als eine Art Clubhaus. Es gab geheime Klopfzeichen, und für einen rascheren Abstieg hatten sie oben noch ein Seil befestigt.

Die dritte Generation, die das Baumhaus nutzte, war Joanne selbst. Nach Johns Tod machte sie alle Phasen der Trauer durch, und manchmal alle gleichzeitig. Ihr Kummer war so tief, dass sie sich bis ins Innerste ihres Herzens einsam fühlte, mit jeder Faser ihres Seins, obwohl sie von Liebe umgeben war. Sie war außerstande, sich eine Zukunft vorzustellen. Alles, was nicht im Moment geschah, existierte nicht. Das Trauern erschöpfte sie, und sie schleppte sich durch den Tag und ging manchmal schon vor dem Abend zu Bett. Wütend war sie außerdem auch noch. Wütend, dass John mit dreiundsechzig an einem Herzanfall gestorben war, unmittelbar nach dem Beginn der Rente. Sie hatten doch noch so viel vorgehabt und fingen gerade an, das neue Leben zu genießen. War das etwa gerecht? Wenn sie Ehepaare in der Kirche sah, konnte sie in Wut geraten. Manche von diesen Frauen *mochten* ihre Männer nicht einmal, doch diese standen bereit, geleiteten sie in die Kirche und gingen im Anschluss an den Gottesdienst den Wagen holen, damit ihre Frau nicht hinaus in die Kälte musste.

Ein Jahr nach Johns Tod wachte sie eines Morgens im Frühling auf und erwartete, sich besser zu fühlen, aber so war es nicht. Sie war noch immer allein und traurig und wurde von Minute zu Minute älter. An jenem Tag machte sie einen

Spaziergang und landete schließlich beim Baumhaus. Ganz spontan stieg sie die Leiter hinauf und setzte sich drinnen im Schneidersitz auf den Boden, den Rücken an die Wand gelehnt. Sie betrachtete die solide Konstruktion des Hauses und dachte daran, wie John Glenn in das Bauen mit Balken und Brettern und Ähnliches eingeführt hatte. Worauf man achten muss, wenn man eine Nagelpistole verwendet. All diese Dinge, die Väter ihren Söhnen beibringen.

Dann dachte Joanne daran, wie sehr sie sich nach John sehnte. Sie sagte es sogar laut: »Ich will dich zurückhaben.« Sich das selbst aussprechen zu hören, machte sie nur noch trauriger, und sie begann zu weinen – mit heftigem Schluchzen und einem See von Tränen. Sie jammerte und klagte. Es hörte gar nicht mehr auf, und niemand lenkte sie ab oder versprach ihr, dass die Zeit die Wunden heilen würde. Sie wollte sich wieder normal fühlen und nicht an diese endlose Verzweiflung gekettet sein. Alle sagten, es würde irgendwann besser, aber wann war es so weit? Nachdem sie sich ausgeweint hatte, wischte sie sich mit dem Ärmel die Nase ab, obwohl das eklig war, stieg die Leiter hinunter und ging nach Hause, um zu duschen.

Sie brauchte sechs Jahre, um über den Verlust ihres Mannes hinwegzukommen. Sechs Jahre, bis sie morgens aufwachen konnte, ohne sofort von dem Gedanken überfallen zu werden, dass er nicht neben ihr lag. Sechs Jahre, bis sie Ehepaare ihres Alters sehen konnte, ohne sofort zu denken: *Das muss schön sein.* Wenn sie sich mit anderen Witwen unterhielt, gestanden ihr manche, dass es bei ihnen ähnlich lang dauerte. Warum taten dann alle so, als wäre man ein emotionales Wrack, wenn man nach dem ersten Jahr noch nicht mit dem Trauern fertig war? Sie heulte ja nicht öffentlich herum. Sie vermisste John nur eben einfach immer noch.

Der Weg von ihrem Haus zum Baumhaus war weiter, als sie es in Erinnerung hatte. Sie stapfte durch raschelnde Blätter und trat über Wurzeln und herabgefallene Äste hinweg. Sie hatte vergessen, wie beruhigend es im Wald war. Der Geruch von Kiefernnadeln und rundum das frische Grün. Außer ihren Schritten und dem Zwitschern der Vögel war nichts zu hören. Die Luft kam ihr sauberer und sauerstoffreicher vor.

Als sie am Fuß des Baumes ankam, schirmte sie die Augen mit der flachen Hand ab und schaute nach oben. Die Leiter war steiler und wackliger, und das Baumhaus lag höher, als sie es in Erinnerung hatte. Sie stellte sich vor, sie würde hinaufsteigen und hätte dann Mühe, wieder hinunterzukommen. Auf keinen Fall würde sie alte Frau sich da hinaufschleppen. Ihre Muskeln und Gelenke spielten einfach nicht mehr so mit wie früher. Sie hatte Angst, möglicherweise dort oben festzusitzen. Was auch immer sie unternahm, es würde geschehen müssen, während sie sicher auf dem Erdboden stand.

»Hallo«, rief sie hinauf. »Ist jemand da?« Sie spähte blinzelnd nach oben und meinte, der Vorhang hätte sich bewegt, doch sicher war sie sich nicht. »Ich bin Joanne Dembiec, die Frau, die dich wegen des Handtuchs angeschrien hat.«

Keine Antwort außer dem leisen Rauschen des Windes in den Bäumen. Sie wartete kurz ab und fuhr dann fort: »Es tut mir leid, das Anschreien, meine ich. Ich war einfach nur überrascht. Es war sehr nett von dir, das Handtuch zurückzubringen, und ich möchte dir dafür danken. Du kannst deiner Mutter sagen, dass sie dich gut erzogen hat. Ich spüre, dass du ein netter Junge bist.«

Es waren spontane Worte, über die sie vorher nicht nachgedacht hatte, und jetzt, da sie mit Reden angefangen hatte, schien sie nicht mehr aufhören zu können. »Wahrscheinlich weißt du das nicht, aber das hier ist Privatbesitz. Das Grundstück gehört mir, und ich möchte nicht, dass du hier spielst.« Mit einem Blick nach oben schätzte Joanne die Höhe des Baumhauses ab. Sechs Meter? Oder eher zehn? Bei ihrem Glück würde das

Kind noch fallen und sich ernstlich verletzen, und dann würden die Eltern sie verklagen. »Es gibt zahllose Orte, an denen du spielen kannst, aber bitte nicht an diesem. Du könntest dir wehtun.« Der Gedanke, dass er dort oben sein könnte, war ihr unangenehm. Das Baumhaus gehörte ihrer Familie. Es war von John entworfen und von ihm und Glenn gebaut worden und genauso ihr Eigentum wie das eigentliche Haus. Dies hier war kein öffentlicher Spielplatz, auf dem irgendwelche Kinder nach Herzenslust herumklettern durften.

Sie spähte so lange nach oben, bis sie einen Krampf im Nacken bekam. Sie massierte ihn mit den Fingerspitzen und versuchte es noch ein letztes Mal. »Ich gehe jetzt, und du musst ebenfalls von hier verschwinden, okay? Wenn ich später nachschauen komme, möchte ich dich hier nicht mehr vorfinden. Ich wünsche dir einen guten Heimweg.«

18

Grandma Nan checkte im Sheraton ein. Das Hotelzimmer kostete weit mehr, als sie hatte ausgeben wollen, aber die City von Chicago war offensichtlich kein Ort für Schnäppchen. Das Zimmer war das billigste in dieser Gegend, und irgendwo musste sie schließlich schlafen. Es war schön. Zwei Kingsize-Betten, ein größerer Fernseher als bei ihr zu Hause und ein großes, gerahmtes Bild mit Farnen. Es gab nichts Persönliches, aber sie war trotzdem froh, hier zu sein. Sie war erschöpft. Furchtbar erschöpft und reif für eine erholsame Nacht.

Erst heute Vormittag war sie in Logans Grundschule gewesen und hatte mit Ms Tracey gesprochen, aber es kam ihr eher so vor, als hätte das Gespräch am Tag zuvor stattgefunden, oder sogar am vorvorigen Tag. Es war ein langer, emotional fordernder Tag gewesen, aber sie kam Logan näher, und so hatte sie das Gefühl eines gewissen Erfolgs. In den letzten vierundzwanzig Stunden hatte sie einige wichtige Informationen gesammelt. Sie hatte mit zwei Frauen geredet, die Logan noch vor vier Monaten gesehen und ihr versichert hatten, dass er wohlauf sei. Oder zumindest einigermaßen wohlauf. Er hatte zu essen und warme Kleidung, selbst wenn er noch nicht wieder sprach. Sie wusste nun, dass Robert und Logan mit einer Mutter und deren

Tochter zusammenlebten und kannte deren Namen. Und sie wusste, wo diese Mutter arbeitete.

Sie war heute insgesamt in drei Aldis gewesen. Der erste war ein völliger Fehlschlag, im zweiten hatte Marjorie ihr den Strauß Blumen und neue Hoffnung gegeben, und der dritte war der Aldi an der Pulaski Road in Chicago. Dort war sie in der Gewissheit auf den Parkplatz gefahren, beim Hineingehen Satira an der Kasse vorzufinden. Nach dem Eintreten hatte sie den Geschäftsführer gemieden und stattdessen einen jungen Mitarbeiter mit Tätowierungen auf den Armen angesprochen, der eine Palette mit Papierhandtüchern auf einem Wägelchen durch den Laden schob.

»Arbeitet Satira heute?«, fragte sie so freundlich und zuvorkommend wie möglich.

»Sie ist schon gegangen«, antwortete er. »Morgen um neun kommt sie zurück.«

»Wissen Sie zufällig, wo sie wohnt?«

Er schüttelte den Kopf. »Sie ist ziemlich neu hier. Ich habe noch kaum mit ihr gesprochen. Aber Sie können den Geschäftsführer fragen, wenn Sie wollen.«

So ein Gespräch würde zu nichts führen, das wusste sie inzwischen. Stattdessen bedankte sie sich bei dem jungen Mann, kaufte eine Tüte Chips und eine Flasche Mineralwasser und stieg wieder ins Auto, um sich auf die Suche nach einem Hotel zu machen. Sie reservierte das Zimmer im Sheraton mit dem Handy und aß in einem McDonald's, der an der Straße lag. Stress, Fast Food, Chips und eine stundenlange Fahrt im Auto. Gesund war das alles nicht.

Der Halt beim dritten Aldi hatte sowohl etwas Positives als auch etwas Negatives gebracht. Sie war Logan einen Schritt näher gekommen, konnte aber erst am nächsten Tag etwas Konkretes unternehmen. Sie versuchte, sich eine Strategie zurechtzulegen. Würde sie von Frau zu Frau mit Satira reden und sie anflehen, ihr Zugang zu Logan zu verschaffen? Als Mutter würde Satira wissen, wie sehr Nan litt. Wie herzlos müsste eine Frau sein, um eine Großmutter an der Begegnung mit ihrem Enkel zu hindern? Doch Nan musste auch Roberts Reaktion bedenken. Falls Satira mit Robert zusammenlebte, war sie entweder seine Freundin oder auf den Platz in seiner Wohnung angewiesen. Doch so oder so wäre es Grandma Nans Zwecken abträglich. Die Frau würde sich natürlich Robert und nicht ihr verpflichtet fühlen. Ein trauriger Gedanke, aber doch auch verständlich. Satira musste ja auch an ihre Tochter denken. Der Mutterinstinkt würde ihr raten, ihre gegenwärtige Situation nicht zu gefährden. Die Geschichte war uralt. Seit Anbeginn der Zeiten machten Frauen Zugeständnisse, um das Wohlergehen ihrer Kinder zu sichern.

Das ließ Nan nur eine Möglichkeit. Sie könnte warten, bis Satiras Schicht vorbei war, und ihr dann heimlich nach Hause folgen. Satira kannte sie nicht, hätte also keinen Grund, Verdacht zu schöpfen. Grandma Nan hatte sich letztes Jahr ein neues Auto gekauft, und so würde auch Robert sie nicht daran erkennen. Es würde nicht schwierig sein, Satira zu folgen, vorausgesetzt, diese fuhr nach der Arbeit auf direktem Wege nach Hause.

Wie Nan es sah, böte das die beste Chance, ihren Enkel zu finden. Sie würde Robert überrumpeln, und er könnte niemandem die Schuld an ihrem plötzlichen Auftauchen geben. Wenn sie ein Geschenk mitbrächte, zum Beispiel eine Flasche Whisky oder einen Kasten Bier, würde er sich ja vielleicht sogar über ihren Besuch freuen. Es widerstrebte ihr zwar, seine schlechten Gewohnheiten noch zu fördern, aber wie es so heißt, im Krieg und in der Liebe ist alles erlaubt. Wenn sie Robert Alkohol schenken musste, um Logan zu sehen, bezahlte sie diesen Preis gern. Sie fing ihn ja nicht nach einem Treffen der Anonymen

Alkoholiker als Verführerin ab. Er würde das Zeug ohnehin trinken.

Grandma Nan wollte sich keine übertriebenen Hoffnungen auf eine Wiederbegegnung mit Logan machen, aber es war ihr nahezu unmöglich, sich nicht ununterbrochen auszumalen, wie es morgen vielleicht laufen würde. Sie stellte sich vor, wie aufregend es wäre, an die Tür zu klopfen und dann Logan zu sehen, wenn er ihr öffnete. Falls er sie für tot hielt, würde es ihn bestürzen, sie lebendig und bei bester Gesundheit vor sich zu haben, aber sie war überzeugt, dass er sich freuen würde. Sie schloss die Augen und versuchte sich vorzustellen, wie groß er inzwischen sein und wie seine Umarmung sich anfühlen würde. Zweieinhalb Jahre waren im Leben eines Neunjährigen eine lange Zeit, aber erst vor wenigen Monaten hatte er in der Schule das Bild von ihr gemalt und »Grandma Nan« daruntergeschrieben. Auf seinem Bild trug sie ihren hellblauen Pullover und ihre Ballerinas. Er hatte sie nicht vergessen.

Falls sein Vater bei ihrem Erscheinen nicht zu Hause wäre, würde sie sich versucht fühlen, Logan einfach mitzunehmen. Seine Kleider einzupacken, ihn ins Auto zu setzen und nach Nebraska zurückzufahren. Nach dem Wortlaut des Gesetzes wäre sie im Unrecht. Aber menschlich gesehen hätte sie das Recht sicherlich auf ihrer Seite.

Sie hatte Zweifel, ob Robert Logans Verfolgung aufnehmen würde, wenn sie den Jungen mitnähme. Im ersten Monat nach Ambers Tod hatte er ihr tatsächlich angeboten, Logan zu nehmen, doch als ihm klar wurde, dass dann der Sozialhilfescheck für den Jungen an sie gehen würde, hatte er einen Rückzieher gemacht. Doch für Nan war das Geld kein Thema. Sie hätte sogar dafür bezahlt, Logan immer bei sich haben zu können. Sie hatte sich bemüht, seine Sorgen wegen des Schecks zu zerstreuen. »Falls sie ihn künftig an mich schicken, hebe ich das

Geld einfach ab und schicke es dir zurück«, hatte sie damals vorgeschlagen. »Du kannst damit einen Sparvertrag abschließen, damit er später Geld fürs College hat oder so. Und er kann dich jederzeit besuchen.« Sie beobachtete seine Miene und sah, wie die Rädchen in seinem Kopf sich drehten. Während er noch das Für und Wider abwägte, plädierte sie verzweifelt für ihre Sache: »Du könntest ihn täglich sehen, wenn du möchtest. Ich bin den ganzen Tag zu Hause, und so habe ich Zeit, Logan bei den Hausaufgaben zu helfen und so.« Sie baute Robert goldene Brücken, doch die Verzweiflung in ihrer Stimme verriet, wie dringend sie Logan haben wollte, und das machte Robert misstrauisch.

Er entschied, Logan zu behalten, und brach ihr damit das Herz. Die Würfel waren gefallen. Sie hatte keine rechtliche Handhabe, ihn seinem Vater wegzunehmen.

Doch vielleicht hatte sich die Situation inzwischen geändert.

19

Logan dachte über das nach, was diese Frau, Joanne Dembiec, eben zu ihm gesagt hatte. Sie wusste, dass er da war. Wie hatte sie es herausgefunden? Er hatte so sorgfältig darauf geachtet, sich nicht sehen zu lassen. Er schaute sich nach Überwachungskameras um, die vielleicht im Baum versteckt sein könnten, aber wer würde sich diese Mühe schon machen? Das wäre unsinnig.

Joanne hatte gesagt, sie würde später noch einmal nachschauen kommen und bis dahin solle er weg sein. Würde sie wirklich zurückkommen? Er dachte über die Frage nach. Wahrscheinlich schon. Man kann nicht einfach irgendein dahergelaufenes Kind auf seinem Grundstück dulden, selbst wenn niemand nach ihm sucht.

Er wusste nicht, was er tun sollte.

Die Polizei durfte ihn jetzt noch nicht finden, dafür war es zu früh. Zwei Tage reichten nicht aus. Er wollte seine Entdeckung so lange hinauszögern, dass sein Vater sich schämen würde, ihn nach einer so langen Zeit zurückzufordern. Bei der Vorstellung, nach Hause zu seinem Vater zurückzukehren, überlief es ihn eiskalt. Im Wald zu verhungern wäre besser, als von ihm gepackt und gegen die Wand gepresst zu werden. Und dann so heftig durchgeschüttelt zu werden, dass seine Zähne klapperten, das Gesicht des Vaters so nah vor sich, dass er die Blutgefäße in seinen Augen sah. Wenn er in dieser Verfassung war, war alles möglich. Logans Angst schien seinen Vater stärker zu machen, und es stachelte dessen Wut noch an, wenn sein Sohn nicht reagierte. Sobald Logan seine Gefühle aber schließlich durch Weinen oder Zittern verriet, ekelte seine Schwäche den Vater an. Tot zu sein wäre besser, als ihm noch einmal auf diese Weise ausgesetzt zu sein. Doch genau diese Stimmung würde den Vater erfassen, wenn er Logan wiedersähe. Denn sein Sohn war weggelaufen und hatte ihn schlecht aussehen lassen.

Logan hatte nur ganz blasse Erinnerungen daran, wie sein Vater vor dem Autounfall gewesen war. Der Unfall hatte ihr Leben zerstört und letztlich zum Tod seiner Mutter geführt. Der Unfall war Logans Schuld. Er hatte auf dem Rücksitz gejammert, er habe Hunger, und seine Mutter hatte sich zu ihm umgedreht, um ihm ein Plastikschälchen mit Teddy-Graham-Crackern zu reichen. Dadurch war sein Vater abgelenkt gewesen, hatte eine rote Ampel übersehen und war einem rollenden Lkw direkt vor die Räder gefahren.

Damals war Logan fünf gewesen und hatte auf dem Rücksitz gesessen, daher hatte er nur noch verschwommene Erinnerungen an den Unfall. Doch einiges hatte sich in sein Gedächtnis eingebrannt: das Kreischen der Bremsen, das Krachen von Metall, das Herumwirbeln des Wagens und die Teddy Grahams, die aus der Hand seiner Mutter in die Luft flogen. Er selbst saß angeschnallt im Kindersitz und entging dem Schlimmsten. Seine Eltern erlitten Verletzungen, die dem Arzt zufolge nicht lebensbedrohlich waren, doch sie erwiesen sich zumindest als lebensverändernd. Seine Mutter prallte mit dem Kopf so heftig gegen das Seitenfenster, dass sie eine

Gehirnerschütterung erlitt. Sein Vater brach sich den linken Arm und mehrere Rippen. Beide hatten furchtbare Prellungen, insbesondere an den Stellen, an denen der Sicherheitsgurt sie aufgefangen hatte.

Ein Krankenwagen kam und brachte alle ins Krankenhaus. Grandma Nan holte Logan ab, und er blieb ein paar Tage bei ihr.

Sein Vater war vier Wochen krankgeschrieben und fing mit dem Trinken an. Wann immer er die Geschichte des Unfalls erzählte, und er erzählte sie oft, sprach er von Logan als von dem »verdammten Jungen« und berichtete, wie er wegen der Teddy Grahams gequengelt habe. Die Leute, denen er die Geschichte erzählte, warfen Logan dann jedes Mal einen Blick zu, als könnten sie kaum glauben, dass ein Kind seinen Eltern etwas so Schreckliches antun könne. Nach dem Unfall hatte Logans Mutter ständig furchtbare Kopfschmerzen und musste Schmerzmittel nehmen, derentwegen sie viel schlief. Früher waren sie eine ganz normale Familie gewesen, doch jetzt herrschten Wut und Schmerz. Und alles war seine Schuld.

Vor dem Unfall war sein Vater anders gewesen. Nicht so herzlich und liebevoll wie seine Mom, aber anders. Mehr wie ein richtiger Vater. Wenn er den Wasserhahn reparierte, erklärte er Logan, wie alles funktionierte, und nahm ihn mit zum Baumarkt. Wenn sie dann zufällig einem seiner Bekannten über den Weg liefen, legte er Logan die Hand auf den Kopf und sagte: »Das ist mein Sohn Logan. Der Junge wird mal genauso wie sein Vater.« Da klang er fast stolz. Aber nach dem Unfall wollte Logans Dad nichts mehr mit ihm zu tun haben. Kein Wunder. Logan hatte ja alles kaputtgemacht. Er hätte doch auf diese Teddy Grahams warten können, aber das hatte er nicht, und durch seine Schuld hatte sich alles verändert.

Ob er wohl dieser Frau namens Laura vertrauen könnte, die gesagt hatte, dass sie sich Sorgen um ihn mache? Vielleicht. Er könnte ihr mit Stift und Papier irgendeine erfundene Story auftischen, wo er angeblich herkäme. Wenn sie dann die Polizei riefe, würde man ihn vielleicht zu einer netten Pflegefamilie geben, und er müsste sich nicht seinem Vater stellen.

Doch tief in seinem Inneren wusste er, dass es nicht so einfach sein würde. Nichts war jemals einfach.

20

Mit angehaltenem Atem klopfte Grandma Nan an die Tür. Satira nach Hause zu folgen, war der leichte Teil gewesen, dem komplizierte Vorbereitungen vorangegangen waren. Sie war am Vormittag zum Supermarkt gegangen, hatte einige Konservendosen und Toilettenpapier gekauft und sich absichtlich vor Satiras Kasse angestellt. Als sie mit Bezahlen an der Reihe war, begann sie eine kleine Plauderei.

»Was für ein wunderschönes Wetter«, sagte sie, als sie das Geld überreichte.

»Stimmt«, erwiderte Satira mit einem Lächeln. Grandma Nan hatte nicht gewusst, wie die Begegnung mit dieser Frau auf sie wirken würde, denn schließlich hatte Satira Amber in Roberts und Logans Leben ersetzt. Ms Tracey zufolge hatten Satira und ihre Tochter zuvor in einem Obdachlosenheim gelebt, doch nichts an dieser Frau wies auf harte Zeiten hin. Sie war hübsch, ihr dunkles, glänzendes Haar war im Nacken hochgesteckt, und sie hatte makellose Haut und hübsche Zähne. Sie hatte den Körperbau einer Bauchtänzerin – nicht gertenschlank, sondern das, was man früher *drall* nannte. Grandma Nan konnte sich beinahe vorstellen, wie sie Logan bemutterte:

sein Schulbrot einpackte, ihn ans Zähneputzen erinnerte und seine Kleider wusch.

»Es wäre schade, die schöne Sonne zu verpassen«, sagte Grandma Nan. »Haben Sie bald Feierabend?«

Satira schüttelte den Kopf. »Erst um zwei.« Sie gab Grandma Nan das Wechselgeld zurück und zählte es ihr vor. »Einen schönen Tag noch.«

Danach musste Grandma Nan nur noch auf zwei Uhr warten. Bis dahin tankte sie, kaufte in einem Spirituosenmarkt einen Whisky von Roberts Lieblingsmarke, schob die Flasche so in ihre Handtasche, dass nur der Hals herausschaute, und nahm dann ihre Wache vor dem Aldi auf. Schnell fand sie heraus, dass die Mitarbeiter hinten parkten. Sie wartete bis um zwei, und als sie Satira mit zwei Einkaufstüten herauskommen sah, ließ sie den Motor an. Satira stieg in einen grünen Ford, und Grandma Nan fuhr ihr vom Parkplatz aus nach. In den ersten Minuten lief alles gut, doch als ein Lkw die Spur wechselte und sich ohne Rücksicht auf Verluste zwischen die beiden Autos drängte, verlor Grandma Nan den Ford für einige verzweifelte Sekunden aus dem Blick. Als Satira aber an der nächsten Ecke abbog, kam sie wieder in Sicht, und alles war gut.

Satira fuhr bis zum äußersten Rand Chicagos und steuerte dort ein schlichtes Backsteingebäude an, in dessen schmale Einfahrt sie einbog. Grandma Nan nahm an, dass hinten ein Parkplatz lag, doch sie folgte ihr nicht. Vielmehr stellte sie sich auf einen freien Platz auf der anderen Seite der Straße. Sobald sie ausgestiegen war, schlängelte sie sich zwischen dem Verkehr hindurch und huschte dann wie in einem Spionagefilm, mit dem Rücken gegen die Wand, eilig zur rückwärtigen Seite des Gebäudes. Es gelang ihr tatsächlich, ungesehen zu bleiben. Als sie hinten ankam, sah sie Satira mit dem Handy am Ohr in ihrem geparkten Auto sitzen. Unter Grandma Nans Augen beendete sie das Gespräch und stieg aus, die Handtasche über die Schulter geworfen und eine Einkaufstüte in jeder Hand. Bei der rückwärtigen Tür des Gebäudes angekommen, nahm Satira die Einkaufstüten in eine einzige Hand und kramte in der Handtasche nach ihrem Schlüssel.

Sobald Satira eingetreten war, rannte Grandma Nan aus ihrem Versteck und erwischte die Tür rechtzeitig vor dem Zufallen. Sie verfolgte, wie Satira die Treppe hinaufstieg, und wartete ab, bis sie oben angekommen war, bevor sie ihr nachging. Die Wohnungstür fiel gerade zu, als Nan oben ankam. Sie war zu spät, um die Bewegung zu sehen, erkannte aber an der Richtung, aus der das Geräusch des Zuschnappens kam, welche Tür es gewesen sein musste.

Grandma Nan blieb eine kleine Weile vor der Wohnungstür stehen und lauschte. Sie hörte eine Frauenstimme, vermutlich die von Satira, und einen Mann, der ihr antwortete. Obgleich sie das Gesprochene nicht verstand, erkannte sie am Tonfall Robert. Er hatte eine tiefe Stimme und sprach immer etwas barsch, eine abgehackte, harte Sprechweise.

Die Auslegeware im Korridor wirkte mit ihrem typischen Burgunderrot billig und war fleckig. Der schmutzige Holzrahmen der Tür sah aus, als hätte jemand ihn mit Öl oder Fett verschmiert, und die weiß gestrichenen Wände waren vergilbt, als würde im Korridor geraucht. Die Luft war abgestanden, und es roch muffig. Man hätte schon das Dach vom Gebäude heben müssen, um diesen Mief aus dem Haus zu bekommen.

Sie hörte den Wortwechsel zwischen Robert und Satira, aber nichts, was auf Logans Anwesenheit hindeutete. Doch Ms Tracey hatte sie ja informiert, dass er immer noch nicht sprach, also war er vermutlich da, sagte aber nichts. Grandma Nan holte tief Luft und klopfte an. Einmal und dann zwei weitere Male.

Sie hörte, wie ein Stuhl über Fliesen zurückgeschoben wurde, und dann das Geräusch von Schritten. Als die Tür aufgerissen wurde, war der Ausdruck der Überraschung in Roberts Gesicht jede Meile der Fahrt von Nebraska wert.

»Nancy.« Er runzelte die Stirn.

»Robert. Schön, dich zu sehen.« In allen Versionen, in denen sie diesen Moment in ihrer Fantasie durchgespielt hatte, war eines immer gleich geblieben, nämlich dass sie entschlossen war, Streit zu vermeiden. Aus früheren Erfahrungen wusste sie, dass es am besten war, so zu tun, als wäre alles in Ordnung. Dann bestand eine gute Chance, dass er einfach mitspielte. Sie hatte vor, ihn freundlich zu begrüßen und höflich darum zu bitten, Logan zu sehen. Die verstrichenen Jahre und die Tatsache, dass er ohne Abschied weggezogen war und die Trennung von Logan ihr das Herz gebrochen hatte, würde sie gar nicht ansprechen. Sie spähte durch den Türspalt, konnte aber hinter Roberts mächtigem Oberkörper nichts erkennen. »Tut mir furchtbar leid, dass ich mich nicht telefonisch angemeldet habe. Ich dachte, ich könnte vielleicht Logan sehen?«

»Das ist keine gute Zeit, Nancy. Logan ist nicht da.«

Sie war nah genug bei ihm, um seinen Bieratem zu riechen. »Wann ist es denn günstiger? Dann würde ich noch einmal kommen.«

»Gib mir deine Handynummer, dann rufe ich dich an, falls er dich sehen will.«

»Ich hab dir ein Geschenk mitgebracht.« Sie nahm den Whisky aus ihrer Handtasche und hielt ihn Robert hin, gerade außer Reichweite. »Hatte ich es so richtig in Erinnerung? Ist das deine Lieblingsmarke?« Grandma Nan beobachtete in seinem Gesicht, wie er unentschieden schwankte. Was für eine Zwickmühle. Er wollte den Whisky, aber er wollte ebenfalls, dass sie ging. Bevor er noch weitere Einwände erheben konnte, sagte sie: »Was meinst du? Ich komme für ein kleines Gläschen mit meinem Lieblingsschwiegersohn herein. Um der alten Zeiten willen?«

Unschlüssig öffnete er die Tür einen weiteren Zentimeter. Sie sah die Gier in seinen Augen, das süchtige Verlangen nach dem Alkohol, und für einen Sekundenbruchteil hatte sie ein schlechtes Gewissen, weil sie seine Schwäche so ausnutzte. Es war ein grausamer Trick. Wenn Robert selbst nicht so grausam wäre, fände sie ihre Strategie abscheulich.

»Ich komme nur kurz herein. Dann schreibe ich Logan einen Zettel, und du kannst mich anrufen, wenn er Zeit hat. Ich würde ihn wirklich gern auf ein Eis einladen, solange ich noch in der Stadt bin.«

Robert öffnete die Tür weiter und führte sie wortlos in einen Raum, der anscheinend die Küche war. Satira stand mit den Händen im Abwaschwasser an der Spüle. Sie drehte sich ein wenig um und lächelte nervös, anscheinend ohne Nan von der Begegnung im Supermarkt zu erkennen. Robert machte sich nicht die Mühe, sie einander vorzustellen. Er ging einfach zum Schrank, holte zwei Saftgläser heraus und stellte sie neben einem großen Messer mit gezackter Schneide auf den Tisch. Dann nahm er die Flasche aus Grandma Nans ausgestreckter Hand.

»Nur ein einziges Glas«, sagte er streng zum Zeichen, dass er hier die Kontrolle hatte. Er schob das Messer zur Seite und setzte sich an den Tisch. Sie nahm bei ihm Platz, ohne auf eine Einladung zu warten. Er schenkte zwei Fingerbreit Whisky in jedes Glas und reichte ihr eines davon.

Grandma Nan hob es an. »Auf dein Glück und deine Gesundheit, Robert.«

Er zuckte mit den Schultern. »Dagegen habe ich nichts einzuwenden.« Mit einer einzigen, schnellen Bewegung kippte er den Inhalt des Glases hinunter. Aus der Nähe sah sie, dass sein Körperbau sogar noch eindrucksvoller war, als sie ihn in Erinnerung hatte. An Hals und Schultern spannte sein T-Shirt über den gewölbten Muskeln.

Grandma Nan trank einen Schluck, und Robert schenkte sich ein weiteres Glas ein. Sie musste das Gespräch am Laufen halten. Sie schaute sich beiläufig in der Küche um und betrachtete die zerschlissenen Vorhänge, die im Fenster flatterten, und Satiras Rücken, während die Frau langsam und methodisch Gläser abspülte und ins Abtropfgitter stellte. Alle drei taten sie weiter so, als sei überhaupt nichts Ungewöhnliches daran, dass Grandma Nan nach so langer Zeit einfach aus dem Nichts aufgetaucht war. Sie sprach wieder im Plauderton. »Bis wann soll Logan denn daheim sein? Ich komme gern noch einmal vorbei.«

Die Stimmung im Raum schlug plötzlich um, als wäre eine Unwetterfront herangezogen. Robert räusperte sich, und aus dem Augenwinkel sah sie, dass Satira die Schultern hochzog. »Fahr heim, Nancy. Logan ist in einem Ferienlager und kommt erst in vielen Wochen zurück.«

»In einem Ferienlager.« Sie wiederholte seine Worte ungläubig.

»Ja, in einem Ferienlager.«

»In was für einem Ferienlager denn? Wie heißt es?«

»Wie es heißt?«

Er starrte sie auf jene typische Weise an, mit der er Amber immer daran gehindert hatte, auf ein Thema zu bestehen, aber diese Macht gestand Nan ihm nicht zu. »Ja, ich würde gern den Namen des Ferienlagers wissen. Ich möchte mich darüber informieren.«

»Den brauchst du nicht zu wissen.« Er drehte das Saftglas zwischen Daumen und Zeigefinger.

»Ich möchte aber gern. Falls es in der Nähe liegt, schau ich dort einmal kurz vorbei und besuche ihn.«

»Das ist keine gute Idee.«

»Ich möchte doch einfach nur erfahren, wo er sich befindet, Robert.«

Robert packte Grandma Nans Glas und schleuderte es gegen die Wand. Es prallte von dort ab und landete auf dem Boden. »Lady, du wirst unverschämt. Wir sind hier fertig.«

Er stand auf, turmhoch über ihr, packte sie am Ellbogen und zerrte sie auf die Beine. »Warum sagst du mir nicht, wo er ist?«, schrie sie, als er sie zum Ausgang schleifte. »Ich möchte bitte meinen Enkelsohn sehen!«

Er schubste sie grob zur Tür hinaus und schlug sie hinter ihr zu. Nan stand nun im dunklen, stinkenden Korridor. Sie hämmerte gegen die Tür. »Robert! Du musst mir sagen, wo Logan ist. Ich rufe die Polizei. Ich sage ihnen, dass er verschwunden ist.« Ihre Stimme bekam einen schrillen Ton, und auf der anderen Seite des Korridors ging eine Tür auf. Sie sah, wie ein Augenpaar hinausspähte, bevor sie wieder geschlossen wurde. Grandma Nan hämmerte gegen Roberts Tür. »Robert, hörst du mich? Ich gehe hier erst weg, wenn du mir gesagt hast, wo Logan sich befindet. Antworte mir, verdammt noch mal!«

Die Tür wurde aufgerissen, und schnell wie ein Peitschenhieb schoss Roberts Arm aus der Öffnung. Er schubste sie so kräftig zurück, dass sie beim Rückwärtstaumeln das Gleichgewicht verlor und um ein Haar gefallen wäre. »Wage es nicht, mir zu drohen.« Er sprach mit zusammengebissenen Zähnen und betonte jede einzelne Silbe. »Hau jetzt ab, oder es wird dir noch leidtun.«

Zitternd machte sie kehrt und ging zur Treppe. Robert würde ihr nichts mehr verraten, aber die Sache war noch nicht zu Ende.

Ein Strudel von Gedanken wirbelte in ihrem Kopf, und keiner davon war gut. Logan in einem Ferienlager? Das glaubte sie keinen einzigen Moment. Robert würde niemals so viel Geld für Logan ausgeben, und einen dafür gedachten Beitrag irgendeiner Wohltätigkeitsorganisation würde er auch nicht akzeptieren. Nein, es musste etwas Furchtbares vorgefallen sein. Robert hatte Logan irgendwie verloren. Er hatte ihn zur Adoption freigegeben oder ihn an jemanden verkauft, damit er dort arbeitete. Vielleicht hatte er Logan auch in der Besenkammer angekettet oder, allein schon der Gedanke war ihr ein Graus, Robert hatte ihn umgebracht. Nein, unmöglich. Sie schüttelte den Kopf. Wenn Robert trank, verfinsterte sich seine Stimmung, aber er war kein Mörder.

Sie erinnerte sich, wie glücklich er bei Logans Geburt gewesen war. Wie er ihn im Krankenhaus im Arm gehalten und »mein Sohn« gesagt hatte, als könne er sein Glück kaum fassen. Damals hatte er Logan geliebt, oder? Oder war es einfach nur die Vorstellung gewesen, einen Sohn zu haben, die er geliebt hatte? Es war schwer zu glauben, dass ein Mann sein eigenes Kind nicht liebte, aber es kam ihr so vor, als fehlte Robert grundsätzlich die Fähigkeit zu jeder Art von Liebe.

Nach dem Verlassen des Wohnblocks kehrte sie zur Straße zurück und dachte darüber nach, was sie als Nächstes unternehmen müsste. Erst einmal würde sie die Adresse notieren, um sie für die Angaben bei der Polizei bereitzuhalten, aber dann? Sie wollte nicht nach Hause zurückfahren, ohne ihren Enkel gesehen zu haben. Auf der Treppe zum Vordereingang des Mietshauses saßen zwei kleine Mädchen. Sie hatten die Köpfe zusammengesteckt und schauten auf irgendein Gerät. Ein Ruck durchfuhr Nan, als sie eines der Mädchen erkannte, weil sie es schon auf dem Klassenfoto gesehen hatte.

Satira Zafiris. Dritte Klasse.

Tia.

Sie näherte sich den beiden und ging vor ihnen in die Hocke. Die Mädchen blickten überrascht auf.

»Hallo, heißt du Tia?«, fragte Grandma Nan.

»Ja.« Das Mädchen riss die Augen auf, vermutlich verblüfft, dass Nan ihren Namen kannte.

»Du warst letztes Jahr in Mrs Parks Klasse, oder? Ich war heute in deiner ehemaligen Schule.«

Als sie von der Schule hörte, leuchtete Tias Gesicht auf. »Ich war Mrs Parks Lieblingsschülerin. Und Mr Baird war der Direktor. Er sagte, ich sei eine richtige Nummer.«

Grandma Nan lächelte sie an. »Hoffentlich könnt ihr beiden Mädels mir helfen. Ich suche Logan Weber. Wisst ihr, wo er ist?«

Tia reckte die Hand hoch, als meldete sie sich eifrig in der Schule. »Ich weiß es! Ich! Er hat richtig Ärger gekriegt, weil er Zimmerarrest hatte und trotzdem rausgegangen ist, und dann ist Robert wütend geworden …« Alle Einzelheiten sprudelten aus ihr heraus. Wie Logan sich erbrochen hatte und aus der Wohnung gerannt war, mit dem brüllenden Robert dicht auf den Fersen. Das kleine Mädchen plapperte fröhlich drauflos, als schilderte sie eine Szene in einem spannenden Film. Doch Grandma Nan konnte nur daran denken, wie das für Logan gewesen sein musste. Das arme Kind musste vor Angst ganz außer sich sein. »Und dann ist Logan nicht mehr zurückgekommen«, verkündete Tia das Ende der Geschichte. »Er ist endgültig weggerannt, und jetzt bin ich das einzige Kind!«

Grandma Nan holte tief Atem. »Das ist ja ein richtiger Roman. Wann ist das denn alles passiert?«

»Vorgestern.«

Sobald Robert Grandma Nan zur Tür hinausbefördert hatte, kehrte er zum Tisch zurück und schenkte sich noch einen Whisky ein.

Satira stand mit dem Rücken zur Spüle und betrachtete den vor sich hin brütenden Mann. »Das wird ein Problem für uns werden«, sagte sie leise. Wenn Robert in dieser Stimmung war, musste man äußerst behutsam mit ihm umgehen. Mit sanfter, freundlicher Stimme gelang es ihr am besten, ihn zu beruhigen. Anders als Amber, die Robert zufolge manchmal mit ihm gestritten und sich für Logan eingesetzt hatte. Satira beherrschte die Kunst, Schwieriges notfalls auf sich beruhen zu lassen, und außerdem wusste sie, wie man Robert dazu brachte, etwas, was sie ihm in den Kopf setzte, für seine eigene Idee zu halten.

»Was soll ich denn machen? Der verdammte Junge ist einfach verschwunden. Ich konnte ihn nirgends finden.«

»Du könntest noch einmal nach ihm suchen«, schlug sie vor.

»Wahrscheinlich übernachtet er bei Freunden. Nur um mich zu ärgern.«

»Tia sagt, er habe keine Freunde.« Sie hielt kurz inne und fuhr dann fort: »Er ist doch nur ein kleiner Junge. Ohne Geld kann er nicht weit gekommen sein.«

Robert schenkte sich ein weiteres Glas ein und erwiderte nichts.

»Vielleicht sollten wir uns umhören und sein Foto herumzeigen. Jemand muss doch gesehen haben, wohin er gelaufen ist.«

Robert strich mit dem Finger über den Rand seines Glases und schnaubte. »Eines kann ich dir sagen. Wenn ich den Jungen in die Finger kriege, wird es ihm leidtun, dass er geboren ist.« Er setzte das Glas an die Lippen, und als er fertig war, wischte er sich den Mund mit dem Handrücken ab und stand auf.

21

In der dritten Klasse hatte Logan eine Lehrerin gehabt, die gern sagte, nichts geschehe ohne Grund, aber wenn das stimmte, dann musste es auch einen Grund für den Tod seiner Mutter, die ständigen Umzüge mit seinem Vater und den Verlust seiner Großmutter geben, für all diese schrecklichen, grauenhaften und unerträglichen Dinge. Und was sollte eigentlich der Grund dafür sein, dass Logan nicht sprechen konnte und deshalb dem Spott der anderen Kinder ausgesetzt war?

Wenn alle diese Dinge nicht ohne Grund geschehen waren, musste das ein ganz schön blöder Grund sein.

Wenn er sprechen könnte, würde das eine Menge Probleme lösen. Er könnte in der Schule im Unterricht mitmachen, Tia verbieten, ihm seine Sachen wegzunehmen, und seinem Dad eine Antwort geben, wenn der immer wütender wurde, weil er glaubte, Logan hielte absichtlich den Mund, um ihm eins auszuwischen. Manchmal nannte sein Vater ihn *Dummkopf,* und das Wort fühlte sich an wie ein Messerstich ins Herz. Denn er war kein Dummkopf. Er war einer der Klügsten in der Schule. Das wusste er, weil er die anderen Kinder über Tests jammern hörte, die er selbst leicht fand. Und wenn seine Lehrerin eingesammelte Hausaufgaben oder Tests zurückgab, hatte er normalerweise alles richtig.

Er wusste ganz schön viel – aber das half ihm nichts, denn all das, weswegen er zu Hause oft so blöd dastand, konnte niemand lernen. Es lag daran, dass die Regeln sich ständig änderten. Plötzlich wurde von Logan etwas erwartet, wovon vorher noch nie die Rede gewesen war. Einmal zum Beispiel war er nach dem Abendessen aufgestanden und hatte sein Geschirr auf die Spüle gestellt. Da hatte sein Vater ihm eins auf den Kopf gegeben und gesagt: »Was denkst du dir eigentlich, wo willst du hin? Sofort zurück und deinen Stuhl an den Tisch schieben.« Also kehrte Logan zurück und schob den Stuhl vor, bis die Stuhllehne die Tischplatte berührte. Das war nicht schwierig, aber es verwirrte ihn. War er bisher jemals aufgefordert worden, den Stuhl unter den Tisch zu schieben? Er konnte sich an nichts dergleichen erinnern. Im Anschluss sagte sein Vater zu Alicia, der Frau, die damals bei ihnen lebte: »Wenn ich nicht hinter ihm her bin, testet er ständig aus, was ich ihm durchgehen lasse.«

Das Leben zu Hause war verwirrend. Selbst wenn er sich alle Mühe gab, führte immer wieder eins zum anderen, und auch wenn ihm hinterher klar wurde, dass er nicht wegen der Teddy Grahams hätte quengeln sollen oder dass er nicht auf Tia hätte hören und keine Marshmallows hätte essen sollen, half ihm das nichts mehr. Da war es dann schon zu spät. Und all diese Dinge im Voraus zu wissen, war unmöglich.

Nach dem Tod seiner Mutter war es noch schlimmer geworden. Einmal schüttelte sein Vater den Kopf und sagte: »Hör auf, mich mit ihren Augen anzuschauen.« Logan wusste, dass seine Augen denen seiner Mutter unglaublich ähnlich sahen. Das sagte Grandma Nan ihm oft. Aber er hatte ja nicht wirklich ihre Augen, und so brachte ihn das, was sein Dad gesagt hatte, völlig aus der Fassung.

Er glaubte, dass es vielleicht etwas mit dem Tod seiner Mutter zu tun hatte. Alle drei waren sie an jenem Abend zu Hause gewesen, und durch jenen furchtbaren Unfall, der in Wirklichkeit gar kein Unfall gewesen war, waren sie für immer aneinandergekettet. Sein Vater war betrunken gewesen, nicht so schlimm wie sonst oft, aber doch betrunken, und seine Eltern hatten sich gestritten. Logan hatte von unten gehört, wie sie sich oben gegenseitig anschrien. Der Streit war zum größten Teil Logans Schuld, denn seine Mutter hatte Logan verteidigt und seinen Vater aufgefordert, ihn in Ruhe zu lassen, er sei doch noch klein. Er müsse vieles erst lernen, und ihn ständig zu tadeln und zu beschimpfen, wäre nicht gut. Sein Vater hasste es, wenn jemand ihm sagte, was er tun sollte, und wurde umso wütender. Von da an wurde es schlimmer und schlimmer.

Wenn Logan nicht wäre, lebte seine Mutter jetzt noch.

Er drängte die Erinnerung zurück und versuchte, an schönere Zeiten zu denken. Ein paar davon hatte es gegeben. Manchmal war sein Dad ein oder zwei Tage am Stück nett zu ihm. Ab und zu lachte oder lächelte er sogar, und das machte Logan glücklich. Tias Mutter verstand es, seinen Dad zu beruhigen, wenn er sich noch nicht zu sehr in seinen Zorn hineingesteigert hatte. Ungefähr einmal in der Woche schlug sie vor, gemeinsam einen Film im Fernsehen anzuschauen. Dann bereitete sie in der Mikrowelle Popcorn zu, und Tia und er selbst bekamen jeder eine Dose Limonade, während die Erwachsenen Bier tranken. Das war schön.

Das Problem war aber, dass Logan immer auf der Hut sein musste, weil sein Vater wegen allem und jedem aus der Haut fahren konnte – oder eben auch wegen nichts. Hätte Logan eine Möglichkeit gehabt, diese Ausbrüche vorherzusehen, wäre es besser gewesen. Die Ungewissheit, wann die nächste Explosion ihn treffen würde, machte ihn fix und fertig.

Wenn der Vater ihn mit dem Gürtel verprügelte, waren das die schlimmsten körperlichen Schmerzen, die er je erlebt hatte, und wie alles andere kam auch das scheinbar aus heiterem Himmel. Logan wusste nie, wann eine Verfehlung so schwer sein mochte, dass sie den Vater veranlasste, den Gürtel aus der Hose zu ziehen und damit auf Logans Rücken einzudreschen. Einmal stand er gerade an der Spüle und putzte sich die Zähne, als sein Dad hereinstürmte und ihn wegen der Unordnung in seinem Zimmer anbrüllte. Da lag der Gürtel schon in seiner Hand und traf Logans Rücken mit solcher Gewalt, dass Logans Oberkörper mit einem Ruck nach vorn flog. Die Zahnbürste fuhr ihm in den Rachen, und er musste würgen. Der Schmerz des peitschenden Schlags verschlug ihm den Atem, doch seine Stimmbänder regten sich nicht, und kein Laut verließ seinen Mund.

Die Unordnung, über die sein Vater schimpfte, war eine Schularbeit gewesen, eine Collage für den Gemeinschaftskundekurs. Logan hatte die ausgeschnittenen Papierteile auf dem Boden seines Zimmers liegen lassen, um kurz ins Bad zu gehen. Anschließend hatte er sie auf ein Plakat kleben wollen, doch als er nach der Tracht Prügel völlig verstört in sein Zimmer zurückkehrte, stellte er fest, dass alles in Fetzen gerissen war.

In der Nacht blutete sein Rücken so stark, dass sein T-Shirt Flecken bekam. Er versteckte es im Zimmer und warf es weg, als gerade einmal kein Erwachsener zu Hause war. Wenn sein Dad gesehen hätte, dass er ein noch gut tragbares T-Shirt versaut hatte, hätte Logan Ärger bekommen.

Wenn Logan jetzt überlegte, ob er nicht einfach nach Hause zurückkehren sollte, dachte er über all das nach. Das Gebrüll, die Beschimpfungen und die Schläge. Allein schon der Gedanke an eine Heimkehr erfüllte ihn mit furchtbarer Angst. Es war ausgeschlossen, dass sein Vater ihn nach seiner Rückkehr überglücklich in die Arme schließen würde. Sein Jähzorn konnte jeden von ihnen treffen, aber am häufigsten ging er über Logan nieder.

Natürlich hatte Logan nun, da er auf sich selbst gestellt war, mit einem unüberschaubaren Bündel neuer Probleme zu kämpfen. Hier, mitten in Wisconsin, konnte ihm jederzeit etwas zustoßen. Bisher war er zu sehr damit beschäftigt gewesen, sich zurechtzufinden, doch nun, da nichts mehr zu tun war, überkam ihn die Einsamkeit. Er hatte Heimweh nach einem anderen Leben, nach einem Leben, das es nicht mehr gab. Wie gern hätte er sich noch einmal an seine Mutter gekuschelt, wenn sie ihm etwas vorlas. Wie gern hätte er mit seiner Grandma Kekse gebacken und wäre mit ihr im Wald wandern gegangen. Und auch Ms Tracey fehlte ihm. Wenn er wüsste, wo sie wohnte, würde er sich dorthin auf den Weg machen, und wenn es ihn einen ganzen Monat kosten würde, zu Fuß hinzulaufen.

22

Grandma Nan saß in ihrem Auto, das noch immer gegenüber dem Mietshaus am Straßenrand parkte. Sie war erschrocken darüber, wie sehr Robert sich seit ihrer letzten Begegnung verändert hatte. Körperlich wirkte er enorm gealtert. Er hatte Falten um die Augen, und sein Gesicht war aufgedunsen. Er hatte die Ausstrahlung verloren, die er bei seiner ersten Begegnung mit Amber noch besessen hatte. Damals sah er so gut aus und trat so selbstsicher auf, dass er jeden für sich einnahm. Man verzieh ihm sogar seine Reizbarkeit, weil er sich hinterher besann und sich auf eine äußerst gewinnende Art entschuldigte und um Verzeihung bat. Doch der Robert, dem sie diesmal begegnet war, versuchte nicht einmal mehr, den Schein zu wahren.

Er hatte sie kräftig zurückgestoßen, und sie hatte keinen Zweifel, dass er sie geschlagen hätte, wenn sie sich geweigert hätte zu gehen. Und ohne den Whisky wäre sie von vornherein gar nicht erst in seine Wohnung gelangt. Jetzt, in den mittleren Jahren, hatte er sich zu einem Alkoholiker entwickelt, der nicht zögerte, jemanden, der ihm im Weg stand, einfach niederzuschlagen. Sein eigener Sohn war aus Angst vor ihm weggelaufen, doch Robert rührte deswegen keinen Finger. Logan könnte überall sein. Jemand könnte ihn entführt haben. Oder möglicherweise war er angefahren worden und lag jetzt ganz allein im Krankenhaus, ohne jemanden, der ihn besuchte. Bei dieser Vorstellung traten ihr die Tränen in die Augen.

Sie hatte Tia ausdrücklich gefragt, ob die Erwachsenen Logans Verschwinden der Polizei gemeldet hätten. Darauf schüttelte das Mädchen erschreckt den Kopf und sagte: »Nicht die Polizei!« Als wäre die ein Feind. Tia berichtete außerdem, was Robert über Logan gesagt hatte: »Wenn er Hunger hat, kommt er schon zurück.«

Mit zitternden Fingern wählte Grandma Nan die Nummer ihres Privatdetektivs und war erleichtert, als er beim ersten Läuten abnahm. »Hier ist Nancy Shaw«, begann sie und erzählte ihm alles, was sie gerade über Logan herausgefunden hatte. Doch es ging ihr vor allem um eine ganz bestimmte Frage. Der AMBER-Alert bot die Möglichkeit, durch US-weite Aufrufe in allen Medien gezielt nach einem vermissten Kind zu suchen. Und nun wollte sie zunächst einmal eines wissen: »Was muss ich tun, damit ein AMBER-Alert in Gang gesetzt wird?« Noch während sie die Worte aussprach, fiel ihr zu ihrem Kummer auf, dass dieser Vermisstenaufruf denselben Namen trug wie Logans Mutter. Das war natürlich Zufall – der Aufruf war nach einem entführten Kind benannt –, doch die Erinnerung an ihre Tochter tat ihr weh.

»Zunächst einmal ist es so«, begann Grinch auf eine Weise, die ihr gar nicht gefiel. »Eine Privatperson kann keinen AMBER-Alert auslösen. Das ist eine Ermessensentscheidung, die von den Behörden getroffen wird, normalerweise von der Polizei vor Ort.«

»Wenn ich also der Polizei von Logans Verschwinden erzähle, tut sie es?«

Er seufzte. »Theoretisch würde es so laufen. Aber die Beamten werden dem Verdacht selbst nachgehen wollen. Die

Polizei löst die Vermisstensuche nicht einfach nur aus, weil Sie sie darum bitten.«

Vollkommen verblüfft wandte sie ein: »Was gibt es denn da zu untersuchen? Logan ist verschwunden.«

»Sie selbst wissen das, aber die Polizei weiß es nicht.« Sie glaubte Grinch vor sich zu sehen, wie er in seinem vollgestopften Büro saß, eine Hand flach auf den Schreibtisch gelegt. »Was die Polizei wahrnehmen wird, ist ein Vater, der sagt, sein Kind befinde sich in einem Ferienlager, und eine Großmutter ohne Sorgerecht, die etwas anderes behauptet. Sie beide warten mit widersprüchlichen Geschichten auf, und die Beamten werden die Situation untersuchen wollen. Glauben Sie mir, ein AMBER-Alert wird nicht ohne Vorbereitung herausgeschickt. Es gibt da ein vorgeschriebenes Verfahren. Wenn natürlich jemand Zeuge der Entführung eines Kindes wird, es beispielsweise vor jemandes Augen von der Straße in ein Auto gezerrt wird, reagiert die Polizei ziemlich rasch. Aber in Ihrem Fall …«

Er sagte noch mehr, doch für Grandma Nan war das nur noch Hintergrundrauschen, weil etwas auf der anderen Straßenseite ihren Blick auf sich lenkte. Gerade trat Robert aus dem Vordereingang des Mietshauses, ein quadratisches Blatt weißes Papier in der Hand. Er hatte sich umgezogen und trug jetzt ein weißes T-Shirt und eine schmale, dunkle Sonnenbrille, als wäre er undercover unterwegs, doch sie würde ihn überall erkennen. Tia und ihre Freundin saßen inzwischen nicht mehr auf der Treppe. Sie waren wohl während Nans Handygespräch ins Haus gegangen.

Robert trat auf den Bürgersteig und schaute suchend die Straße entlang. Was machte er denn? Sie beobachtete, wie er eine Joggerin anhielt, eine junge Frau in Sportklamotten – Leggins und Top – mit In-Ears im Ohr und einem iPod am Oberarm festgeschnallt. Die Frau blieb stehen, schaute auf das Papier in seiner Hand, lächelte bedauernd und schüttelte den

Kopf. Grandma Nan erkannte an ihren Lippenbewegungen, was sie sagte: *Tut mir leid, nein.* In diesem Moment traf sie die Erkenntnis, und plötzlich wusste sie genau, was Robert tat.

Noch immer hörte sie Grinchs Stimme aus dem Handy. »Wahrscheinlich werden sie die Nachbarn befragen, um herauszubekommen, wann Logan zum letzten Mal von jemandem …«

Sie unterbrach ihn. »Ich sitze Roberts Mietshaus gegenüber im Auto und beobachte gerade, wie er anderen Leuten Logans Foto zeigt, so als fragte er sie, ob sie den Jungen gesehen hätten.«

»Aha. Sie haben auf den Busch geklopft, und jetzt reagiert er anscheinend darauf.«

»Vermutlich.« Was auch immer das bedeutete.

»Wenn er wirklich gerade Logans Foto herumzeigt, bestätigt das Ihre Geschichte, und Sie sollten die Polizei darauf hinweisen. Kann man mit Ihrem Handy fotografieren?«

»Ja.«

»Wissen Sie, wie man mit Ihrer Handykamera umgeht?«

»Natürlich.« Das kam bissiger heraus, als sie es beabsichtigt hatte.

»Ärgern Sie sich doch nicht über die Frage. Nicht jeder in unserem Alter kann das«, sagte er.

Erst da fiel ihr auf, dass er anscheinend von sich selbst sprach. »Was soll ich denn mit der Kamera machen?«

»Ihr Schwiegersohn erscheint mir potenziell gefährlich, Sie sollten das Auto also nicht verlassen. Bleiben Sie einfach sitzen, aber fotografieren Sie ihn und die Leute, mit denen er redet. Die Tatsache, dass er Passanten nach Logans Verbleib befragt, wird Ihre Geschichte bestätigen. Sollte Robert Sie sehen, fahren Sie einfach weg. Vermeiden Sie eine Auseinandersetzung.«

»Kapiert«, erwiderte sie.

»Fahren Sie dann zur nächstgelegenen Polizeiwache und erzählen Sie den Beamten dort dasselbe wie eben mir. Zeigen Sie ihnen die Fotos und geben Sie ihnen alle Informationen, die Sie über Logan haben. Sein Geburtsdatum, die derzeitige Adresse seines Vaters und dergleichen. Die Polizisten werden das kürzlich aufgenommene Foto von Logan haben wollen. Bleiben Sie ruhig und objektiv. Sie dürfen nicht hysterisch wirken oder die Beamten auf den Gedanken bringen, Sie hegten einen Groll gegen Robert. Erzählen Sie nur von Logan.«

»Okay.«

»Sollten Sie weitere Unterstützung benötigen, rufen Sie mich an. Ich bin für Sie da.«

Sie verabschiedeten sich, sodass sie nun das Handy zum Fotografieren nutzen konnte. Jetzt war sie froh, dass sie sich damals im Elektronikstore von dem jungen Verkäufer ein Gerät hatte aufschwatzen lassen, das aus der Ferne wirklich ausgezeichnet fotografierte. Damals hätte sie nicht geglaubt, dass sich das jemals als großer Vorteil erweisen würde. »Achtfach vergrößert«, hatte er begeistert verkündet und zur Demonstration Fotos der Auslage auf der anderen Seite des Ladens geschossen. Wer hätte da gedacht, dass sie die Kamera einmal in einer Situation wie dieser verwenden würde?

Ihr Seitenfenster war heruntergelassen, doch der Motor lief nicht. Draußen war es warm und im Auto wirklich schweißtreibend heiß, doch sie wagte nicht, den Motor anzulassen und die Klimaanlage einzuschalten. Sie wollte keine Aufmerksamkeit auf sich lenken. Robert schaute nicht in ihre Richtung, aber das konnte sich ändern.

Grandma Nan kauerte sich so hinters Steuer, dass nur noch der obere Teil ihres Kopfs zu sehen war. Sie beobachtete Robert auf dem Display des Handys. Er marschierte vor dem Mietshaus auf und ab wie ein Tiger im Käfig. Erst zeigte er das Foto einer Frau, die einen Babybuggy schob, und wenig später einem Mann, der zu seinem Wagen ging. Beide schüttelten den Kopf, und der Mann sagte: »Tut mir leid.« Grandma Nan schoss von beiden Begegnungen mehrere Fotos.

Klick. Klick. Klick. Klick.

Die Bilder waren so scharf, dass die Leute leicht zu identifizieren waren. Hoffentlich würde das ihrer Sache helfen.

Robert schob sich die Sonnenbrille hoch und wischte sich die schweißnasse Stirn mit der Hand ab. Nan wusste, wie er sich fühlte. Es war einfach zu heiß, um draußen herumzulaufen. Wahrscheinlich wünschte er sich, drinnen zu sitzen und ein eiskaltes Bier zu zischen. Und sie selbst wünschte sich kühle Luft aus der Klimaanlage, aber solange er die Hitze ertrug, schaffte sie das auch.

Er setzte sich auf die Vortreppe des Mietshauses, genau dorthin, wo Tia eben mit dem anderen kleinen Mädchen gesessen hatte. Es gab dort ein wenig Schatten. Sie wunderte sich, dass er nicht die Straße entlangging, denn das hätte sie in seinem Fall getan. Jeder würde das tun, wenn sein Kind verschwunden wäre. Aber Robert war immer schon faul und schlitzohrig gewesen. Er brachte lieber andere Leute dazu, seine Arbeit zu machen, als sie selbst zu erledigen. Amber hatte das an ihm bewundert, als sie jungverheiratet waren, und gesagt, er könne gut delegieren. Aber Nan war sich da nicht so sicher gewesen. Damals hatte sie gehofft, sich in ihm zu täuschen, doch leider hatte sie recht behalten. Robert war ein fürchterlicher Mensch.

Sie war kurz davor, aufzugeben und zur nächsten Polizeiwache zu fahren, da kamen zwei junge Männer um die Ecke und gingen in Richtung Robert weiter. Es war, als verfolgte man einen Film und wüsste schon im Voraus, was als Nächstes kommt. Genau wie sie es vorhergesehen hatte, stand Robert auf, als sie sich näherten, sprach sie an und hielt ihnen das Foto unter die Nase. Nan wartete auf das Kopfschütteln, die Entschuldigung und das schulterzuckende Weitergehen, doch so kam es nicht. Anders als erwartet, wechselten die beiden einen unbehaglichen Blick, und dann sagte einer von ihnen etwas zu Robert. Etwas, was dazu führte, dass dieser eine wütende Grimasse schnitt.

Nan setzte sich auf und vergaß vor Erregung völlig, darauf zu achten, dass sie nicht gesehen werden durfte. Fast hätte sie vergessen, weiter zu fotografieren. Robert zeigte vorwurfsvoll auf einen der beiden Männer, und dieser hob in einer verlegenen Entschuldigungsgeste beide Hände. Alle drei Männer sprachen im Maschinengewehrtempo. Sie konnte kein einziges Wort verstehen. Es kam ihr so vor, als versuchten die jungen Männer, die Situation zu entschärfen. *Viel Glück damit,* dachte sie.

Robert trat schließlich einen Schritt zurück und holte sein Handy heraus. Sie nahm an, dass er jemanden anrufen wollte, doch stattdessen tippte er etwas in das Gerät, während einer der Männer zu diktieren schien. Schrieb er eine SMS? Wenn sie doch nur eines dieser Hacker-Genies kennen würde, wie man sie im Film sieht. Dann könnte der Mann jetzt Roberts Handy anzapfen und ihr sagen, was los war. In den Filmen sah alles immer so einfach aus. Für sie selbst gäbe es nur eine Möglichkeit, das Display seines Handys zu sehen, nämlich die, es ihm aus der Hand zu reißen. Und selbst dann würde sie wahrscheinlich nicht wissen, wie sie sich Zugang zu seinen SMS verschaffen sollte.

Robert steckte sein Handy wieder ein und sagte noch etwas zu den beiden Männern. Dann grüßte er mit zwei Fingern, drehte sich um und eilte in seinen Wohnblock, als hätte er etwas ganz Bestimmtes vor.

»Er weiß irgendwas«, murmelte Grandma Nan in sich hinein. Ohne lange zu überlegen, stieg sie aus ihrem Auto und flitzte durch den Verkehr hindurch über die Straße. Die beiden Männer waren weitergegangen und unterhielten sich dabei miteinander. Einer klopfte gerade eine Zigarette aus der Packung. Das Pflaster des Bürgersteigs warf die Hitze der Sonne noch zusätzlich zurück. »Entschuldigung!«, rief sie, als sie näher heran war. Aus dieser Entfernung fiel ihr auf, dass die beiden mit ihren muskulösen Armen und dem militärisch kurz geschorenen Haar wie ziemlich harte Typen wirkten. Der eine trug eine Tätowierung am Hals, und beim anderen führte eine lange Kette, die am Gürtel befestigt war, bis zur hinteren Tasche seiner Jeans. Die beiden waren sich so ähnlich, dass es sich wohl um Brüder handeln musste.

Sie sahen ihr erwartungsvoll entgegen. Der Größere sagte: »Lady, Sie sollten auf der Straße besser aufpassen. Sie wären um ein Haar überfahren worden.«

Tatsächlich? Es war ihr gar nicht aufgefallen. Sie öffnete den Reißverschluss ihrer Handtasche und begann: »Ich glaube, Sie beide können mir helfen. Ich bin die Großmutter eines kleinen Jungen namens Logan.« Sie wühlte in ihrer Handtasche zwischen dem dicken Portemonnaie, einem Kaugummipäckchen, einer kleinen Plastiktüte mit Kosmetika und ihrem Kamm, bis sie auf den Umschlag mit den Fotos stieß, den sie in der Grundschule bekommen hatte. »Er ist verschwunden.« Sie hielt ihnen sein Foto zum Betrachten hin. »Und ich glaube, Sie beide wissen etwas darüber, wo er sich derzeit befindet.«

Grandma Nan sah, dass die Männer einen Blick wechselten, den sie jedoch nicht recht deuten konnte. Also legte sie noch einmal nach. »Ich gebe niemandem die Schuld an irgendetwas. Ich nehme Ihnen nichts übel, versprochen. Ich muss ihn einfach nur finden. Er ist die andere Hälfte meines Herzens.« Und obwohl sie sich alle Mühe gab, ruhig und gelassen zu bleiben, wurden ihr die Augen nass. Schlimmer noch, ihr Taschentuch lag im Auto. Die Wangen von Tränen überströmt, sagte sie: »Würden Sie mir bitte erzählen, was Sie wissen?«

Die beiden achteten kaum auf das, was sie sagte. Der Kleinere steckte sich eine Zigarette in den Mund, schirmte sie mit der gewölbten Hand gegen den Wind ab und zündete sie mit einem Zippo-Feuerzeug an. Der andere sagte: »Tut uns leid, Lady, wir können Ihnen nicht helfen.«

»Gerade habe ich gesehen, wie Sie mit Logans Vater geredet haben«, sagte Grandma Nan und griff wieder in ihre Tasche. »Ich weiß, dass Sie ihm etwas erzählt haben. Das möchte ich ebenfalls wissen.« Sie brachte ein paar Geldscheine zum Vorschein – zwei Zwanziger, einen Fünfer und ein paar Eindollarnoten – und hielt sie den beiden hin. »Sehen Sie, ich gebe Ihnen Geld dafür.« Sie drückte dem Größeren das Geld in die Hand, und er nahm es entgegen. »Das ist alles, was ich habe. Das und …« Sie kramte in ihrem Portemonnaie herum und brachte einen Geschenkgutschein für Amazon zum Vorschein. »Und dies hier!« Sie hielt den Gutschein hoch in die Luft. »Er ist fünfzig Dollar wert, und ich habe ihn noch nicht benutzt. Sagen Sie mir einfach nur, wo Logan jetzt ist. Ich muss ihn vor seinem Vater finden.«

Ihre Worte blieben nicht ohne Wirkung. Das spürte sie. Der Größere fragte: »Sein Dad, verwichst er ihn?«

»Verwichsen?«

»Verprügeln. Schlägt sein Dad ihn?«

Grandma Nan holte tief Luft. Sie hatte nie gesehen, dass Robert Logan schlug, aber sehr oft erlebt, wie er wütend wurde und ihn anschrie oder ihn schubste, wenn er fand, dass der Junge zu langsam war. Dann wieder hatte er Logan so übel bedroht, dass Nan zusammengezuckt war. Es war Amber immer gelungen, Robert zu besänftigen, aber dieser stets unter der Oberfläche lauernde Jähzorn war dennoch beängstigend. Wahrscheinlich kannte sie nur den Gipfel des Eisbergs. Sie konnte also nicht mit hundertprozentiger Gewissheit antworten, spürte aber, dass diese Frage wichtig war. »Ja.«

»Zum Kotzen. Der arme Junge.« Das Mitgefühl der beiden Brüder schien geweckt zu sein.

»Jetzt verstehen Sie, warum ich ihn finden muss. Er hat schon so viel durchgemacht.«

»Okay, Grandma. Wir sagen Ihnen, was wir wissen«, erklärte der Kerl mit der Zigarette und inhalierte so tief, dass die Spitze rot aufglühte. »Der Junge ist vorgestern in unserem Umzugswagen mitgefahren. Wir wussten nicht, dass er da hinten war, und haben ihn erst gefunden, als wir den Laster an der Tankstelle aufgemacht haben. An der I-39 in Richtung Norden, die erste Ausfahrt hinter Banfield.«

»Wir haben die Hecktür geöffnet, und da war er«, ergänzte sein Bruder. »Der Junge hat kein Wort gesagt. Er ist einfach hinten rausgesprungen und abgehauen.«

»Er sagt nie etwas«, erklärte Grandma Nan. »Logan spricht nicht.«

»Überhaupt nicht?«

»Genau.«

»Ist er stumm?«

»Nein.« Sie schüttelte den Kopf. »Es ist kompliziert.« Die Richtung, die das Gespräch gerade nahm, brachte sie nicht weiter. Sie musste es wieder zum eigentlichen Thema zurückführen. »Er ist also vom Lastwagen weggerannt. Haben Sie mitbekommen, wohin er sich dann gewandt hat?«

»Er ist auf eine Landstraße gelaufen, die von der Interstate wegführt.« Der junge Mann schnippte Asche von seiner Zigarettenspitze. »Wir haben ihm nachgerufen und versucht, ihn zu erwischen, aber er ist ein flinker Bursche.«

»Hatte er irgendetwas dabei?«

»Nur eine Dose Limonade. Die hatte er aus unserer Kühlbox gemopst.« Er lächelte.

»Was hatte er an?«

Die beiden wechselten einen Blick und zuckten mit den Schultern. Der Größere sagte: »Jeans, ein T-Shirt und Schuhe? Einfach ganz normale Jungssachen.«

»Wie viel Uhr war es da?«, fragte Grandma Nan.

»Irgendwann am Nachmittag.«

»Danke, vielen herzlichen Dank. Darf ich noch eine Frage stellen?«

»Nur zu.«

»Haben Sie Robert vor ein paar Minuten dasselbe erzählt?«

»So ungefähr, nur haben wir ihm aufgetischt, dass das Ganze Freunden von uns passiert ist. Der Typ sah nämlich ziemlich fies aus«, antwortete der Tätowierte. Er zuckte mit den Schultern. »Da haben wir es so erzählt, als hätten wir die Sache von einem Kumpel gehört.«

»Okay.« Sie nickte. »Kapiert. Vielen Dank.«

23

Logan fand, dass der Tag in den Wäldern Wisconsins mehr Stunden hatte als irgendwo sonst auf der Welt, und jede einzelne Minute davon gehörte ihm. Mit den Papierhandtüchern aus dem Minimarkt reinigte er das Baumhaus so gut wie möglich. Er machte einige von ihnen feucht, um den Tisch und die Kissen damit abzuwischen, und trocknete dann alles mit dem verbliebenen Rest ab. Er lehnte die Kissen zum Lüften an die Wand. Das Sandwich und das Cookie hatte er zwar aufgegessen, aber trotzdem stellte er das Spielzeuggeschirr auf dem Tisch ordentlich zurecht und platzierte die Limonadendose und die Banane daneben. Als er zurücktrat, um sich alles anzuschauen, war er mit dem Ergebnis zufrieden.

Er spielte eine Weile im Bach und planschte barfuß mit hochgekrempelter Jeans darin herum. Er genoss das vorbeiwirbelnde Wasser, das Gefühl des weichen Morasts zwischen den Zehen und den Anblick der trüben Schlammwolken, die er mit jedem Schritt aufwirbelte. Als Logan davon genug hatte, verließ er den Bach, legte sich auf den Bauch ans Ufer, hielt einen Stock in die Wellen und beobachtete, wie er in der Strömung hüpfte. Hier, wo ihn weder die Geräusche aus den Nachbarwohnungen noch der ständig laufende Fernseher störten, konnte er seinen

Gedanken besser zuhören. Hier draußen war alles so friedlich. Er legte sich auf den Rücken und schaute zum Himmel hinauf, wo hoch oben über den Ästen der Bäume flaumige Wolkenbäusche über die blaue Weite trieben. Logan stellte sich vor, dort über den Wolken schwebte Grandma Nan und wachte über ihn. Gewiss wäre sie stolz darauf, dass er das gestohlene Handtuch zurückgebracht hatte. Außerdem würde sie sich freuen, dass er sicher und wohlbehalten war. Würde sie sein Verschwinden von zu Hause missbilligen? Er hatte seinen Vater in Wut gebracht, aber Grandma Nan war noch nie böse auf Logan gewesen. Das Schlimmste, was er je von ihrer Seite erlebt hatte, war stumme Missbilligung, als er einmal ungehorsam gewesen war. Damals hatte ihr Gesichtsausdruck ihn fix und fertig gemacht, und er hatte sich furchtbar gefühlt.

Als seine Füße getrocknet waren, zog er Schuhe und Strümpfe an und beschloss, einen Erkundungsgang zu machen. Ungefähr sechs Meter vom Baumhaus entfernt stieß er in der Nähe eines gegabelten Baumes auf ein riesiges Loch, eine Grube, die so tief zu sein schien, dass er wohl darin hätte stehen können. Er hockte sich daneben und entdeckte beim Hinunterspähen, halb unter Blättern begraben, das Skelett eines kleinen Tierchens. *Pfui Teufel.* Wer konnte wissen, was für grässliche Dinge dort unten lagen.

Er spazierte weiter, und am Rand des Waldes angekommen, beobachtete er, wie die alte Dame Gemüse erntete und alles in einem Korb ins Haus trug. Später sah er, wie ihr Wagen rückwärts aus der Einfahrt setzte und über die Straße davonfuhr. Vorhin hatte er bereits beobachtet, wie ein SUV aus der Zufahrt ihrer Nachbarn gerollt war, und so wusste er, dass die Bewohner beider Häuser ausgeflogen waren.

Kühn geworden, wagte er sich durch den Wald zur Terrasse des Hauses, das näher an der Straße stand. Dort wohnte Laura, wie sie ihm ja zugerufen hatte. Er hatte heute beobachtet, wie das Paar hinten im Garten einen von einem Haken gekrönten Pfahl aufgestellt und etwas darangehängt hatte, das mit seinen langen Stangen an ein Regenschirmgestell erinnerte. An den Spitzen dieser Stangen hatten sie Metallteile befestigt. Die unteren davon waren drehbar und wurden von der Luft bewegt, was dazu führte, dass die ganze Struktur sich im Wind drehte. Es war eine hängende Skulptur wie ein Mobile über einem Babybettchen, nur eben riesig. Logan trat unter den Bäumen hervor, um näher heranzukommen und mehr zu sehen. Von hier hinten konnte er durch die großen Fenster so gut ins Innere des Hauses blicken, dass er sich sicher fühlte, keine Bewohner anzutreffen.

Die bewegliche Skulptur war wunderschön, etwa drei Meter im Durchmesser und mit großen, silbrig glänzenden Teilen bestückt. Manche umschlossen geschliffene Glasflächen, die regenbogenbunte Strahlen aufs Gras warfen, wenn sie sich bewegten. Er streckte die Hand aus und ließ eines der vorbeischwingenden Teile an seinem Finger entlangstreifen. Sie funkelten so schön. So etwas hätte seiner Mutter sehr gefallen. Sie hatte ein ähnlich geschliffenes Stück Glas besessen, das mit einem Saugnapf am Fenster befestigt war, und wenn die Sonne genau richtig ins Fenster schien, waren die Regenbogenfarben einfach magisch. Leider gab es das Glas nicht mehr. Bei einem ihrer Umzüge war es zurückgeblieben. Der Gedanke, dass der Vermieter es dann einfach weggeworfen haben könnte, gefiel Logan gar nicht. Aber vielleicht hing das Glas jetzt auch bei den neuen Mietern, und sie freuten sich daran.

Als er um das Mobile herumging, fiel ihm auf, dass es ganz leicht schief hing. Die Tatsache, dass es nicht im Gleichgewicht war, machte ihm zu schaffen, und er führte die Faust zum Mund und überlegte, was da nicht stimmte. Wo Teile des Mobiles eine Ebene tiefer hingen, sorgte ein Gegengewicht für Ausgleich, das Ganze hätte also ausgewogen sein sollen. Er dachte kurz darüber nach, und dann begriff er es. Die dekorativen Gegengewichte am Ende jedes Mobilestabs bestimmten, wie weit der Abstand zur jeweiligen Aufhängung sein musste. Logan hatte eine Idee. Er löste die Befestigung eines der Stahlstäbe und verrückte sie um eine Handbreit. Dann trat er zurück und beobachtete, wie das Kunstwerk sich nun bewegte. Es war nur geringfügig besser geworden. Er grübelte weiter darüber nach, studierte die Winkel, in denen die Mobilestäbe zueinander befestigt waren, und verglich ihre Längen. Irgendwann war ihm die Lösung klar. Als das Mobile wieder an ihm vorbeischwang, hielt er es an, nahm zwei Stäbe heraus und tauschte ihre Position im Mobile aus. Es war ein riskantes Manöver, denn schließlich machte er sich am Werk eines anderen zu schaffen. Er warf erneut einen Blick auf das Haus, dessen Fenster im Sonnenlicht glänzten, aber drinnen war niemand zu entdecken. Das Mobile drehte sich langsam im leichten Wind, und lächelnd stellte Logan fest, dass es jetzt perfekt war.

Er hatte herausgefunden, wie es ging, und sich damit selbst bewiesen, dass er kein Dummkopf war, was auch immer andere sagen mochten.

Das silbrig glänzende Kunstwerk war von einer hypnotisierenden, fast schwindelerregenden Schönheit, und er setzte sich auf den Rasen und betrachtete es aus einem neuen Blickwinkel. Lange saß er so da und beobachtete, wie es sich schwankend drehte. Als er am Himmel ein Flugzeug hörte, verließ er den Garten nur widerstrebend und kehrte in den Wald zurück. Er glaubte zwar nicht, dass er gesucht wurde, schon gar nicht mit einem Flugzeug, aber lieber ging er kein Risiko ein.

Logan war beinahe am Baumhaus angekommen, da hörte er Samson heulen. Es war nicht einfach nur das müßige Gekläff eines Hundes, der ein Eichhörnchen gesehen hat oder der aus Langeweile um Aufmerksamkeit bettelt. Sondern ein durchdringendes, gequältes Bellen, das Heulen und Jaulen eines

Hundes, der in Schwierigkeiten steckt. Logan verharrte reglos und wartete lauschend ab, ob das Problem sich von selbst lösen würde, aber das Jammergeschrei des Hundes dauerte an, bis Logan es nicht mehr aushielt und losrannte, um herauszufinden, was passiert war.

Als er aus dem Wald herausstürmte und den Garten der alten Dame erreichte, sah er, dass Samsons Leine sich an einem der schmiedeeisernen Metallpfosten verfangen hatte, die das Terrassendach stützten. Logan trat näher, um herauszufinden, was schiefgelaufen war. Das Ende von Samsons Leine war mit einem Karabinerhaken in eine neben der Hintertür angebrachte Öse eingehakt. Von dort aus war der Hund quer über die Terrasse gelaufen, hatte die Leine mehrmals um den hinteren Stützpfosten des Terrassendachs gewickelt und war dann hochgesprungen, vermutlich im Bemühen, sich zu befreien. Dabei hatte sich die Leine direkt am Halsband an einem s-förmigen Zierschnörkel des schmiedeeisernen Dachpfostens verfangen. Samson musste nun auf den Hinterbeinen stehen, um zu verhindern, dass sein Halsband sich zuschnürte, doch das hielt er nicht lange durch, und so ging er immer wieder hinunter und jaulte vor Qual.

Als Logan die Leine von der Schnörkelverzierung des Stützpfostens befreite, jaulte der Hund vor Erleichterung. Logan fasste Samson vorsichtig am Halsband und führte ihn so oft um den Stützpfosten herum, bis die Leine wieder richtig frei war.

Er hatte noch nie einen derart glücklichen Hund gesehen. Samson wedelte wild mit dem Schwanz, stupste Logan mit der Nase an und gab leise, winselnde Laute von sich, die wie ein »Danke« in Hundesprache klangen. Logan kraulte ihn hinter den Ohren und unter dem Kinn. Er brauchte keine Stimme, um mit dem Hund Freundschaft zu schließen. Samson wälzte sich auf die Seite, und Logan begriff, dass er ihm den Bauch streicheln sollte.

Logan ließ sich im Schneidersitz nieder und hielt nicht im Streicheln inne, denn für ihn selbst war das ebenso tröstlich wie für den Hund. Da war ein lebendiges Wesen, das sich über seine Berührung freute. Einige Minuten später stand Samson auf, lief quer über die Terrasse und kam mit einem roten Gummiball zurück, den er vor Logan auf die Fliesen legte. Für diese Aufforderung waren keine Worte nötig.

Logan war sich unschlüssig, was er tun sollte. Den Hund aus seiner misslichen Lage zu befreien, war eine Selbstverständlichkeit gewesen, aber ihn von der Leine loszumachen, um ihn apportieren zu lassen, war etwas ganz anderes. Was, wenn Samson wegliefe? Was wäre dann? Logan schüttelte den Kopf, doch Samson winselte leise und legte dem Jungen die Schnauze in einer so rührenden Aufforderung aufs Bein, dass dieser sie nicht ignorieren konnte. Schließlich klinkte Logan die Leine von Samsons Halsband los, nahm den Ball und stellte sich hin. Samson tollte wie wild durch den Garten, voll Vorfreude auf Logans bevorstehenden Wurf. Logan warf den Ball immer wieder von Neuem, voll Freude beim Anblick des Hundes, der ihm so anmutig nachsprang wie ein Balletttänzer und ihn mit einer unheimlichen Präzision fing.

Wenn das Leben doch nur immer so schön wäre.

Als der Hund das Spiel irgendwann abbrach, um Wasser aus seinem Napf zu trinken, war auch Logan ein bisschen erschöpft. Und so nahm er die Gelegenheit wahr, Samson wieder an die Leine zu legen. Der Hund schlabberte noch ein wenig Wasser und rollte sich dann im Schatten zusammen. Logan kraulte ihn ein letztes Mal hinter den Ohren und kehrte dann in den Wald zurück.

24

Als Joanne ihre Besorgungen erledigt hatte, dachte sie auf der Rückfahrt sorgenvoll an Samson. Sie hatte ihn zwar mit genug Wasser und Futter im Napf im Schatten des Terrassendachs gut versorgt, aber sie vermied es normalerweise nach Möglichkeit, ihn länger als ein oder zwei Stunden allein zu lassen. Doch diesmal war es nicht anders gegangen. Nach dem Einlösen ihrer Rezepte in der Apotheke war sie in der Gemüse- und Obstabteilung des Supermarkts einem ehemaligen Spielkameraden von Glenn über den Weg gelaufen, und so war sie länger unterwegs gewesen als erwartet. Glenns Freund hatte sie auf Anhieb erkannt, sie selbst allerdings musste eine Weile nachdenken, bevor sie diesen grauhaarigen Herrn mittleren Alters mit dem Jungen zusammenbringen konnte, der er einmal gewesen war. Erst im Verlauf des Gesprächs fiel ihr ein, dass er Barry hieß. Barry befand sich in dem Irrtum, sie habe vor, nach Seattle zu ziehen. »Glenn freut sich sehr darauf, dass Sie bei ihm leben werden«, sagte Barry, der eine Avocado in der Hand hielt. »Es wird Ihnen dort gut gefallen.« Sie brauchte eine ganze Weile, um ihn von seinem Irrtum zu überzeugen. Er war fest davon ausgegangen, dass sie umziehen würde.

Sie legte den Autoschlüssel und die Handtasche auf den Küchentisch und daneben die eine Tüte aus dem Supermarkt, in der sich die tiefgekühlten Waren befanden – Dosen mit Orangensaft, Tiefkühlgemüse und Hähnchenfilets. Das alles räumte sie sofort ins Gefrierfach. Der Rest der Einkäufe befand sich noch im Wagen, und dort würde er auch bleiben, bis sie den Hund hereingeholt und ein Glas Wasser getrunken hatte. Die Hitze machte ihr zu schaffen, obwohl ihr das albern vorkam. Sie war aus dem klimatisierten Auto in den klimatisierten Laden gegangen und hatte in der Nähe der Gefriertruhen sogar gefroren. Draußen im Freien war sie so gut wie gar nicht gewesen. Wirklich, im Vergleich zu so vielen Menschen auf der Welt hatte sie überhaupt keinen Grund, sich zu beklagen. Warum also war sie so schlapp und fühlte sich schwindelig? Wahrscheinlich hatte sie einfach nur zu wenig getrunken.

Als sie die Hintertür aufmachte, hob Samson gähnend den Kopf, und auch das war ungewöhnlich. Normalerweise hüpfte er schon ungeduldig vor der Tür herum, bevor sie auch nur die Klinke berührt hatte. Sie hatte die Tür immer behutsam öffnen müssen, um ihn nicht damit zu stoßen. Heute aber blieb er liegen. War er vielleicht krank? Eigentlich wirkte er ganz gesund, wahrscheinlich hatte sie ihn einfach nur aus dem Schlaf gerissen. »Na komm schon, mein Junge«, rief sie, und als er sich nicht rührte, zupfte sie sanft an der Leine. Er stand langsam auf und schüttelte seine Hinterbeine, bevor er sie begrüßen kam. Er bewegte sich langsamer als üblich, wirkte aber ganz zufrieden. »So ist's recht, komm schön rein.« Als er drinnen war, beugte sie sich über ihn, um die Leine zu lösen, und stellte fest, dass sie im Halsband selbst eingehakt war statt im Metallring des Halsbandes. »Wie ist denn das passiert?«, wunderte Joanne sich laut, und zum tausendsten Mal wünschte sie, John wäre noch am Leben. Das wünschte sie natürlich aus vielen Gründen, aber diesmal hätte sie gern einen Zeugen gehabt. Hatte sie das wirklich selbst getan? War ihr ein solcher Fehler unterlaufen? Stirnrunzelnd betrachtete sie den Karabinerhaken, der nicht an der richtigen Stelle festgemacht war. So etwas hatte sie noch nie getan, nicht einmal, wenn sie in schlechter Verfassung und wirklich benommen gewesen war. Als sie sich zu erinnern versuchte, wie sie Samson vor ihrem Aufbruch draußen festgemacht hatte, fielen ihr keine Einzelheiten mehr ein. Sie hatte sich vergewissert, dass sein Wassernapf gefüllt und zugänglich war, das war das Einzige, was sie konkret im Gedächtnis hatte. Sie war währenddessen im Geist mit den anstehenden Besorgungen beschäftigt gewesen und war die Liste der notwendigen Einkäufe durchgegangen. So viele der alltäglichen Aufgaben erledigte man gedankenlos und automatisch. »Frau verliert den Verstand, schalten Sie die Abendnachrichten ein«, sagte sie lachend.

Der Klang ihrer Stimme und ihres Gelächters wirkte wie eine zusätzliche Bestätigung: Allmählich drehte sie wirklich durch. Sie lebte schon zu viele Jahre allein, das war der Kern des Problems. In gewisser Weise war es ab einem gewissen Alter nicht überraschend, wenn jemand mental aus der Bahn geriet. Sie würde vielleicht sogar einräumen, dass es zum Menschsein dazugehörte. Erstaunlich war eher, dass die Leute so vieles so lange im Gedächtnis behielten. Daten, Erinnerungen und alle möglichen Informationen. Wann man die Einkommenssteuererklärung abgeben musste und wie man einen Truthahn zubereitete. Wie oft man den Filter des Ofens wechseln musste und was zu tun war, wenn der Rauchmelder losging. So vieles, was man im Kopf behalten musste! Geschichtliche Ereignisse, Festtagstraditionen und die Geburtstage von Familienmitgliedern. Das menschliche Gehirn ging all diese Daten und Erinnerungen ständig von Neuem durch, behielt, was sich in der Zukunft als nützlich erweisen mochte, und entschied, was entsorgt werden konnte. Und das ging Tag für Tag und Jahr für Jahr immer so fort, ein

Jahrzehnt ums andere. Erstaunlich, was ein Mensch alles in seiner Birne mit sich herumschleppte. Kein Wunder, dass das eine oder andere gelegentlich heraussickerte.

Sollte sie ein wenig vergesslich geworden sein, könnte sie damit umgehen, solange es nur nicht noch schlimmer wurde. Die Vorstellung, irgendwo in einem Heim für Demenzkranke leben zu müssen, gefiel ihr ganz und gar nicht. Aber so etwas wollte natürlich niemand.

25

Erfüllt von einem neuen Gefühl der Dringlichkeit kehrte Grandma Nan zu ihrem Wagen zurück. »Halte durch, Logan. Hilfe ist unterwegs«, flüsterte sie. Sie ließ den Motor an, und aus den Kühlschlitzen wehte ihr heiße Luft entgegen. Hoffentlich würde sich das in den nächsten Minuten ändern.

Ihr Wagen stand noch immer an der Stelle gegenüber von Roberts Wohnblock, als einer der beiden jungen Männer an ihrem geöffneten Fenster auftauchte und ihr die Geldscheine zurückreichte, die sie ihnen gegeben hatte. »Hier, Grandma«, sagte er. »Ich kann Ihr Geld nicht annehmen.«

Sie blickte zu ihm auf und sah sein zernarbtes Gesicht und seinen von eintätowierten Buchstaben überzogenen Hals. Anfangs hatte sie ihm deswegen misstraut, doch jetzt sah sie ihn mit neuen Augen, und von einem Moment zum anderen fiel die Rolle des toughen Typs von ihm ab. Auch dieser Mann war jemandes Enkelsohn. »Danke.« Sie nahm das Geld entgegen. »Ich weiß das mehr zu schätzen, als ich sagen kann.«

»Aber den Amazon-Geschenkgutschein behalte ich.« Er warf ihr ein Lächeln zu. »Ich hab einiges in meinem Einkaufswagen, und damit ist es fast schon bezahlt.«

»Natürlich. Viel Vergnügen damit.«

Er klopfte auf ihr Wagendach. »Gute Fahrt! Ich hoffe, Sie finden den Kleinen.« Damit eilte er über die Straße zu seinem Bruder zurück. Die beiden gingen auf dem Bürgersteig davon, und sie sah ihnen nach, bis sie um die Straßenecke verschwanden.

Grandma Nan hatte auf diese Reise ein kleines Notizbuch mitgenommen, um wichtige Dinge festhalten zu können, die sie unterwegs herausfand. Und so hatte sie darin die Adresse von Roberts Wohnung, die Namen Tias und ihrer Mutter, den Namen und die Adresse von Logans Grundschule und die Namen der Schulassistentin Jenny Barnes und der Sprachtherapeutin Ms Tracey notiert. Jetzt nahm sie ihr Handy heraus und fotografierte Logans Schulfoto und sein Klassenfoto. Grinch hatte ihr aufgetragen, alles zu dokumentieren, und sie hielt das für eine gute Idee. Wenn sie diese Dinge festgehalten hatte, würde sie ihr nächstes Ziel ansteuern, nämlich die örtliche Polizeiwache.

Mithilfe ihres Handys suchte sie nach der genauen Adresse der Tankstelle, die an der I-39 in Richtung Norden an der ersten Ausfahrt hinter Banfield lag. Grandma Nan gab alle Suchvarianten ein, die ihr einfielen, und schließlich stieß sie auf eine Tankstelle namens Mallick's Gas and Go. Wieder einmal war ihr Smartphone klüger als sie selbst. Grandma Nan war mehr als ein bisschen stolz, die Adresse selbstständig gefunden zu haben. Die jüngere Generation wuchs online auf und streifte durchs Internet, als wären es die Straßen der eigenen Stadt, aber für sie war das alles unbekanntes Terrain.

Gerade hatte sie die Adresse in ihr Navi eingegeben, da hörte sie das Aufheulen eines Wagenmotors in der Ausfahrt des Wohnblocks. Es war der grüne Ford, mit dem Satira vom Aldi nach Hause gefahren war, doch jetzt saß Robert am Steuer. Er war allein im Wagen. Selbst aus der Entfernung war sein entschlossener Gesichtsausdruck unverkennbar. Darin lag die kalte

Konzentration eines Jägers. Es konnte nur einen einzigen Grund dafür geben, dass er eine solche Miene machte. Er hatte sich, wie Nan mit einem Gefühl des Grauens klar wurde, auf Logans Spur gesetzt und würde nach Wisconsin fahren und das Kind nach Hause schleifen. Wenn er Logan wirklich erwischte, war nicht vorherzusehen, was geschehen würde. Etwas Furchtbares, davon war sie überzeugt. Robert konnte es nicht ausstehen, wenn man ihm Unannehmlichkeiten bereitete, und es war ihm ganz besonders verhasst, wenn ihn jemand schlecht dastehen ließ. Beides hatte Logan getan.

Sie musste ihren Plan ändern. Ihr fehlte die Zeit, zur Polizei zu gehen. Logan befand sich ungefähr drei Stunden von hier entfernt. Bis sie der Polizei die Lage erklärt und diese ihre Geschichte überprüft hätte, wäre Robert bereits dort. Sie musste ihm zuvorkommen.

Sie wartete, bis er ein ganzes Stück vor ihr war, bevor sie ihren Stellplatz verließ. Doch als er beim Stoppschild hielt, stand sie unmittelbar hinter ihm. Sie befürchtete, dass er sie im Rückspiegel erkennen würde, und als nichts dergleichen geschah, atmete sie erleichtert auf. Zum Glück trug sie eine viel zu große Sonnenbrille und hatte das neue Auto. Robert war bekannt dafür, dass er vor allem sich selbst im Blick hatte und sonst wenig mitbekam. Vielleicht hatte sie ja Glück und konnte dieselbe Strecke fahren wie er, ohne von ihm bemerkt zu werden.

Sie folgte ihm durch die Straßen der Stadt, ohne zu wissen, wo sie sich befand. Sie war sich aber sicher, dass er die Richtung kannte, da ihr Navi dieselbe Strecke anzeigte. Wenn er etwas wollte, war er kein Dummkopf. Sie fuhren weiter, und Nan hielt nun mehr Abstand, damit er nicht auf sie aufmerksam wurde. Er hielt erneut an einer Stoppstraße, und sie erblickte weiter vorn ein Schild, das auf die Auffahrt zur Interstate in Nordrichtung verwies. Das war die Strecke, die sie nach Wisconsin nehmen musste. Er überquerte die Kreuzung, schlug dann aber nicht die Richtung der Interstate ein, sondern fuhr zur nächsten Tankstelle. Grandma Nan folgte dagegen dem Hinweisschild.

Als sie sich erfolgreich in den Verkehr der Interstate eingefädelt hatte, atmete sie erleichtert auf. Robert befand sich hinter ihr, was bedeutete, dass sie als Erste eintreffen würde.

26

Logan hatte nun nichts mehr zu tun, und so ging er ein weiteres Mal zum Minimarkt. Geld hatte er nicht mehr und würde sich nichts Essbares kaufen können. Aber immerhin könnte er sich in der Toilette waschen und ein paar Papierhandtücher mitnehmen. Außerdem war es ja möglich, dass er im Abfalleimer etwas für morgen finden würde. Die Leute warfen so viel weg. Ein angebissener Schokoriegel war für den, der ihn entsorgte, nur Müll. Für Logan dagegen wäre er ein in Folie verpacktes Paradies. Solange so ein Snack nicht bereits von weiterem Müll überhäuft wäre und Logan den Teil, den der andere mit dem Mund berührt hatte, vermeiden könnte, wäre ihm alles recht. Im Moment hatte er noch genug zu essen, aber er musste an die Zukunft denken.

Es war ein warmer Tag, doch der Himmel hatte sich zugezogen, sodass die Hitze nicht mehr so stechend war. Das Wissen, dass er gleich in einer klimatisierten Toilette den Kopf unter den Wasserhahn würde stecken können, hob seine Laune. Er war auf sich selbst gestellt und kam allein wunderbar zurecht. Logan kickte einen Kiesel, der auf der Straße lag, mit dem Fuß ein Stück weiter. Dann erneut und immer so fort, bis der Stein in den Straßengraben kullerte. Wenn er Schuhe gehabt hätte, die richtig passten, wäre dieser Weg ein Klacks, aber die, die er hatte, drückten ihn furchtbar. Also machte er große Schritte, und das half, aber nur ein wenig. Wenn er zum Bach zurückkam, würde er die Schuhe ausziehen und die Füße ins Wasser strecken. Das würde sich gut anfühlen.

Bei der Tankstelle angekommen, wartete er draußen ab, bis ein Ehepaar den Minimarkt betrat, und ging einfach hinter ihnen her. Im Laden war ziemlich viel los, und so war er sich sicher, dass keiner einen Jungen bemerken würde, der auf die Toilette ging. Es war ein gutes Gefühl, eine richtige Toilette zu benutzen und sich dann am Waschbecken zu waschen. Er klatschte sich Wasser ins Gesicht, gab Flüssigseife auf die Finger und rubbelte damit Gesicht, Hände und Arme sauber. Als er fertig war, betrachtete er sein Spiegelbild. Seit seinem Abschied von zu Hause hatte er ziemlich viel Sonne abbekommen. Da er seine Baseballkappe nicht hatte, war sein Gesicht rot und von der Sonne verbrannt, und seine Arme waren brauner als zuvor. Die Grenze zum Oberarm, wo ihn das T-Shirt vor der Sonne schützte, war deutlich zu erkennen. Sein Haar wurde immer länger und kam ihm jetzt zottig und fettig vor. Damit sah er schmuddelig aus. Er runzelte die Stirn und steckte dann spontan den Kopf unter den Wasserhahn. Das Wasser lief über seine geschlossenen Lider, tropfte ihm in die Nasenlöcher und prasselte auf seinen Nacken. Er hob den Kopf erst wieder, als sein Haar klatschnass war. Noch mit dem Kopf unter dem Wasserhahn hatte er eine Handvoll Flüssigseife genommen, und damit wusch er sich jetzt das Haar. Die Seife schäumte nicht so schön wie Shampoo und roch auch nicht so gut, aber wenigstens machte sie sauber. Er steckte den Kopf erneut unter den Wasserhahn, um alles herauszuspülen, und wrang dann mit den Händen so viel Wasser aus dem Haar wie möglich. Zuletzt rubbelte er es mit den braunen Papierhandtüchern trocken, bis es nur noch ganz leicht feucht war.

Als er fertig war, wischte er das Waschbecken und den Boden mit weiteren Papiertüchern trocken und kämmte sein Haar mit den Fingern glatt. Er lächelte, und der Junge im Spiegel lächelte zurück. So gut wie eine Dusche war es zwar nicht, aber doch beinahe.

Jemand klopfte an die Tür, und aus alter Gewohnheit öffnete Logan den Mund, um »einen Moment noch« zu sagen, aber seine Kehle schnürte sich zusammen, bevor ein einziges Wort heraus war. Wie er das hasste. Doch zum Glück war er fertig. Er ging hinaus, und der Mann, der ihn gestört hatte, ein älterer Kerl mit dem T-Shirt eines Vereins der Football-Liga, drängte sich eilig an ihm vorbei.

Der Minimarkt war Logan allmählich vertraut, und er ging auf der Seite zwischen den Regalen hindurch zur Tür nach draußen. Dort saß eine Mutter mit drei Jungs, alle jünger als Logan, an einem Picknicktisch. Vor jedem stand eine Dose Limonade. Mitten auf dem Tisch lagen große Tüten mit Knabbereien – Chips, Salzbrezeln und Popcorn – und die Mutter riss sie nacheinander auf und reichte sie herum. Logan drückte sich in der Nähe herum, und das Wasser lief ihm im Mund zusammen, während die Jungen gedankenlos Chips und Salzbrezeln vertilgten. Obwohl er unbedingt unter dem Radar bleiben wollte, hätte er nichts dagegen gehabt, wenn die Mutter ihn bemerkt und ihm etwas angeboten hätte, aber sie hatte zu viel damit zu tun, ihre Söhne im Griff zu behalten. Die hatten nichts als Unsinn im Kopf. Einer begann, seinem Bruder im hohen Bogen Popcorn in den Mund zu werfen, obwohl die Mutter sie dafür tadelte. Logan sah zu, wie die Jungen sich gegenseitig schlugen und mit den Fingern piksten und dabei jammerten oder lachten. Sie wurden dabei immer wilder, bis der Kleinste von der Bank auf den Boden fiel und losplärrte – ein dramatisches, gespielt klingendes Geheule. Die Mutter reagierte kein bisschen mitfühlend auf das Geschrei des Jungen, sondern sagte finster: »Mir reicht's jetzt, Jungs. Wir fahren.«

Sie nahm das gestürzte Kind bei der Hand und zog es hoch, schnappte sich dann zwei der Tüten und forderte die anderen beiden Jungs mit einer Geste auf, ihr zu einem Minivan zu folgen, der ein paar Meter weiter parkte. Die nahezu volle Popcorntüte blieb auf dem Tisch liegen. Logan verharrte in der Nähe und wartete ab, ob die Mutter zurückkehren würde. Alle Jungs im Minivan anzuschnallen, erwies sich als größere Aktion, die von Seiten der Mutter von Geschimpfe und Geschrei begleitet war. Als das Auto schließlich losfuhr, eilte Logan zum Tisch und schnappte sich die Tüte.

Er schlenderte zur Rückseite des Gebäudes und fand dort die Müllcontainer, deren Deckel über den Rand der sie umschließenden Mauer hinausragten. Die Tür in der Mauer ließ sich öffnen, und er konnte eintreten und sich umschauen. Leider stanken die Container, und der Abfall steckte in schwarzen Müllsäcken. So verzweifelt, dass er sie hätte aufreißen wollen, war er noch nicht. Vorläufig hatte er ja etwas zu essen.

Während er auf dem Rückweg über die Landstraße das Popcorn kaute, konnte er sein Glück immer noch nicht fassen. Eine nahezu volle Tüte Popcorn! Und außerdem hatten auch noch zwei Salzbrezeln auf dem Tisch gelegen, die er sofort verdrückt hatte. Ein Volltreffer. Der weite Weg war die Mühe wert gewesen.

Logan war so gut gelaunt, dass der Rückweg zum Baumhaus im Nullkommanichts bewältigt schien. Wann immer sich ein Auto näherte, verzog er sich automatisch von der Straße und versteckte sich hinter Gebüsch, während er sich weiter Popcorn in den Mund steckte.

Als Logan zu der Stelle zurückkehrte, die er inzwischen als *seinen* Wald betrachtete, bog er von der Straße ab und ging den Hang zum Baumhaus hinauf. Das Popcorn war nicht übermäßig salzig, aber er konnte einen Schluck Wasser vertragen, und danach würde er vielleicht nachschauen, ob Samson draußen war. Falls ja und falls Logan davon ausgehen könnte, dass die Frau nicht zu Hause war, würde er vielleicht den Mut finden, noch einmal zu ihm zu gehen und ihn zu streicheln.

Er war tief in Gedanken versunken, als ihn etwas von oben traf. Etwas Hartes prallte gegen seine Schulter, rollte über seinen Rücken und kullerte auf den Boden. Sein Herz setzte einen Schlag aus, und er blieb unvermittelt stehen, überzeugt, dass jemand ihn mit etwas beworfen hatte. Jedenfalls fühlte es sich so an, doch im Wald war es vollkommen still, abgesehen vom Rascheln des Winds in den Blättern und dem fernen Ruf eines Vogels. Am Boden sah er jetzt den Gegenstand liegen, der ihn getroffen hatte. Es war ein Apfel, und über ihm schwankten Äste mit noch mehr Äpfeln. Mit einem begeisterten Lächeln begriff er, dass er einen Apfelbaum entdeckt hatte. Wisconsin war voller Überraschungen. Er hob den Apfel vom Boden auf und wischte ihn an seinem Shirt ab, bevor er hineinbiss. Obwohl er recht klein und auch unregelmäßig geformt war, schmeckte er sogar noch besser als die Äpfel aus dem Supermarkt. Er pflückte noch einige der Früchte von tiefer hängenden Ästen und legte sie in sein T-Shirt, das er wie eine Schürze von seinem Bauch weghielt. Er würde sie im Bach waschen und zum Nachtisch verspeisen.

Wie sich herausstellte, war heute ein ziemlich guter Tag.

27

Als Paul und Laura, die abends essen gewesen waren, nach Hause zurückkehrten, hatte der Himmel sich bewölkt und ein starker Wind war aufgekommen. Offensichtlich war ein Unwetter im Anzug. »Wir sollten das Auto draußen stehen lassen und stattdessen das Mobile in die Garage bringen«, sagte Laura, während Paul in die Zufahrt einbog.

»Genau dasselbe habe ich auch gerade gedacht.« Er fuhr auf das Garagentor zu und ließ es mittels der Fernbedienung hochfahren. »Falls eines der Teile wegfliegt, verwandelt es sich in ein Geschoss.« Er machte eine Geste, als schnitte er sich mit der Hand die Kehle durch, und brachte sie damit zum Lachen.

Er stellte das Auto ab, und sie gingen ums Haus herum, um die Aufgabe möglichst schnell zu erledigen, bevor das Unwetter hereinbrach. Laura hatte das Mobile nicht mehr angeschaut, seit sie es zusammengesetzt hatten. Sie hatte sich nicht einmal gestattet, es durchs Küchenfenster zu betrachten. Das Wissen, dass es nicht im Gleichgewicht war, machte ihr zu schaffen. Dadurch hatte sie das Gefühl, mit dem Projekt gescheitert zu sein, obgleich Paul ihr versicherte, sie würden das Problem gemeinsam lösen. Aber wann? Der Termin der Lieferung und der Installation des Projekts stand in weniger als zwei Wochen bevor. Es war ihr erster großer künstlerischer Triumph, und ihre schlimmste Angst war, dass sie es vermasselt hatte.

Wenn das Mobile einmal in der Garage stünde, könnte sie vielleicht herausfinden, was daran nicht stimmte. Andernfalls mochte das Handwerkerteam im Krankenhaus vielleicht bei der Installation eine Idee haben. Eigentlich hätte die Sache klappen sollen. Beim virtuellen Modell stimmte alles, und ihre Berechnungen waren korrekt. Warum es schief hing, war nicht nachvollziehbar.

Ein Windstoß wehte ihr das Haar hoch. »Wo kommt denn dieser plötzliche Wetterumschwung her?«, fragte Laura. Der Tag hatte sonnig begonnen, es war ein wunderschöner Morgen im August gewesen.

»Ich habe vorhin den Wetterbericht gesehen, mir aber nichts dabei gedacht«, erwiderte Paul.

Als sie um die hintere Ecke des Hauses bogen, hörten sie den Wind zwar noch, doch hier zwischen Haus und Bäumen war der Garten relativ geschützt. Das Mobile hing noch an seinem Pfosten und war zu ihrer Erleichterung intakt geblieben. Es drehte sich um sich selbst, und die Prismen warfen regenbogenfarbenes Licht auf das Gras. Jedes Teil war im Gleichgewicht, und alles arbeitete harmonisch zusammen wie in Lauras virtuellem Modell. »Oh«, sagte sie und blieb stehen, um es sich anzuschauen. »Jemand hat es in Ordnung gebracht.« Mit einem Blick auf Paul fragte sie: »Warst du das?« Ohne eine Antwort abzuwarten, umarmte sie ihn dankbar und drückte ihn an sich. »Du wunderbarer Ehemann.« Sie lächelte ihn an, doch er schüttelte mit verwirrter Miene den Kopf.

»Ich wäre es nur zu gern gewesen, aber seit wir zusammen draußen waren, habe ich das Mobile nicht mehr angerührt. Vielleicht hat es sich ja einfach selbst zurechtgerückt?«

»Vielleicht.« In Wahrheit hielt sie das jedoch nicht für möglich. Wenn etwas schief war, blieb es auch schief, oder? Dinge reparierten sich nicht einfach von selbst.

»So oder so.« Er küsste sie auf die Stirn. »Lass uns reingehen, bevor der Regen losgeht.«

Sie ließen das Mobile zusammengebaut und schwenkten alle Teile auf eine Seite, um es leichter tragen zu können. Als es sicher in der Garage stand, trat Paul zurück, um es zu bewundern. »Selbst in unserer Garage sieht es wie ein Meisterwerk aus.«

»Ich würde wirklich gern wissen, wie es kommt, dass es jetzt im Gleichgewicht ist.« Laura runzelte die Stirn. Sie ging um das Objekt herum und versuchte festzustellen, was sich verändert hatte, aber in ihren Augen war alles wie zuvor.

»Manchmal ist es am besten, etwas, was gut läuft, nicht groß zu hinterfragen.«

»Vermutlich hast du recht, aber ich verspreche dir, ich werde die Teile nummerieren und die Ziffern in der Planskizze festhalten.«

Als sie drinnen waren, schaltete Laura ein paar Lampen ein, und sie machten es sich auf der Couch bequem, um den Regen zu beobachten. Hier draußen auf dem Land zogen Unwetter schnell und heftig heran, oder zumindest wirkte es in diesem Haus mit seinen vielen Glasscheiben so. Der Wind hämmerte gegen die Wände, und der Regen peitschte gegen die Scheiben, als wäre er ein wässriges, mit einem eigenen Willen ausgestattetes Geschöpf, das sich Zugang verschaffen wollte. Als ein Blitz über den Himmel zuckte, schien er ganz in der Nähe einzuschlagen. Der darauffolgende Donner ließ das Haus erbeben, und sein Grollen war so durchdringend, dass Laura ein Schauer über den Rücken lief. Hier, im sicheren Haus, war das Gewitter ein erstaunliches und erregendes Schauspiel, aber wenn sie sich auf der anderen Seite der Fenster befände, hätte sie jetzt furchtbare Angst.

»Ich wusste, dass ein Unwetter bevorsteht, aber ich hatte es nicht so schnell erwartet«, sagte Paul. »Gut, dass wir beschlossen haben, nicht mehr ins Kino zu gehen.«

Laura hatte sich in seine Armbeuge gekuschelt und hob den Kopf. »Gibt es eine Tornado-Warnung?«

»Meines Wissens nicht.« Er schaute auf sein Handy. »Sturm und reichlich Niederschlag, aber anscheinend kein Tornado.«

»Das ist gut.«

Sie beobachteten die im Sturm schwankenden und sich biegenden Bäume. Durch den Regen, der gegen die Scheiben prasselte und die Sicht verschwimmen ließ, wirkte alles wie ein Gemälde von Monet. Impressionismus, wie ihn das Leben malt.

»Hoffentlich ist der Junge, den ich gesehen habe, jetzt nicht draußen«, sagte Laura.

Paul schüttelte den Kopf. »Glaub mir, bei diesem Wetter bleibt niemand draußen. Bestimmt ist er inzwischen schon wieder daheim.«

28

Aus einem guten Tag wurde für Logan ein schlechter, als der Himmel sich verdunkelte und es zu regnen begann. Da saß er schon wieder sicher im Baumhaus und fühlte sich recht wohl, denn er hatte sich gewaschen und etwas gegessen und getrunken. Sein Magen war voll. Das Popcorn und die Äpfel passten gut zusammen, die salzige Knabberei und das süße, saftige Obst ergänzten sich gegenseitig. Er hatte jeden einzelnen Bissen genossen. Nach dem Essen hatte er Samsons Haus ausgespäht, um vielleicht einen Blick auf den Hund zu erhaschen, doch er sah nur die alte Dame hinter dem Küchenfenster. Aus ihren Bewegungen schloss er, dass sie den Abwasch machte. Er beobachtete sie eine Weile und hoffte, dass sie Samson hinauslassen würde. Als aber eine gefühlte Ewigkeit nichts geschah, ging er enttäuscht weg.

Eine Weile hatte er sich damit beschäftigt, im Bach zu spielen. Er schöpfte Wasser mit der Hand und klatschte es sich ins Gesicht und an den Hals. Das fühlte sich gut an, und der weiche Schlamm des Bachbodens war eine Labsal für seine von den Schuhen zerschundenen Füße. Auf dem Rückweg hatte er entdeckt, dass seine Füße ein wenig Luft bekamen, wenn er die Schnürsenkel offen ließ, und dass die Schuhe dann beim Gehen weniger drückten und scheuerten. Wenn er auf diese Weise marschierte, kam er allerdings langsamer voran. Das war der Nachteil.

Als der Wind auffrischte und die Sonne hinter stahlgrauen Wolken verschwand, raffte Logan seine Sachen zusammen und stieg die Leiter zu seinem neuen Zuhause hinauf. Er legte die Popcorntüte und die verbliebenen Äpfel auf den Tisch und machte sich einen Spaß daraus, zwei der Plastik-Teetassen mit je einem Apfel zu bestücken. Dann nahm er die Kissen von den Stühlen, um sich sein improvisiertes Lager zurechtzumachen. Es war eigentlich noch zu früh zum Schlafen, aber sonst gab es nichts zu tun, und so zog er die Schuhe aus und legte sich hin, lauschte auf den Wind und beobachtete die vor seinem Fenster schwankenden Äste und Zweige.

Erst als der Sturm immer lauter heulte, kam ihm ein beunruhigender Gedanke. Würde das Baumhaus einem schlimmen Unwetter standhalten? Es wirkte robust, aber andererseits war es in einem Baum befestigt. Er hatte schon öfter gesehen, dass bei einem Sturm Äste von einem Baum gebrochen waren. Und dann gab es noch die Möglichkeit eines Tornados. Einmal hatte Grandma Nan ihm von einem Tornado erzählte, der in ihrer Kindheit ihre Heimatstadt in Nebraska getroffen hatte. Der Tornado hatte die Front eines Hauses weggerissen, sodass man einfach von außen hineinschauen konnte. »Es sah aus wie ein Puppenhaus«, erzählte sie. »Die Kommode stand noch im Schlafzimmer und der Spiegel hing an der Wand, alles unversehrt.« Es fiel ihm schwer, sich einen Sturm vorzustellen, der so heftig tobte, dass er ein Haus in zwei Teile zerriss, aber Grandma Nan hätte ihn niemals angelogen, also musste es stimmen.

Der Regen hatte nicht mit einem leisen Nieseln begonnen, das immer stärker wurde. Im Gegenteil, es war, als besäße der Himmel einen riesigen Eimer, den er ständig über Logans Baumhaus auskippte. Logan schloss hastig die Fenster, sobald der Regen auf das Dach niederhämmerte. Die kleinen Löchlein im Dach, die heute Morgen noch wie die Sterne eines Planetariums gewirkt hatten, ließen das Wasser herein, und es tropfte stetig herab und sammelte sich auf dem Boden. Logan stand beunruhigt auf und drückte ein Loch mit dem Finger zu. Als er merkte, dass das half, schaute er sich nach etwas um, womit er die Löcher verstopfen könnte.

Er nahm ein paar Körner Popcorn aus der Tüte auf dem Tisch und versuchte, sie in die Löcher zu drücken, aber sie rutschten heraus. Das einzige Ergebnis war ein Wasserrinnsal, das ihm von den Handgelenken bis zu den Ellbogen floss. Schließlich gab er auf, schob die Kissen unter den Tisch und kauerte sich dort mit um die Knie gelegten Armen nieder. Der auf das Dach niederprasselnde Regen war wie ein Angriff, ein Zeichen dafür, dass er hier nicht sicher war. Logan wiegte sich mit geschlossenen Augen und wiederholte immer wieder lautlos das Mantra, an dem er sich früher festgehalten hatte, wenn sein Vater ihn schlug: *Bitte aufhören. Bitte aufhören. Bitte aufhören.* Die Worte blieben jetzt genauso wirkungslos wie damals, als der Gürtel seines Vaters gnadenlos seinen Rücken getroffen hatte.

Ein Blitz zuckte auf, und kurz darauf erschütterte ein Donnerschlag die dünnen Wände des Baumhauses. Der Fußboden war inzwischen fast überall nass, und auch Logan war feucht geworden. Wenn der Regen bald aufhörte, könnte er den Boden mit seinen Kleidern aufwischen und sie auswringen. Und sollte am nächsten Tag die Sonne scheinen, würde er sie draußen in der Sonne trocknen.

Dieser Plan war nicht schlecht, doch das Unwetter wütete weiter, und bald sammelte sich Wasser auf dem Fußboden, und überall bildeten sich Lachen. Da die Fenster geschlossen waren, war es drinnen drückend schwül, und er hatte Mühe zu atmen. Ohne Vorwarnung überkam ihn das bekannte beengte Gefühl, das ein Vorzeichen der herzanfallähnlichen Attacken war, die er viel zu oft bekam. Als der Wind das Haus noch heftiger peitschte, spürte er das Pochen seines Herzens so laut, dass er zu sterben meinte. Es war jetzt völlig klar, dass er hier rausmusste. Er schnappte sich seine Schuhe, zog sie an die nackten Füße und ließ die Äpfel, das Popcorn und seine nassen Strümpfe einfach liegen.

Und so stieg er die Leiter hinunter. Schon bei der dritten Sprosse war er triefend nass. Das Haar hing ihm in tropfenden Strähnen herab, und Wasser floss ihm in Rinnsalen übers Gesicht. Sein erster Gedanke war die Tankstelle. Vielleicht könnte er sich dort irgendwo unauffällig hinsetzen oder sich in der Toilette verstecken, bis das Unwetter vorüber wäre. Er sprang von der untersten Leitersprosse auf den durchtränkten Boden und schlug den Weg zur Straße ein. Für einen Sekundenbruchteil ließ ein Blitz alles um ihn herum aufleuchten, und gleich darauf war es wieder dunkel. Als seine Augen sich ein wenig an die Dunkelheit gewöhnt hatten, ging er weiter, ziemlich langsam, weil er die Schuhe nicht zugeschnürt hatte und kaum etwas sehen konnte. Beinahe wäre er in die Grube mit dem Tiergerippe gefallen, doch er bemerkte sie noch im letzten Moment und wich ihr aus. Er versuchte, sich auf seinen Atem zu konzentrieren und ihn zu verlangsamen. Manchmal half das.

Logan wischte sich das Wasser aus den Augen und schob sich das Haar aus der Stirn. Er bewegte sich so behutsam, dass er völlig überrumpelt war, als er über eine Baumwurzel stolperte und auf die Knie fiel. Es kam ihm geradezu so vor, als hätte ihn jemand von hinten niedergeschlagen. Mit ausgestreckten Händen fing er seinen Sturz zunächst ab, doch dann rutschten sie auf dem nassen Untergrund weg, und er landete mit dem ganzen Körper auf dem Boden und schlug sich irgendwo heftig den Kopf an. Von dem Aufprall blieb ihm die Luft weg, und einer seiner Schuhe flog ihm vom Fuß.

Der Sturm heulte, als wollte er ihn verspotten, und plötzlich konnte Logan die Tränen nicht mehr zurückhalten. Gleichzeitig hatte er die Stimme seines Vaters im Kopf: *Was bist du für ein Baby. Du Schwächling.*

Langsam stand er auf und wischte sich die schmutzigen Hände an den Jeans ab. Er suchte seinen verlorenen Schuh und fand ihn nicht. Das verstand er so wenig, dass es ihn verwirrte. Er musste doch ganz in der Nähe sein. Als er vorsichtig auftrat, spürte er, wie ihn etwas Scharfes in die Fußsohle stach, und wieder kamen ihm die Tränen. Wie dumm von ihm, denn es war ohnehin schon schwer genug, etwas zu sehen, selbst wenn er nicht weinte.

Zur Tankstelle konnte er jetzt nicht mehr gehen, so durchnässt wie er war, so schmutzig und dazu noch ohne Schuh. Aber irgendwo musste er hin. Beinahe instinktiv wandte er sich zu dem nächstgelegenen Ort, der ihm Schutz bieten würde. Das Gewicht so gut wie möglich auf den beschuhten Fuß gelegt, hinkte er hüpfend in die Richtung von Samsons Haus. Er kam zwar nur langsam voran, doch als er den Waldrand erreichte, sah er die erleuchteten Fenster. Zu seiner Erleichterung war dasjenige bei der Terrasse aber dunkel, sodass der Platz unter dem Terrassendach im Schatten versank.

Logan hinkte zur Terrasse hinüber, dankbar, aus dem Regen heraus zu sein, und noch dankbarer dafür, auf der Bank neben der Hintertür eines der gestreiften Handtücher vorzufinden. Es gehörte ihm zwar nicht, aber er wischte sich dennoch das Gesicht damit ab. Ein Handtuch zu benutzen, war etwas anderes, als es mitzunehmen. Möglicherweise würde die alte Dame sich über das nasse und beschmutzte Handtuch wundern, doch da ließ sich leider nichts machen. Dies war ein Notfall.

Als er sich so gut wie möglich abgetrocknet hatte, legte Logan sich unter dem Terrassendach nieder, wo der Regen nicht an ihn herankam. Er deckte sich mit dem Handtuch zu und rollte sich so klein wie möglich zusammen. Er war zwar nass und erschöpft, aber sein Herz hatte sich beruhigt und quälte ihn nicht mehr mit dem Gefühl, gleich sterben zu müssen. Er hatte keine Ahnung, was er morgen tun sollte, doch das wäre das morgige Problem. Jetzt würde er hier erst einmal das Ende des Unwetters abwarten.

29

Meistens hatte Joanne gar nichts dagegen einzuwenden, allein zu leben. Sie hatte Samson zur Gesellschaft, genug zu tun und einen gut zu bewältigenden Alltag. Wenn sie beim Fernsehen einmal zwischen den Sendern zappte oder wenn sie zum Abendessen Appetit auf Frühstücksflocken hatte, gab es niemanden, der sich daran störte. Sie musste niemandem Rechenschaft ablegen, und niemand hatte Einwände. Sie konnte tun und lassen, was sie wollte und wann sie es wollte. Meistens fand sie das befreiend, doch heute Abend hatte das plötzliche Einsetzen des Unwetters sie verstört. Sie wusste eigentlich gar nicht recht, wo das Problem lag – schließlich befand sie sich im geschützten Haus, und eine Tornadowarnung hatte es nicht gegeben. Das konnte sie also immerhin ausschließen. Aber es gefiel ihr nicht, wie der Donner das Haus erzittern ließ und wie das Geprassel des Regens sie zwang, den Fernseher lauter zu stellen, als ihr angenehm war.

Auch Samson wirkte ein wenig nervös, und so setzte Joanne sich nicht wie üblich in ihren Schaukelstuhl, sondern ließ sich auf der einen Seite des Sofas nieder und klopfte auf die Stelle neben sich. Damit gab sie Samson die Erlaubnis, sich zu ihr zu legen, was ihm normalerweise verboten war. Er krabbelte unbeholfen hinauf, doch sie spürte, dass er dankbar war. Als sie sich auf den Schoß klopfte, legte der Hund ihr die Schnauze auf den Oberschenkel. Sie streichelte ihm den Kopf, während sie ihre Sendung verfolgte.

Der Wald hinter dem Haus schirmte es etwas gegen den Wind ab, aber das Fenster nach vorn hinaus, das sich ganz in der Nähe des Sofas befand, wurde vom Regen gepeitscht. Sie hatte die Vorhänge zugezogen, damit die Blitze dem Hund keine Angst machten, aber trotzdem war ihnen beiden deutlich bewusst, wie es draußen aussah. »Alles in Ordnung, Junge«, sagte sie leise und kraulte ihn hinterm Ohr. »Alles ist gut. Uns kann hier nichts geschehen.«

Der Film, für den sie sich entschieden hatte – er lief auf dem Frauensender *Lifetime* –, spielte in einer Stadt am Meer. Eine junge Frau mit geheimnisvoller Vergangenheit war neu dort hingezogen und hatte sich mit einem gut aussehenden jungen Witwer angefreundet, der eine niedliche kleine Tochter hatte. Es kam Joanne so vor, als hätte sie den Film schon einmal gesehen, aber vielleicht war es auch nur ein sehr geläufiger Plot. So oder so, es machte ihr Spaß, die Geschichten von Leuten im Fernsehen zu verfolgen, die alle jung und schön waren und weit dramatischere Probleme hatten, als sie sonst im Leben üblich waren. Sie fieberte da gerne mit. Während der Werbepause zappte sie zu einem anderen Sender, auf dem ein Film lief, den sie schon so oft gesehen hatte, dass sie ihn satthaben sollte. Aber Sandra Bullock spielte darin mit, eine ihrer Lieblingsschauspielerinnen. Meistens waren Schauspielerinnen entweder schön oder witzig. Eine zu sehen, die beide Vorzüge vereinte, war ein seltenes Vergnügen.

Sie kehrte zum ersten Film zurück und verfolgte die Handlung, obwohl sie schon ahnte, wie es weitergehen würde. Dann stellte Joanne fest, dass sie sich gegen die Rücklehne des Sofas sinken ließ und die Augen ausruhte, obgleich das Unwetter draußen noch immer wütete und der Film inzwischen zu jener spannenden Passage gelangt war, in der die Heldin von ihrem bösen Ex-Freund aufgespürt wurde. Es war kein ungewöhnlich anstrengender Tag gewesen, aber wenn Joanne zu lange saß, wurde sie manchmal schläfrig. Wenn sie jetzt nicht aufstand, würde sie auf dem Sofa einschlafen und mit Rückenschmerzen erwachen. Sie rappelte sich auf, schaltete den Fernseher aus und trat in den Flur.

Nach der Hitze des Tages würde sie jetzt am liebsten duschen, doch bei einem Gewitter war das keine besonders gute Idee. Dann würde sie eben ein Bad nehmen. Sie ging ins Badezimmer, ließ Wasser in die Wanne und überprüfte hin und wieder, ob es die richtige Temperatur hatte. Samson war ihr zunächst gefolgt, hatte dann aber das Interesse verloren und war aus dem Bad getrottet. Als die Wanne zu zwei Dritteln voll war, hörte sie ihn in der Küche bellen.

»Okay, okay, bin gleich da.« Joanne stellte das Wasser ab und erhob sich. Samson klang, als hätte er es eilig. Eigenartig, sie hatte ihn doch erst vorhin hinausgelassen.

Als sie in der Küche ankam, stand Samson winselnd vor der Hintertür und scharrte mit den Pfoten am Boden, als wollte er etwas ausgraben. Was für ein Dummerchen. Sie öffnete die Tür, um ihn rauszulassen, und hörte das maschinengewehrartige Prasseln des Regens auf dem Terrassendach. Hoffentlich würde Samson sich beeilen, denn sie hatte keine Lust auf einen klatschnassen Hund.

Sie erwartete, dass er sofort hinausstürmen würde, doch der Hund blieb stehen und schaute abwechselnd zu Joanne und zur Tür. Sein ganzer Körper zitterte vor Erwartung. »Los, lauf schon«, nötigte sie ihn, doch er winselte einfach nur und blickte zu ihr auf. Sie schaltete die Terrassenleuchte an und sagte: »Das musst du schon selbst machen. Ich kann wohl kaum für dich pinkeln.«

Doch als er immer noch nicht loslief, begriff sie, dass irgendetwas faul sein musste.

Etwas befand sich dort draußen. Joanne spähte in die Dunkelheit und fragte sich, welches Tier sich dort herumtreiben mochte. Vielleicht ein Kojote? Ein Wolf jedenfalls nicht, die gab es nur weiter im Norden. Sie hatte schon von Leuten gehört, die hier einen Fuchs gesehen hatten, hatte aber selbst niemals einen zu Gesicht bekommen. Und Füchse gingen Hunden aus dem Weg.

Seufzend packte sie Samson am Halsband. »Dann mal los.«

Er ließ sich von ihr nach draußen führen. Als sie auf der Terrasse standen und sie ihn losließ, rannte er nicht zum Pinkeln in den Garten, sondern ging an der Bank vorbei und beschnüffelte ein zusammengeknülltes Handtuch, das daneben lag.

Joanne folgte dem Hund. »Was machst du denn …« Sie blieb stehen, denn sie hatte ein Kind entdeckt, das, halb von Samsons gestreiftem Handtuch bedeckt, zusammengerollt auf der Seite lag. Sie bückte sich, um das Handtuch von dem Jungen herunterzuziehen, und er zuckte zusammen, als erwartete er Schläge.

30

Logan hörte, wie die Hintertür aufging, und wäre weggelaufen, hätte er dafür genug Zeit oder Kraft gehabt oder einen Ort, an dem er Zuflucht hätte finden können. Er hatte Grandma Nan einmal sagen hören, sie sei fix und fertig, sie habe kein Quäntchen Energie mehr übrig, und genauso fühlte er sich jetzt. Vor Kurzem hatte er noch über scheinbar unerschöpfliche Reserven verfügt, doch das Unwetter hatte ihn schlimm gebeutelt, und der Sturm hatte ihn ausgelaugt. Jetzt war er mit seinen Kräften am Ende. Er konnte nur noch reglos daliegen und hoffen, dass die alte Dame Samson einfach nur hinauslassen und sich dann zurückziehen würde, ohne ihn zu bemerken.

Er schloss die Augen, als könnte er nicht gesehen werden, wenn *er selbst* nichts sah, aber das haute nicht hin. Die Terrassenleuchte ging an, und die alte Dame kam mit Samson heraus. Der Hund war kaum draußen, da schnüffelte er auch schon an Logan herum und verriet ihn. Als die alte Dame Logan das Handtuch wegzog, schlug er die Augen auf und sah sie an, überzeugt, dass sie ihn wegen des Eindringens auf ihrem Grundstück, wegen des nassen Handtuchs und wegen des Drecks auf der Terrasse anschreien würde, doch stattdessen nahm ihr Gesicht einen bestürzten und sanften Ausdruck an.

Ihre Blicke begegneten sich, und eine ganze Weile sagte sie gar nichts, sondern betrachtete ihn einfach nur, als dächte sie über ein Kreuzworträtsel nach. Als sie schließlich sprach, war ihre Stimme freundlich. »Das sieht nicht besonders bequem aus. Ich finde, du solltest reinkommen.« Sie streckte ihm die Hand hin, und er ergriff sie und ließ sich hochziehen.

Samson wedelte mit dem Schwanz und sprang um sie beide herum. Wenn Logan hätte raten müssen, hätte er gesagt, der Hund freute sich, ihn gefunden zu haben.

Die alte Dame legte ihm die Hand auf die Schulter. »Komm rein«, sagte sie. »Im Haus ist es kühler.« Sie öffnete die Fliegengittertür, und er wurde in die Küche geführt, die Logan früher schon einmal durchs Fenster betrachtet hatte. Drinnen gefiel es ihm: eine geflochtene, ovale Fußmatte hinter der Tür, eine Schale mit Obst auf der Küchentheke, hübsche Schränke und ein kleiner Holztisch.

Er blieb auf dem Fußabtreter stehen, weil er keinen Schmutz ins Haus tragen wollte, und die alte Dame musste einen ähnlichen Gedanken gehabt haben, denn sie zog den Küchenstuhl vom Tisch weg näher zur Tür und legte ein Küchenhandtuch auf den Sitz. »Komm, setz dich doch«, sagte sie dann.

Benommen leistete er der Aufforderung Folge und erwartete, dass sie ihn ausfragen oder die Polizei rufen oder ihn am Stuhl festbinden würde. Sie nahm aber stattdessen ein paar Geschirrhandtücher aus einer Schublade, kniete sich vor ihm nieder und zog ihm den verbliebenen Schuh aus. »Der hat schon bessere Tage gesehen«, sagte sie mehr zu sich. Sie begutachtete das Klebeband, mit dem er die Sohle befestigt hatte, bevor sie den Schuh auf die Fußmatte stellte. Dann tupfte sie sanft Logans Füße trocken und betrachtete die wunden Stellen mit gerunzelter Stirn. Samson legte sich neben den Stuhl und stieß mit dem Kopf gegen Logans Bein.

»Okay«, sagte sie und zog sich mithilfe der Tischkante auf die Beine. »Jetzt lass uns miteinander reden.«

Sie setzte sich ihm gegenüber. »Ich heiße Joanne Dembiec. Du kannst mich Joanne oder Mrs Dembiec nennen. Was dir lieber ist. Wie heißt denn du?«

Das war der Teil, den Logan hasste. Wenn er nicht antwortete, hielten die Leute ihn immer für verschlossen und unhöflich. Er zeigte auf seine Kehle und deutete mit den Händen die Geste des Schreibens an.

»Du kannst nicht sprechen?«

Er nickte.

»Aber du verstehst mich offensichtlich. Warte einen Moment.« Sie ging zu einer Küchenschublade und kehrte mit Papier und Stift zurück. Beides legte sie vor ihm auf den Tisch.

Er schrieb seinen Namen in Blockbuchstaben auf. LOGAN WEBER. Beim Blick auf das, was er da gerade geschrieben hatte, begriff er voll Entsetzen, dass er vergessen hatte, einen falschen Namen zu nennen. Jetzt war es zu spät dafür.

»Wie alt bist du?«, fragte sie. »Sieben? Oder acht?«

Er hob die richtige Anzahl von Fingern hoch.

»Dann also neun.«

Er wartete auf den üblichen Kommentar, dass er jünger aussehe oder für sein Alter klein sei, aber sie unterließ die Bemerkung.

»Wo wohnst du, und warum warst du auf meiner Terrasse? Deine Eltern müssen sich Sorgen machen.«

Er schüttelte den Kopf.

»Du möchtest meine Frage nicht beantworten, oder du weißt es nicht?«

Logan drückte beim Schreiben kräftig mit dem Stift aufs Papier: ICH WEISS ES NICHT.

»Du hast dein Gedächtnis verloren?«

Er blinzelte ein paarmal und schüttelte dann den Kopf.

»Aber jemand muss dich doch suchen?«

Er verneinte mit einer Kopfbewegung. Ihn suchte niemand, da war er sich sicher. Etwas an dem Eingeständnis, dass er niemandem fehlte, trieb ihm die Tränen in die Augen, und das hasste er. *Was bist du für ein Baby. Du Schwächling.* Schniefend kämpfte er darum, sich in den Griff zu bekommen, und senkte den Blick. Als er schließlich wieder aufschaute, betrachtete die alte Dame ihn mit schief gelegtem Kopf und gespitzten Lippen.

»Bist du von zu Hause fortgelaufen?«

Er blinzelte. Wie sollte er ihr erklären, dass er *aus Versehen* weggelaufen war? Schließlich zuckte er mit den Schultern.

»Hast du Hunger?«, fragte sie. »Ich kann dir einen Käsetoast machen, wenn du magst.«

Diese Vorstellung lenkte Logan für kurze Zeit von seinem Elend ab, und er brachte ein schwaches Lächeln und ein Nicken zustande. Joanne Dembiec erwies sich als netter, als er erwartet hatte.

Während sie in der Küche hantierte, Butter und Käse aus dem Kühlschrank nahm und eine Pfanne auf den Herd stellte, schaute Logan sich in der Küche um. Sein Blick blieb am Kühlschrank hängen, an dem zahlreiche Fotos mit Küchenmagneten befestigt waren. Die meisten Bilder zeigten zwei Mädchen, die älter waren als er, aber es gab auch ein paar Aufnahmen des Hundes und außerdem ein Foto, auf dem die Mädchen gemeinsam mit ihren Eltern festgehalten waren. Joanne bemerkte sein Interesse und sagte: »Das sind Fotos meiner Enkeltöchter. Und von meinem Hund Samson.« Sie deutete auf den Hund. »Den kennst du ja schon. Wenn du aufstehen und dir die Fotos näher anschauen möchtest, tu das ruhig, Logan. Nur sitzen solltest du nirgendwo anders als auf dem Geschirrtuch.«

Er stand auf und ging zum Kühlschrank, um die Fotos genauer in Augenschein zu nehmen. Die beiden Mädchen waren unübersehbar Schwestern und verstanden sich anscheinend gut. Auf den Fotos hatten sie oft die Arme umeinander gelegt. Die Aufnahmen zeigten sie im Halloween-Kostüm, bei einer Wasserschlacht und bei einem gespielten Schwertkampf. Nach den Bildern zu schließen, wurde in dieser Familie viel gelacht.

»Mein Sohn Glenn, seine Frau Belinda und ihre beiden Töchter«, erzählte Joanne. »Sie leben in Seattle und wollen, dass ich zu ihnen ziehe. Was meinst du? Sollte ich bei ihnen einziehen?«

Logan betrachtete die Fotos erneut, die glücklichen Gesichter dieser Menschen, die einander offensichtlich liebten. Wer würde nicht bei ihnen zu Hause leben wollen? Er wandte sich zu Joanne um und machte ihr ein Zeichen mit hochgerecktem Daumen. Sie lächelte. Er setzte sich wieder und sah zu, wie sie den Toast gekonnt in der Pfanne wendete.

Gleich darauf stellte sie ihm einen Teller hin, auf dem der Toast mit einem sauren Gürkchen und ein paar Kartoffelchips lag. »Genau wie im Restaurant«, sagte sie. »Iss, soviel du magst, und lass den Rest liegen.«

Er hob erneut den Daumen, als sie ihn fragte, ob er Limonade wolle, und hatte schon den halben Toast verputzt, bevor auch nur das Getränk eingeschenkt war. Sie setzte sich an den Tisch und sah ihm beim Essen zu. Er versuchte, den Toast nicht hinunterzuschlingen, doch sein Hunger war größer, als ihm bewusst gewesen war, und es war zudem eine richtige Mahlzeit. Ein Essen, das jemand eigens für ihn zubereitet hatte. Der Gedanke erfüllte ihn mit Dankbarkeit. Die alte Dame erinnerte ihn an seine Großmutter. Vielleicht waren alle Großmütter so – alt, lieb und gute Köchinnen.

Als er aufgegessen hatte, nahm sie den Teller und spülte ihn ab, während er die letzten Schlucke Limonade trank. Er warf einen unruhigen Blick zur Tür und überlegte, ob er die Gelegenheit wahrnehmen sollte, sich seinen Schuh zu schnappen und die Flucht zu ergreifen. Aber *wohin* sollte er fliehen? Das war das Problem. Das Baumhaus würde ihn kaum vor dem Unwetter schützen. Außerdem war es in der Küche so gemütlich. Seine nassen Klamotten klebten ihm zwar unangenehm am Leib, aber wenigstens gestattete die klimatisierte Luft ihm, tief durchzuatmen, und der Hund zu seinen Füßen vermittelte ihm ein eigenartiges Gefühl von Sicherheit.

Draußen regnete es so heftig wie zuvor oder sogar noch schlimmer. Durchs Fenster sah er, wie der Regen wie aus Kübeln herunterprasselte. Blitze zuckten, gefolgt von Donnerschlägen, die so laut rumpelten, als stürzte eine Lawine zu Tal. Es war, wie Grandma Nan das ausgedrückt hätte, ein Tag, an dem man am besten eine Ente wäre.

Joanne setzte sich ihm gegenüber an den Tisch. »Also, was soll ich jetzt mit dir machen, Logan Weber?«, fragte sie und führte die Fingerspitzen zusammen.

Alles war so gut gelaufen, nun aber schien die Situation sich, genau wie er befürchtet hatte, zum Schlechteren zu wenden. Er schüttelte den Kopf, eine Allzweckantwort, die ihr hoffentlich die Vorstellung vermitteln würde, dass sie gar nichts tun solle.

Als hätte sie seine Gedanken gelesen, sagte Joanne: »Ich kann nicht einfach nichts unternehmen, mein Schatz. Irgendwo muss jemand ganz verzweifelt nach dir suchen. Deine Mom? Dein Dad? Ich weiß, dass ich vor Sorge krank wäre, wenn du mein Sohn wärst und ich nicht wüsste, wo du dich befindest.«

Wieder spürte Logan, wie ihm die Tränen in die Augen stiegen, und alles, was er tun konnte, war, den Kopf zu schütteln. Er öffnete den Mund, um sie anzuflehen, es einfach sein zu lassen, doch alles, was herauskam, war ein gurgelndes Geräusch, ein Laut ganz hinten aus der Kehle, der so klang, als müsste Logan sich gleich erbrechen. Es war kein Wort gewesen, aber die Tatsache, dass er überhaupt einen Ton herausbekommen hatte, verwirrte ihn.

Joanne wusste nicht, dass schon ein einfacher Laut aus seinem Mund ein großes Ereignis war, und so machte sie weiter und schob ihm den Notizblock wieder hin. »Wenn du mir die Telefonnummer deiner Eltern aufschreibst, rufe ich sie für dich an.«

Als sie sein Zögern bemerkte, fügte sie hinzu: »Es muss nicht die Festnetznummer sein. Wenn du die Handynummer irgendeines Familienmitgliedes weißt, reicht das auch.«

Er nahm den Stift und schrieb: *Nein. Bitte. Nein.*

Joanne seufzte. »Dann bleibt mir nichts anderes übrig, Logan. Es tut mir furchtbar leid, aber ich muss der Polizei Bescheid geben, dass du hier bist.« Sie stand auf und nahm den Hörer des Telefons ab, das über der Küchentheke an der Wand hing. Er war mit einem Spiralkabel am Apparat befestigt, etwas, das Logan nur aus alten Filmen kannte. Mit dem Hörer in der Hand streckte sie den Zeigefinger aus, um die Nummer zu wählen, hielt aber noch einmal inne und wandte sich zu Logan um: »Das ist die letzte Gelegenheit, Logan. Nennst du mir den Namen deiner Eltern oder ihre Telefonnummer? Oder vielleicht hast du auch einen gesetzlichen Vormund? Oder eine Tante oder einen Onkel, die ich anrufen könnte? Andernfalls muss ich jetzt wirklich die Polizei informieren, tut mir leid.«

Er schüttelte energisch den Kopf, schrieb in großen Buchstaben »NEIN« auf den Block und hielt ihn ihr hin.

Bevor Joanne darauf reagieren konnte, schlug plötzlich ganz in der Nähe ein Blitz ein. Im Zimmer wurde es einen winzigen Augenblick blendend hell, und gleich darauf folgte ein ohrenbetäubender Donnerschlag. Dann war mit einem Mal alles stockdunkel. Samson sprang jaulend auf, doch Joanne beruhigte ihn mit einem Zuruf.

Logan hörte, wie sie den Hörer auflegte und anschließend in einer Schublade kramte. Als Nächstes sah er, wie ein Streichholz aufflammte und eine Kerze entzündet wurde. »Anscheinend gibt es keinen Strom mehr«, sagte Joanne, deren Gesicht von der Flamme beleuchtet wurde. »Und das Telefon ist ebenfalls tot.«

31

Grandma Nan empfand es als beruhigend, als das Willkommensschild für Wisconsin am Straßenrand auftauchte. Das Wissen, in der richtigen Richtung unterwegs zu sein, machte sie nur noch entschlossener, vor Robert am beschriebenen Ort einzutreffen. Der Gesichtsausdruck, mit dem er seinen Wagen aus der Einfahrt des Wohnblocks gelenkt hatte, war furchterregend gewesen. Es war die Miene eines entfesselten Verrückten. Einen solchen Zorn würde sie nicht über sich niedergehen lassen wollen, und für ein hilfloses Kind wäre es noch viel schlimmer.

Sie wollte sich nicht ausmalen, welche Angst Logan ausgestanden haben musste, als er stundenlang hinten im Umzugswagen festsaß. Natürlich gab es auch noch die Möglichkeit, dass der blinde Passagier nicht Logan gewesen war, sondern irgendein anderes Kind. Oder vielleicht hatte es auch gar kein Kind gegeben, und jemand hatte sich die Geschichte nur ausgedacht. In diesem Fall wäre sie jetzt vergeblich unterwegs.

Eines wusste sie allerdings – falls in dem Umzugswagen wirklich ein Junge gesessen hatte, der nicht mit Rufen auf seine missliche Lage aufmerksam gemacht hatte, passte diese Szene gut zu Logan und seiner fehlenden Stimme. Falls also er dieser Junge war, wie war es mit ihm weitergegangen, nachdem die beiden Männer ihn zuletzt auf der Landstraße gesehen hatten? Sie tätschelte ihre Handtasche, froh, ein aktuelles Foto von Logan zu besitzen, das sie der Polizei zeigen konnte. Irgendwo würde jemandem ein Kind aufgefallen sein, das ganz allein auf sich gestellt war. Darauf zählte sie.

Sie fuhr erst seit einer Stunde durch Wisconsin, da musste sie die Scheibenwischer einschalten. Der bisher so sonnige Himmel hatte sich verdunkelt, und es begann zu nieseln. Allmählich wurde der Regen stärker und platschte nun in großen Tropfen gegen die Scheibe. Sie stellte die Scheibenwischer auf die höchste Stufe und beobachtete deren hastiges Hin und Her. Daheim ließ sie im Auto immer Musik laufen, aber angesichts des schlechten Wetters musste sie sich in der unbekannten Gegend voll auf die Straße konzentrieren. Dazu kam noch ihre Sorge um Logan, und das alles strapazierte ihre Nerven auch so schon genug. Musik würde sie nur ablenken, und so hielt sie das Lenkrad gepackt und schaute in der nur von den Fahrgeräuschen durchbrochenen Stille angestrengt nach vorn.

Unterwegs achtete sie darauf, ob sie irgendwo Roberts grünen Ford entdeckte. Da er sie bisher nicht überholt hatte, nahm sie an, dass sie sich immer noch vor ihm befand. Robert neigte zum Rasen, was so gar nicht ihr Stil war, doch die Dringlichkeit der Lage nötigte sie, wesentlich stärker aufs Gas zu treten, als ihr angenehm war. Ein paarmal wäre sie fast von der Straße abgefahren, um entweder die Polizei zu alarmieren oder mit Grinch zu telefonieren, aber die Vermutung, dass Robert ihr dicht auf den Fersen war, ließ sie diesen Impuls jedes Mal unterdrücken. Sie hatte nicht genug Zeit für einen Anruf, der so überzeugend wirkte, dass die Polizei schnell reagieren würde. Aber das Problem war nicht nur der Zeitmangel. Die ganze Story war furchtbar kompliziert, und selbst in ihren eigenen Ohren klang sie wie ein zusammengebrautes Hirngespinst. Die Polizei würde sie für verrückt halten. Sie müsste schon persönlich mit einem Beamten sprechen, um ihre Argumente glaubhaft vorzutragen. Ihnen ihre Notizen und die Fotos zeigen zu können, wäre ebenfalls hilfreich. Die Beteuerungen einer alten Dame, ihr Enkel sei verschwunden, mussten durch etwas Handfestes belegt werden.

Und so fuhr sie weiter.

Als Grandma Nan das Hinweisschild nach Banfield entdeckte, achtete sie nicht mehr auf Geschwindigkeitsbeschränkungen und drückte aufs Gas. Welches Höchsttempo auch immer auf den Verkehrsschildern stand, es würde sie nicht zurückhalten. Der Regen hatte nicht nachgelassen – kein bisschen. Er prasselte wütend gegen ihre Windschutzscheibe, und die Scheibenwischer beförderten ihn genauso schnell zur Seite. Sie passierte die Ausfahrt nach Banfield und nahm ein bisschen Gas weg, da ihr Ziel nun bald auftauchen würde.

Sie beugte sich beim Lenken angespannt vor und war erleichtert, als sie endlich die Tankstelle in einiger Entfernung vor sich sah und abbiegen konnte. Sie lag nicht direkt an der Interstate, sondern an einer Nebenstrecke, aber so, dass das hoch aufragende Logo den Reisenden ins Auge sprang.

Grandma Nan rollte weiter und hatte jetzt eher das Gefühl, dass ihr Wagen gezogen wurde, als dass sie ihn selbst lenkte. Außerdem machte sich eine gewisse Nervosität in ihr breit, die Sorge, dass die lange Fahrt ergebnislos bleiben und sie schon bald wieder ganz am Anfang stehen würde. »Einen Versuch ist es wert«, flüsterte sie sich ermutigend zu, als sie auf den Parkplatz der Tankstelle fuhr. Sie steuerte ihren Wagen an den Zapfsäulen vorbei, wählte einen Stellplatz in der Nähe der Tür und parkte vorwärts ein. Ein Neonschild verkündete, dass geöffnet war. Unter dem Schild hingen Plakate mit Werbung für Softdrinks und Zigaretten. Draußen neben der Tür stand ein Picknicktisch. Sie konnte sich kaum vorstellen, dass jemand freiwillig so dicht bei den Zapfsäulen essen würde.

Sie schnappte sich ihre Handtasche, stieg aus und eilte durch den Regen zur Eingangstür des Ladens. Ihr Kopf wurde ein bisschen nass, aber ansonsten blieb sie trocken. Grandma Nan fuhr sich mit den Fingern durchs Haar. In der Tankstelle war nichts los, abgesehen von einem einzigen Kunden, der an der Ladentheke ein Bier kaufte. Sie stellte sich hinter ihm an und kramte beim Warten Logans Foto heraus.

»Ihre Karte funktioniert nicht«, sagte der Mann hinter der Theke mit gedämpfter Stimme. »Haben Sie vielleicht noch eine andere?«

Es hatte einmal eine Zeit gegeben, da wäre ein solcher Vorgang peinlich gewesen, überlegte Grandma Nan, aber das war lange vorbei. »Ja, hab ich«, antwortete der Mann und kramte in seiner Brieftasche.

Die Bezahlung mit der neuen Karte dauerte keine Minute, aber es war Grandma Nan, als liefe alles in Zeitlupe ab. Am liebsten hätte sie den Mann zur Seite geschoben und ihm gesagt, sein Bier habe Zeit, oder vielleicht sogar – der Gedanke fuhr ihr durch den Kopf – er brauche überhaupt kein Bier. Sie musste sich wirklich energisch zusammenreißen, um ruhig abzuwarten, bis sie selbst zur Theke vortreten konnte, doch als sie dann endlich an der Reihe war, merkte sie plötzlich, dass sie überhaupt nicht wusste, was sie sagen sollte. Die jungen Männer in Chicago hatten berichtet, der Junge sei von der Tankstelle *weg*gerannt. Es war also unwahrscheinlich, dass er von jemandem an der Kasse gesehen worden war. Sie nahm die Schultern zurück und rief sich in Erinnerung, dass das hier ja nur der erste Anknüpfungspunkt war. Außerdem wirkte der Mann hinter der Theke nett, und die Fotos, die hinter ihm an der Wand hingen, wiesen ihn als einen echten Familienmenschen aus.

»Ja?«, fragte er, weil sie so stumm dastand.

»Ich weiß nicht, ob Sie mir helfen können«, antwortete sie und schob ihm das Foto über die Theke hinweg zu. »Ich suche meinen Enkelsohn. Er ist verschwunden. Er heißt Logan Weber und ist neun Jahre alt. Jemand hat mir berichtet, dass er ihn vor zwei Tagen zum letzten Mal auf Ihrem Parkplatz gesehen hat. Würden Sie mir sagen, wo sich die nächste Polizeiwache befindet, damit man dort der Sache nachgehen kann?«

Der Mann deutete auf das Foto. »Darf ich mal sehen?«

»Natürlich.«

Er warf nur einen kurzen Blick darauf und schob es zurück. Er klopfte mit dem Zeigefinger auf die Theke. »Ich habe diesen Jungen gesehen.«

»Vorgestern?«

»Nein, heute. Und gestern ebenfalls. Ich erinnere mich an ihn. Ein eher kleines Kind. Einer seiner Schuhe war mit Klebeband umwickelt.«

Grandma Nan spürte, wie sich in ihrer Brust etwas Warmes ausbreitete. Hoffnung. »Sie sind sich sicher, dass er es war?«

»Oh ja, ganz sicher.« Er nickte. »Gestern hat er Bananen gekauft. Und heute gar nichts. Er hat einfach nur die Toilette benutzt.«

»Und er war ganz allein?«

»Ja, ich glaube schon.«

»Fanden Sie das denn nicht eigenartig? Ein kleiner Junge und ganz allein?« Sie schaute aus dem Fenster. »Ich meine, hier sind ja sonst keine Häuser. Ihre Tankstelle liegt mitten im Nirgendwo. Sie hätten ihn abfangen und fragen sollen …«

»Es tut mir leid«, antwortete er und sah dabei wirklich ziemlich zerknirscht aus. »Am ersten Tag bin ich davon ausgegangen, dass er zu jemandem gehörte, und heute kam er so schnell zur Tür herein und verschwand dann auch wieder so schnell, dass ich ihn nur aus dem Augenwinkel gesehen habe. Vor der Kasse standen Leute an, und ich war ganz allein im Laden.« Als sie nichts erwiderte, fügte er hinzu: »Außerdem gibt es ein paar Meilen von hier ein Dorf, und ein paar Häuser liegen sogar noch näher. Manchmal kommen Kinder mit dem Fahrrad oder sogar zu Fuß, um sich Süßigkeiten oder Limonade zu kaufen. Und ich hatte nichts von einem verschwundenen Kind gehört. Darum kam mir der Junge nicht besonders ungewöhnlich vor.«

»Ich fahre von hier zur nächsten Polizeiwache, um Logan als verschwunden zu melden. Wären Sie bereit zu bezeugen, dass Sie ihn gesehen haben, damit man mich dort nicht für verrückt hält?«

»Natürlich, aber ich verstehe die Sache nicht ganz. Wenn er schon seit Tagen weg ist, warum hat dann niemand eine Vermisstenanzeige aufgegeben?«

Sie seufzte. »Es ist eine lange Geschichte. Ich habe den Kontakt zur Familie meines Enkelsohns verloren und gerade erst entdeckt, dass er verschwunden ist. Sein Vater hat ihn nicht als vermisst gemeldet. Warum, weiß ich nicht.«

»Wissen Sie was?«, sagte der Mann und nahm sein Handy unter der Theke hervor. »Normalerweise schaut hier abends um diese Zeit immer ein Deputy Sheriff vorbei. Ich schaue mal, ob er nicht gleich kommen und mit Ihnen reden kann.«

»Oh ja, vielen Dank.«

Nach dem Wählen legte er eine Hand auf die Theke und sprach rasch in das Gerät: »Hier ist Devan Mallick von Mallick's Gas and Go an der I-39. Wissen Sie, ob Scott noch vorbeikommt? Hier ist eine Dame, die ihren Enkelsohn sucht. Sie braucht Unterstützung.« Er warf Grandma Nan ein schnelles Lächeln zu. »Mhm. Okay dann. Klingt gut. Danke.« Er nickte. »Sie ruft Scott jetzt an, damit er gleich kommt.«

Grandma Nan fühlte eine Woge der Erleichterung. Einen Zeugen zu haben, der Logan noch vor Kurzem gesehen hatte, wäre ein großes Plus beim Gespräch mit der Polizei. Gerade wehrte Mr Mallick ihren erneuten Dank bescheiden ab, da flog die Tür auf, und die elektronische Ladenklingel kündigte einen Neuankömmling an.

Beide wandten sich um, und Grandma Nan stieß einen Schreckenslaut aus, als Robert in einem regennassen T-Shirt durch die Tür hereinkam. Seine Bewegungen waren eher ein Taumeln als ein Gehen. Selbst aus drei Metern Entfernung ließ sich nicht übersehen, dass er zornig und betrunken war.

»Kann ich Ihnen helfen?«, fragte Mr Mallick.

Grandma Nan zog sich von der Theke zurück und versuchte, sich für Robert unsichtbar zu machen. Er ging direkt an ihr vorbei, ohne sie auch nur wahrzunehmen, torkelte zur Theke und zog sein Handy aus der Hosentasche. Er fummelte einen Moment daran herum und hielt es dann dem anderen direkt unter die Nase. »Der Junge da. Ham Sie den gesehn?« Nan bemerkte, dass an seinem Gürtel ein Messer hing; sie erkannte den Griff wieder, weil sie es auf Roberts Küchentisch hatte liegen sehen. Sie schluckte und schob sich lautlos noch ein Stück weiter zurück, um sich hinter einem Ständer zu verstecken.

Mr Mallick beugte sich mit gerunzelter Stirn vor, um das Foto zu betrachten, und warf dann einen Blick zu Grandma Nan hinüber. »Ma'am, das Foto hier sieht aus wie der Junge, den Sie suchen. Logan, oder?«

Sie hielt den Atem an und sagte kein Wort, doch Robert drehte sich um und sah sie dort stehen. Seine blutunterlaufenen Augen zogen sich vor Wut zusammen. »Du!« Er zeigte aufgebracht auf sie und stürzte sich auf sie wie ein Bär. Der Geruch von Whisky schlug ihr ins Gesicht wie Hitze aus einem Hochofen. »Was machst du hier? Steckst deine Nase in Dinge, die dich nichts angehn!«

»Ich habe jedes Recht, hier zu sein, Robert.«

»Du hast es nie geschafft, dich um deinen eigenen Kram zu kümmern.« Mit einem höhnischen Zähnefletschen packte er sie am Arm und zerrte sie zur Tür, bevor sie auch nur reagieren konnte, während der Tankstellenbesitzer rief: »Aufhören! Sofort aufhören!«

Grandma Nan kämpfte gegen Robert an und schrie vor Schmerz auf, weil Robert ihren Arm wie ein Schraubstock umklammert hielt. Sie versuchte, sich an einem Regal mit Süßigkeiten festzuhalten, doch es fiel um, und der Süßkram landete auf dem Boden. Ihre Füße verloren den Halt und schleiften über die Fliesen. Sie schlug mit dem freien Arm auf Robert ein, doch das beeindruckte ihn nicht weiter. Als sie bei der Tür waren, streckte sie ein Bein aus, um nicht durch die Öffnung gezogen zu werden, doch das machte Robert nur noch rasender, und er riss noch heftiger an ihr.

»Das geht dich nichts an!«, brüllte er ihr ins Ohr. »Er ist mein Sohn. Mein. Sohn.«

»Er ist mein Enkel«, erwiderte sie und versuchte weiter, sich von ihm loszureißen.

Nun kam Mr Mallick bei ihnen an und stieß Robert mit beiden Händen weg. »Lassen Sie sie los. Sofort!«

Robert schüttelte Mr Mallick ab, der rückwärts zu Boden stürzte, und jetzt bekam Grandma Nan zum ersten Mal Angst. Sie trat mit beiden Beinen um sich, doch Robert schaffte es trotzdem, sie aus dem Laden herauszuschleifen, hinein in Regen und Unwetter. Seine Stimme war ein Gebrüll, das das Heulen des Sturms übertönte. »Warum stirbst du nicht einfach, alte Frau?« Er schubste sie mit voller Wucht auf den Parkplatz. Sie stürzte und fiel hart auf den Asphalt. Gerade konnte sie sich noch mit den ausgestreckten Händen abfangen, sonst wäre sie mit dem Gesicht aufgeprallt.

»Aufhören. Verschwinden Sie sofort!« Das war Mr Mallick, der Robert von der Tür aus anschrie. Grandma Nan hörte ein metallisches Krachen, und als sie den Kopf hob, sah sie, dass Robert gegen ihren Wagen trat. Er kniete sich bei der Hintertür nieder und stieß etwas gegen den Reifen. Durch den strömenden

Regen sah sie eine Klinge aufblitzen, als er die Hand zurückzog, und begriff, dass er ihr den Reifen aufgeschlitzt hatte.

Der Schock über den Angriff und die Atemlosigkeit nach dem Sturz lähmten sie, sodass sie sich kaum rühren konnte. Wäre Mr Mallick nicht zu ihr geeilt, um ihr aufzuhelfen, hätte sie wohl auf allen vieren zum Laden zurückkrabbeln müssen. »Geht es wieder?« Er beugte sich besorgt über sie, ergriff sie behutsam unter den Armen und half ihr hoch. Als sie wieder aufrecht stand, sah sie, dass Roberts Wagen den Parkplatz in rasendem Tempo verließ und über die Landstraße davonjagte.

»Alles okay. Es geht schon«, sagte sie, als er sie auf dem Rückweg zum Gebäude stützte. Doch sie sagte es rein automatisch, denn in Wahrheit ging es ihr überhaupt nicht gut.

32

Laura und Paul gingen an diesem Abend früh schlafen. Da es keinen Strom gab, fiel ihr Plan flach, bei Netflix einen Film zu streamen, und als Laura aufstand, um das Geschirr abzuwaschen, nahm Paul sie schweigend bei der Hand und verführte sie zu einem Abstecher nach oben. Im Treppenhaus des Obergeschosses lief sie beim Abbiegen gegen eine Wand und musste lachen. Im Dunkeln wirkte das Haus plötzlich ganz anders. Sie tasteten sich voran und orientierten sich immer dann, wenn ein Blitz aufleuchtete. Ein unerwartetes Abenteuer.

Hinterher lagen sie eng umschlungen im Bett und redeten noch miteinander. »Was meinst du, wie lang wird es dauern, bis wir wieder Strom haben?«, fragte sie.

Er fand es reizend, wie sie davon ausging, dass er so etwas wusste. »Das hängt davon ab, wie die Situation aussieht und wie umfangreich der Schaden ist«, antwortete er. »Möglicherweise sind mehrere Masten umgestürzt, und in diesem Fall könnte es eine Weile dauern.«

Laura überlegte, wie lang es im Haus ohne die Klimaanlage wohl kühl bleiben würde, und sie entschieden gemeinsam, die Fenster erst einmal geschlossen zu halten, weil es draußen unheimlich schwül war. »Wenn so etwas passiert, muss ich immer an die Leute denken, die überhaupt keine Klimaanlage besitzen«, sagte sie. »Oder an Menschen in anderen Ländern, die niemals Strom oder sauberes Wasser haben. Die leben immer so.«

»Ja, wir haben Glück.« Ehrlich gesagt dachte er selten über so etwas nach, aber es überraschte ihn nicht, dass sie es tat. Laura war jemand, der nie nur an sich dachte. Manchmal machte sie sich mit ihren Sorgen um andere emotional fertig. Sie saugte die Emotionen der Menschen in ihrer Umgebung auf eine intensive Weise auf, die er sowohl rührend als auch beunruhigend fand.

Sie kuschelte sich an ihn, den Kopf an seine Schulter gelegt, und als sie sagte: »Darf ich dich etwas fragen?«, wusste er, was als Nächstes kommen würde.

»Hast du darüber nachgedacht? Über die Bewerbung als Pflegeeltern? Ich kann es nicht allein tun, weißt du.«

Obwohl sie so eng aneinandergeschmiegt waren, wie zwei Menschen es nur sein können, machte sich ein Schweigen zwischen ihnen breit. »Ich weiß«, sagte er dann.

»Ich verstehe deine Bedenken«, fuhr sie fort. »Doch, wirklich. Und sie sind auch berechtigt, aber so etwas kann man nicht entscheiden, indem man das Für und Wider Punkt für Punkt durchgeht und abhakt.«

»Da hast du recht.«

»Natürlich habe ich recht«, sagte Laura. »Was hält dich also zurück?«

Tausend Dinge hielten ihn zurück, aber jedes einzelne hatte denselben Namen: Angst. Angst davor, dass das Kind in ihrer Ehe die Macht übernehmen könnte, Angst, das Kind könnte ihnen weggenommen werden, wenn sie sich gerade emotional daran gebunden hätten, Angst, ihre Freiheit zu verlieren – die Freiheit, einfach mal kurz entschlossen übers Wochenende zu verreisen oder auch nur am Abend ohne Vorausplanung ins

Kino zu gehen. Und dann war da noch die Angst, dass sie ein Problemkind bekommen könnten, das die Möbel kaputtmachen oder zündeln würde. Er hätte mit diesen Gründen ewig so weitermachen können, aber er wusste, dass diese Gefahren auch Laura bewusst waren und sie trotzdem nicht die geringste Angst hatte. »Es ist einfach eine einschneidende Entscheidung«, sagte er und spürte, wie lahm das klang.

Die Worte seiner Mutter gingen ihm durch den Kopf: *Man kann kein halbes Kind aufnehmen. Entweder du bist mit dabei oder eben nicht. Laura war immer für dich da. Möchtest du denn nicht, dass sie glücklich ist?* Doch, er wollte wirklich, dass Laura glücklich war.

»Natürlich ist es eine einschneidende Entscheidung«, gab sie zurück. »Aber es ist keine schwierige Entscheidung. Schau mal …« Jetzt war ihr Gesicht über ihm, denn sie hatte sich auf den Ellbogen gestützt. »Ich will es dir erklären. Als ich jung war, hatte ich Träume, und ich hatte das Glück, dass die meisten sich erfüllt haben. Ich bin Künstlerin, habe einen wunderbaren Mann und ein sehr schönes Haus. Aber ich hatte mir außerdem immer vorgestellt, ich würde einmal Kinder bekommen. Es hat mir das Herz gebrochen, als ich begreifen musste, dass ich niemals schwanger werden würde, aber ich habe gelernt, es zu akzeptieren. Dann hast du eine Leihmutterschaft ausgeschlossen, und ich kann deine Argumentation nachvollziehen. Die Adoption eines Neugeborenen kann wiederum Jahre dauern, und die Frau, mit der ich am Telefon geredet habe, sagte, die meisten leiblichen Eltern ziehen Paare vor, die erst in den Zwanzigern oder Dreißigern sind.« Sie seufzte. »Und wir haben viel Geld für den Hausbau ausgegeben, deinen Traum.« Er wollte etwas einwenden, doch sie legte ihm den Finger über die Lippen. »Moment noch. Lass mich ausreden. Ja, natürlich habe ich mich auch über den Hausbau gefreut, und ich bin auch froh, dass ich zu Hause bleiben und meine Kunst machen kann. Ich wollte damit zufrieden sein, aber letzten Endes brauche ich mehr. Ich habe es wirklich versucht, aber ich bin jetzt fünfundvierzig und werde jede Minute älter. Ich kann mir einfach nicht vorstellen, dass mein Leben von Anfang bis Ende vergeht, ohne dass ich jemals ein Kind betreuen und lieben durfte. Ich denke schon lange darüber nach und habe alles gelesen, was ich über Pflegeelternschaft und Pflegekinder finden konnte. Manchmal träume ich von Kindern, und wenn ich dann aufwache, habe ich das Gefühl, als wäre mir etwas weggenommen worden.«

Sie hielt inne, und er sagte: »Das tut mir leid.«

»Aber schau mal, das ist es ja gerade. Ich möchte kein Mitgefühl von dir. Sondern es geht mir darum, dir zu sagen, dass es sich für mich wie der logische nächste Schritt anfühlt. Ich glaube wirklich, dass das meine Berufung im Leben ist. Es gibt da draußen Kinder, die Eltern und ein liebevolles Zuhause brauchen, und wir beide haben so viel zu geben. Ich habe sehr viel Liebe im Herzen, Paul.« Lauras Stimme bebte vor Leidenschaft. »Ich muss es machen, aber wie schon gesagt, ich kann es nicht ohne dich tun.«

Seine Mutter hatte ihm gesagt, er solle ein Zeichen abwarten, und erklärt, dass es sich dabei nicht immer um ein sichtbares, reales Zeichen handelte. Manchmal war es einfach nur eine leise Stimme, die einem die richtige Richtung wies. Er hatte auf ein Zeichen gewartet, und es hatte sich nicht eingestellt, zumindest noch nicht, doch offensichtlich hatte Laura ihr eigenes Zeichen bereits erhalten, und das genügte ihm.

»Okay, wir machen es«, sagte er.

»Wirklich?« Sie küsste ihn überglücklich auf die Wange. »Ist es dir wirklich ernst damit?«

»Absolut. Du hast mich noch nie in eine falsche Richtung gelenkt. Ich bin mit dabei.«

»Danke, Paul. Ich bin so glücklich.« Sie küsste ihn erneut, und ihre Lippen verweilten zärtlich auf seiner Wange. »Du bist der Beste.«

»Nur noch eines – das könnte bedeuten, dass wir nächsten Sommer nicht nach Spanien fliegen können.«

»Kein Problem. Die Reise nach Spanien ist mir nicht besonders wichtig. Das war einfach nur als Zeitvertreib gedacht.«

33

Joanne hatte das Gefühl, dass es vielleicht keine kluge Entscheidung war, Logan bei sich übernachten zu lassen, aber ohne Telefon konnte sie die Polizei nicht anrufen, und außerdem war das Kind klatschnass und schmutzig, und das konnte ja nicht so bleiben. Ihn ins Auto zu setzen und mit ihm zur Polizei zu fahren, kam nicht infrage. Sie sah nachts so schlecht, und durch den Regen wäre es noch schlimmer. Wegen etwas, das auch bis morgen warten konnte, würde sie nicht ihrer beider Leben riskieren. Außerdem schien die Vorstellung Logan zu widerstreben, und sie konnte ihn ja nicht mit Gewalt ins Auto zerren. Selbst ein magerer Neunjähriger dürfte stärker sein als sie.

Als das Licht ausging, hatte Joanne Kerzen geholt und ihre Taschenlampen hervorgekramt und außerdem noch ihre Akku-Laterne. In der Küche verbreiteten die flackernden Flammen ein gemütliches Licht. Sie hatte im Laufe der Jahre hier im Haus schon viele Stromausfälle erlebt, und ihre Dauer war unterschiedlich gewesen. Sie reichte von zehn Minuten bis zu einem halben Tag. Wie es diesmal sein würde, ließ sich nicht vorhersagen. Man konnte es einfach nicht wissen. »Hör mal«, sagte sie zu Logan. »Am besten wäschst du dich jetzt und ziehst danach etwas Trockenes an. Falls der Strom dann immer noch ausgefallen ist, kannst du in meinem Gästezimmer übernachten, und wir reden morgen früh darüber, was wir als Nächstes unternehmen. Einverstanden?«

In seinem Gesicht zeichnete sich Erleichterung ab, und er nickte begeistert. Sie zeigte ihm das Bad. »Du hast Glück«, sagte sie. »Die Wanne ist schon voll mit sauberem Wasser, eigens für dich.« Es erschien ihr nicht nötig, ihm zu sagen, dass sie das Wasser für sich selbst eingelassen hatte. Jetzt machte es keinen Unterschied mehr.

Während er in seinen dreckigen, nassen Sachen dastand und wartete, stellte sie die elektrische Laterne neben dem Waschbecken auf die Ablage und legte ein großes Badetuch für ihn bereit. Sie bat ihn, sich bei der Seife und dem Shampoo großzügig zu bedienen, und holte eine neue, noch verpackte Zahnbürste heraus, die sie neben der Zahnpasta für ihn auf die Ablage legte. »Während du badest, suche ich ein paar trockene Kleidungsstücke für dich zusammen. In einem Weilchen komme ich wieder und schaue nach dir, okay?«

Er nickte bejahend, und sie ließ ihn allein, da ihr klar war, dass ein Neunjähriger keine Hilfe beim Baden brauchte. Im Gegenteil, ihre Anwesenheit wäre zudringlich gewesen. Wieder fragte sie sich, ob es die richtige Entscheidung war, ihn über Nacht bleiben zu lassen, aber es ging ja nur um ein paar Stunden, und etwas anderes hätte sie auch gar nicht tun können. Mit einer Ausnahme. Sie legte die Hand an die Stirn, denn plötzlich fiel ihr ein, dass sie den Jungen auch zu Paul und Laura hätte bringen können. Vielleicht hätte deren Handy Empfang gehabt, oder sie hätten Logan zur Polizeiwache fahren können.

Aber sie wollte ihn nicht einfach irgendwo abladen. Obgleich er erst ganz kurz bei ihr im Haus war, empfand sie doch eine gewisse Verantwortung für ihn. Was für ein eigenartiges Kind. Er war vor ihr zusammengezuckt, als wäre er sich sicher gewesen, dass sie ihn schlagen würde. Und sein Gesicht beim Verzehr des Käsetoasts war ein Bild für die Götter gewesen. Als verspeiste er ein Gourmet-Menü im besten Restaurant der Welt. Es hatte nur noch gefehlt, dass er sich die Fingerspitzen küsste. Wie oft sah man das, ein Kind, das etwas so Alltägliches so nachdrücklich zu würdigen wusste? Und hatte sie sich das nur eingebildet, oder hatte er sich tatsächlich riesig gefreut, in die Badewanne steigen zu dürfen? Als sie ihm Zahnpasta, Seife und Shampoo zeigte, hatte er glücklich gestrahlt. Mütterliche Gefühle erwachten in ihr, und sie fragte sich, was dieses Kind wohl durchgemacht hatte. Sie hätte ihn gern umarmt und ihm gesagt, dass alles gut werden würde, aber er war nicht ihr Kind. Es war nicht an ihr, ihn zu umarmen, und sie war sich auch nicht recht sicher, ob für ihn wirklich alles gut werden würde. Doch zumindest in dieser Nacht war er gut aufgehoben, satt und mit trockenen Sachen bekleidet. Sie hoffte nur, dass sie nicht seine Rückkehr zu liebevollen Eltern verzögerte, die sich furchtbare Sorgen um ihn machten. Doch irgendwie bezweifelte sie das.

In ihrem Schlafzimmer stöberte sie eine kurze Jogginghose auf, die ihre Enkeltochter bei ihrem letzten Besuch vergessen hatte. Sie würde zwar zu groß für ihn sein, aber zum Schlafen würde es gehen. Außerdem fand sie noch ein T-Shirt, das sie einmal bei einer Tombola der Kirchengemeinde gewonnen hatte. Es war ein einfaches weißes T-Shirt für Männer, Größe M und vorn mit dem Kopf eines Pandabären bedruckt. Nach dem Kirchenfest hatte sie es zu Hause anprobiert, war aber rasch zu dem Schluss gelangt, dass ein Männer-T-Shirt mit Panda-Aufdruck ihr weder stand noch richtig passte. Außerdem war der Stoff billig und dünn. Es war ihr ein Rätsel, warum sie es nie bei einer Kleidersammlung gespendet hatte, aber wie sich nun herausstellte, war es gut so, denn so hatte sie etwas zum

Anziehen für den Jungen. Es war brandneu und würde ihm zu groß sein, doch das spielte keine Rolle.

Mithilfe der Taschenlampe kehrte sie mit den Kleidungsstücken zum Bad zurück. Sie klopfte einmal kurz an und drückte dann die Türklinke herunter. Da die Tür nicht abgeschlossen war, öffnete sie sie kurz, um schnell die Kleider auf die Ablage zu legen. »Logan, ich …«

Er lag nicht mehr im Wasser, wie sie angenommen hatte. Der Strahl ihrer Taschenlampe erwischte ihn außerhalb der Badewanne. Er hatte sich das Badetuch um die Hüften geschlungen und griff gerade mit der Hand in die Wanne, um den Stöpsel herauszuziehen. Beim Klang ihrer Stimme drehte er sich um, doch da hatte sie schon seinen Rücken gesehen. Er war schmal, und die Haut war kreuz und quer von roten Striemen überzogen, als wäre er ausgepeitscht worden. Seine Schulterblätter standen erschreckend hervor, mager und spitz. »Ich lege dir nur schnell etwas zum Anziehen hin«, sagte sie rasch und ließ die Kleidung auf den Boden fallen. Als sie die Tür geschlossen hatte, fügte sie hinzu: »Gib mir gleich deine nassen Sachen, dann hänge ich sie zum Trocknen im Wäscheraum auf.«

Sie blieb ungläubig vor der Tür stehen. Konnte etwas anderes als schlimme Misshandlung diese Art von Narben zurückgelassen haben? Sie wollte an eine weniger schreckliche Erklärung glauben, doch tief in ihrem Inneren kannte sie die Wahrheit. Jemand hatte diesem lieben kleinen Jungen die Seele aus dem Leib geprügelt. Kein Wunder, dass er nicht nach Hause zurückwollte. Mit den Fingerspitzen wischte sie sich die Tränen aus den Augen, denn sie wollte nicht, dass er sie weinen sah. Wenn sie ihn beschämte, machte das die Dinge nicht besser.

Als er schließlich schüchtern ins Wohnzimmer trat, seine nassen Klamotten in der Hand, war es Joanne schon wieder gelungen, sich zusammenzureißen. Er folgte ihr auf dem Weg in die Waschküche, wo sie seine Kleider zum Trocknen aufhängte, und war ihr auch dicht auf den Fersen, als sie sich im Gästezimmer vergewisserte, ob dort alles Notwendige für ihn bereitlag. Da der Hund nicht allein zurückbleiben wollte, kam er ebenfalls mit und bildete das Schlusslicht. Im Gästezimmer ging Joanne herum, ließ die Jalousie herunter und schüttelte das Kopfkissen auf. »Ich lege dir die Taschenlampe hier hin«, sagte sie und tippte auf den Nachttisch. »Dann kannst du sie dir nehmen, falls du sie brauchst. Und Samson kann neben dir auf dem Boden schlafen. Er wird dich beschützen.« Sie verschwieg ihm, dass Samson sie wecken würde, sollte Logan versuchen, mitten in der Nacht aus dem Haus zu schlüpfen. Sie hatte zwar beide Türen abgeschlossen, und an der Haustür war innen eine Sicherheitskette vorgelegt, aber ein intelligenter Junge wüsste sich zu helfen und könnte in kürzester Zeit nach draußen gelangen.

Logan, der mit baumelnden Beinen auf der Bettkante saß, nickte.

»Es ist vielleicht noch ein bisschen zu früh zum Schlafengehen, aber ohne Strom haben wir kein Licht, und es war wohl auch ein anstrengender Tag für uns beide. Würde es dir etwas ausmachen, jetzt schon zu Bett zu gehen?«, fragte sie.

Statt einer Antwort schlüpfte Logan unter das Laken und die leichte Decke. Sie beugte sich spontan über ihn und deckte ihn zu. »Träum was Schönes, Logan. Falls wir morgen wieder Strom haben, backe ich dir Pfannkuchen. Magst du die?« Zur Antwort hob er den Daumen und lächelte sie an. Sie schaltete ihre Taschenlampe aus und verließ das Zimmer, ließ die Tür aber offen stehen.

Als sie eine halbe Stunde später nach ihm schaute, schlief er tief und fest. Ein Arm hing über die Bettkante herab, und seine Finger ruhten auf Samsons Rücken.

34

In der Toilette des Minimarkts wechselte Grandma Nan ihre verschmutzte Bluse gegen ein T-Shirt aus, das sie sich an einem Drehständer im Laden ausgesucht hatte, wusch sich den blutigen Ellbogen, legte eine Kompresse darauf und klebte sie mit Heftpflaster fest. Mallick's Gas and Go war anscheinend für die meisten kleineren Notfälle ausgerüstet. Mr Mallick hatte eine Bezahlung ablehnen wollen, aber als sie darauf bestand, rechnete er an der Kasse ab. Vorher steckte er aber noch ein paar Schokoriegel und eine Flasche Wasser in eine Tüte und sagte: »Heute haben wir ein Sonderangebot. Wer ein T-Shirt kauft, bekommt ein paar Süßigkeiten gratis.«

Während sie noch damit beschäftigt war, ihren Ellbogen zu verarzten, hörte sie einen furchtbaren Donnerschlag, und im selben Moment ging das Licht aus. Doch bevor sie bei der Toilettentür ankam und sie öffnen konnte, leuchtete das Licht wieder auf. Gleichzeitig sprang irgendwo hinten im Laden eine Maschine brummend an. Als sie schließlich hinaustrat, sagte Mr Mallick: »So, jetzt wissen wir immerhin, dass das Notstromaggregat noch funktioniert.«

»Sind solche schrecklichen Unwetter hier häufig?«, fragte sie.

»Nicht gerade häufig, aber sie kommen vor«, antwortete er. »Am schlimmsten ist es, wenn Bäume umfallen. Die können eine Menge Schaden anrichten.«

»An den Stromleitungen?«

»Ja, und auch an den Gebäuden. Letztes Jahr ist bei meinem Haus ein Baum entwurzelt worden und auf die Garage gefallen. Er hat das Dach ruiniert. Es war das erste Mal, dass wir unsere Versicherung in Anspruch nehmen mussten.« Beim Lächeln blitzten seine ebenmäßigen weißen Zähne auf.

»Und hoffentlich auch das letzte Mal.«

»Vielleicht. Aber es ist gut, versichert zu sein. Man weiß nie, ob nicht etwas passiert.«

Es kam Grandma Nan eigenartig vor, sich über diese Dinge zu unterhalten, nachdem der Mann, der einmal versprochen hatte, ihre Tochter zu lieben, zu achten und zu ehren, sie angegriffen und die Reifen ihres Wagens aufgeschlitzt hatte. Aber hielten das nicht alle Leute so – wenn jemand zu schockiert für ein richtiges Gespräch war, machte er Small Talk.

Als der Deputy Sheriff eintraf, begrüßte er Mr Mallick, als wären sie alte Freunde, und das waren sie auch, wie sich herausstellte. Die beiden kannten einander seit ihrer Kindheit.

»Scott hat im Football-Team unserer Highschool als Verteidiger gespielt«, erzählte Mr Mallick und schlug Scott auf die Schulter. Grandma Nan verstand nicht viel von Football, aber nach Scotts beeindruckenden Körpermaßen zu schließen, musste er einen gehörigen Anteil daran gehabt haben, dass der Ball in die richtige Richtung ging.

Sie beantwortete jede seiner Fragen, und er machte sich reichlich Notizen. Drei Mal lehnte sie seinen Vorschlag ab, ins Krankenhaus zu gehen. »Sie sind vielleicht schwerer verletzt, als Ihnen bewusst ist«, sagte Scott. »Sie sollten sich untersuchen lassen.«

»Mir geht es gut«, erwiderte sie.

Mr Mallick bezeugte ihre Aussage, dass Robert auf sie losgegangen war, und ging mit den beiden in sein Büro, wo sie sich die Aufnahmen der Überwachungskamera ansahen. Sie waren schwarz-weiß und ein wenig körnig, genügten aber, um Grandma Nans Behauptungen zu belegen. »Wirklich schade, dass man das Nummernschild nicht erkennt«, sagte Scott, der über Mr Mallicks Schulter auf den Bildschirm schaute.

»Ich erinnere mich daran«, erwiderte Mr Mallick und rasselte die Zeichenkombination so mühelos herunter, als wäre es sein eigenes Kennzeichen. »Es war ein Nummernschild aus Illinois«, fügte er hinzu. Selbst Scott wirkte beeindruckt. Zur Erklärung wandte Mr Mallick sich Grandma Nan zu und sagte: »Als Besitzer einer Tankstelle achtet man auf solche Dinge wie Autokennzeichen.«

Scott fotografierte das Bild ab, das Grandma Nan von Logan besaß, und notierte auch alle anderen relevanten Informationen. »Ich schicke das weiter, und wegen des vermissten Kindes müssen wir uns mit der Polizei von Chicago kurzschließen«, sagte er.

»Wie lange dauert das?«, fragte sie.

»Länger, als mir lieb ist«, erwiderte Scott mit einem mitfühlenden Lächeln. »Alles läuft nach Vorschrift. Aber solange Aussicht auf Erfolg besteht, erhalten Fälle verschwundener Kinder oberste Priorität.«

Die beiden Männer unterhielten sich leise, und Mr Mallick erzählte Scott alles, was er von Logans Auftauchen im Laden in Erinnerung hatte. »Am ersten Tag hat er, glaube ich, ein Sandwich gekauft.« Er räusperte sich. »Und heute Vormittag Bananen, drei Stück. Ein sehr höflicher Junge, der geduldig in der Schlange gewartet hat, bis er an der Reihe war.« Das war an Grandma Nan gerichtet. »Und später am Tag ist er noch einmal zurückgekommen, hat aber nichts gekauft. Er ist einfach nur auf die Toilette gegangen. Als er herauskam, war sein Haar feucht, als hätte er es über dem Waschbecken gewaschen. Aber vielleicht ist er auch schon mit nassen Haaren hereingekommen? Ich bin mir nicht sicher.«

»Falls es da schon geregnet hat, würde das die nassen Haare erklären«, sagte sie.

»Es war vor dem Regen.«

Scott blickte nicht von seinem Notizblock auf. Er schrieb einfach mit. »Und er war immer ganz allein?«

»Ja.«

»Könnte nicht draußen jemand auf ihn gewartet haben?«

»Alles ist möglich, aber ich glaube es nicht«, sagte Mr Mallick. »Er kam mir sehr einsam vor.«

Die Worte »sehr einsam« trafen Grandma Nan wie ein Fausthieb. Draußen prasselte der Regen auf die Überdachung der Zapfsäulen und strömte in Sturzbächen an den Seiten herunter. Wie sollte ein kleiner Junge bei diesem Wetter draußen zurechtkommen? Schlimmer noch, was, wenn jemand sich seiner bemächtigt hatte? Falls dieser Mensch böse war, könnte Logan genau in diesem Moment in einem Keller gefangen gehalten oder sogar gefoltert werden, sie drei aber standen hier nur herum und taten nichts. Bei dieser Vorstellung hätte sie am liebsten laut geschrien. Sie musste aufhören, sich das Schlimmste auszumalen, sonst würde sie noch durchdrehen.

Mit einem tiefen Atemzug rief sie sich die positiven Aspekte der Situation in Erinnerung. Logan war erst kürzlich noch gesehen worden. Mr Mallick hatte gesagt, er habe die Bananen heute gekauft, am Verhungern war er also nicht. Außerdem sah es so aus, als wäre er unbegleitet. Er war ein intelligenter Junge, der sich zu helfen wusste. Sie würden ihn finden, es würde ihm gut gehen, und alles wäre in Ordnung.

Scott zog nun einen Stuhl heran, und die beiden Männer gingen die Kameraaufzeichnungen der drei Tage durch, an denen Logan im Gas and Go aufgetaucht war. Sie schauten sich sowohl das Material der Innenkamera an, die auf die Theke gerichtet war, als auch der Außenkamera, die die Zapfsäulen abdeckte. Im Fernsehkrimi geht so etwas immer blitzschnell, aber tatsächlich war es ein mühseliger Prozess mit Vor- und Zurückspulen auf der Suche nach einem unauffälligen kleinen Jungen, der sich nur um seinen eigenen Kram kümmerte. Als sie ihn beim Kauf eines Sandwichs und einer kleinen Tüte Chips entdeckten, schwoll Grandma Nans Herz vor Freude an, und dieses Glück nahm noch zu, als sie die Stelle mit seinem Bananenkauf am Morgen fanden und zu den Sekunden kamen, in denen er den Laden am Nachmittag an der Theke vorbei verlassen hatte. Sein Haar war feucht, genau wie Mr Mallick es gesagt hatte, aber der Wirbel am Hinterkopf war unverkennbar. Grandma Nan war ihm oft mit dem Finger nachgefahren, und so Gott wollte, würde sie es auch wieder tun, wenn Logan gefunden war.

Da sie nun die genauen Zeiten von Logans Erscheinen im Laden kannten, fanden der Deputy Sheriff und der Tankstellenbesitzer die Aufzeichnungen der Außenkamera über Logans Kommen und Gehen schneller. »Da ist er«, sagte Mr Mallick an einer bestimmten Stelle und deutete mit dem Finger auf den Bildschirm. »Und es sieht nicht so aus, als wäre er mit jemandem zusammen.«

»Könnte nicht jemand außerhalb des Sichtbereichs der Kamera im Auto auf ihn warten?«, überlegte Grandma Nan laut. Ein Krimineller wäre sicherlich zu klug, sich von einer Überwachungskamera erfassen zu lassen.

»Es sieht nicht so aus«, entgegnete Scott. »Sehen Sie, wie ziellos er herumschlendert?« Mit dem Finger zeichnete er Logans Bewegungen über den Bildschirm nach. »Er schaut sich nach niemandem um, und eilig scheint er es auch nicht zu haben. Möglich ist alles, aber ich würde tippen, dass er allein ist.«

Sie spielten die Stellen noch einmal ab und bemerkten, dass Logan an allen drei Tagen dieselbe Kleidung trug. »Schauen Sie, da«, sagte Mr Mallick und deutete auf etwas. »Sehen Sie das Klebeband um seinen Schuh? Darum ist sein Gang ein bisschen eigenartig. Das Klebeband ist mir sofort aufgefallen.«

Ihnen ist ein Kind aufgefallen, das allein unterwegs und wie ein Landstreicher angezogen war, und trotzdem haben Sie nichts unternommen, dachte Grandma Nan. Gleich darauf wischte sie ihre Erbitterung mit einem schlechten Gewissen beiseite. Dieser Mann hatte keine Ahnung gehabt, dass Logan allein in der Fremde war. Und er half ihr ja jetzt. Sie musste davon ausgehen, dass er Logan angesprochen und für Hilfe gesorgt hätte, wenn ihm die Situation klar gewesen wäre. Es war nicht seine Schuld. Er hatte es nicht wissen können.

Es munterte sie auf, die an diesem Tag entstandenen Aufnahmen Logans zu betrachten. Sie waren der Beweis, dass er lebte und wohlauf war. Und er war allein und zu Fuß unterwegs. Er konnte nicht allzu weit gewandert sein, also musste er sich ganz in der Nähe aufhalten. Sie stellte sich vor, sie würde der Landstraße folgen und nach ihm rufen. Sollte er sich versteckt halten und ihre Stimme hören, würde er mit Sicherheit herauskommen.

»Wir brauchen diese Aufnahmen«, sagte Scott, nachdem sie sich jede einzelne Sekunde, während derer Logan zu sehen war, mehrere Male angesehen hatten.

»Natürlich«, antwortete Mr Mallick.

Wie Scott vorhin erklärt hatte, wurde alles vorschriftsgemäß in die Wege geleitet. Er rief im Büro des Sheriffs an, gab einer Frau namens Amanda alle Informationen weiter, die er sich aufgeschrieben hatte, und erläuterte, was er auf den Aufnahmen der Überwachungskamera gesehen hatte. »Ich schicke dir gleich noch die Dateien«, sagte er. »Schreib den Vater des Jungen zur Fahndung aus. Er hat im Gas and Go die Großmutter mütterlicherseits angegriffen und an ihrem Auto einen Reifen aufgeschlitzt. Wir haben einen Zeugen und einen Kamerabeweis für diese Tat. Er ist mit einem Messer bewaffnet, vermutlich ein Jagdmesser, und soll betrunken sein.« Er rasselte Marke und Modell von Roberts Auto herunter und nannte das Kennzeichen. Danach hörte er eine Weile zu und sagte dann: »Ja, das habe ich auch gedacht. Ich fahre hier noch eine kleine Runde, und dann komme ich und helfe beim Koordinieren. Nein, ich weiß. Das gehört zum Job.« Er unterdrückte ein Gähnen.

Als er das Gespräch beendet hatte, fragte Grandma Nan: »Ihre Schicht ist jetzt fast vorbei?«

»Anfang und Ende meiner Schichten sind nicht so genau festgelegt«, antwortete er. »Je nachdem, was los ist, stecke ich manchmal auch ein bisschen mehr Zeit rein.« Als er ihr Gesicht sah, fuhr er fort: »Machen Sie sich wegen meiner Überstunden keine Sorgen. Es stört mich nicht, ein bisschen länger zu arbeiten. Wir müssen Ihren Enkelsohn finden.«

»Ja, das will ich wirklich.«

»Ich glaube nicht, dass Sie heute noch jemanden herbekommen, der ihr Auto abschleppt«, fuhr er fort. »Das nächste Hotel liegt etwa neun Meilen von hier entfernt. Ich bringe Sie gern dorthin.«

»Aber ich möchte hierbleiben, für den Fall, dass Logan noch einmal herkommt.« Sie warf einen Blick zur Tür, als könnte sie damit sein Auftauchen erzwingen, doch das war natürlich einfach nur Wunschdenken.

»In allen drei Fällen ist er tagsüber gekommen«, wandte Scott ein. Er deutete zum Fenster. »Bei diesem Wetter wird er sich nicht allzu weit von dort wegbewegen, wo er sich gerade aufhält, wo auch immer das sein mag. Sie sollten sich ausschlafen und uns unsere Arbeit machen lassen. Wir rufen Sie an, falls wir irgendetwas hören. Versprochen.«

Mr Mallick pflichtete ihm bei. »Um dreiundzwanzig Uhr schließe ich hier ohnehin, dann müssten Sie also gehen. Da können Sie ebenso gut Scotts Angebot annehmen.«

Sie schüttelte den Kopf. »Aber wie komme ich dann morgen früh wieder hierher zurück? Einen Taxidienst gibt es hier wohl nicht, oder? Und ich habe keine Taxi-App auf meinem Handy und wüsste auch gar nicht, wie man die benutzt …«

»Morgen früh rufen Sie mich einfach an«, erklärte Mr Mallick nachdrücklich. »Dann komme ich und hole Sie ab, oder jemand aus meiner Familie tut es.«

»Oh nein, sie haben schon so viel für mich getan. Ich kann wirklich nicht …« Nan brach ab, denn sie begriff plötzlich, dass sie keine Alternative hatte. »Danke. Ich nehme beide Angebote gern an.«

35

Deputy Sheriff Scott hatte noch nicht einmal den Schlüssel ins Zündschloss gesteckt, da sagte Grandma Nan: »Bitte, wenn es Ihnen recht ist, ich möchte jetzt noch nicht gleich ins Hotel.« Er warf ihr einen verwunderten Blick zu und fragte sich wahrscheinlich, was jetzt schon wieder los war. Er hatte bereits auf sie gewartet, während Mr Mallick im Hotel anrief, um ein Zimmer für sie zu reservieren. Dabei war ihr seine Ungeduld an der Art aufgefallen, wie er mit dem Bein zappelte, als würde das die Sache beschleunigen. Da sie ihn nicht noch zusätzlich aufhalten wollte, nahm sie ihr Gepäck eilig aus dem Kofferraum und ihren Taschenschirm aus dem Handschuhfach. Es war ihr unangenehm, ihm zur Last zu fallen, und sie hätte ihn nicht noch um einen weiteren Gefallen gebeten, wäre es ihr nicht um Logan gegangen.

»Wo wollen Sie denn noch hin?«, fragte er, ließ den Motor an und stellte die Scheibenwischer auf Hochtouren, sodass sie wie rasend über die Scheibe fegten.

»Ich bitte Sie nicht gern darum, weil Sie schon so viel für mich tun und mich zum Hotel bringen und Logan suchen. Ich merke, dass sie ein sehr fürsorglicher Mann sind, und dafür bin ich Ihnen dankbarer, als ich sagen kann, aber ...«

»Jetzt fragen Sie schon«, unterbrach er sie. »Sagen Sie es einfach.« Er wandte sich ihr zu und beobachtete kurz, wie sie umständlich mit dem Sicherheitsgurt hantierte. Dann griff er zu, nahm ihr die Schnalle aus der Hand und ließ sie einrasten. Klick. Zack, fertig.

»Das hätte ich schon noch geschafft«, protestierte sie.

»Es war nur ein Handgriff. Jetzt sagen Sie schon, worum Sie mich bitten wollen.«

»Ich habe gehört, wie Sie eben Ihrer Kollegin am Telefon angekündigt haben, dass Sie noch eine kleine Runde fahren, bevor Sie zum Hauptquartier zurückkehren, oder wie auch immer Sie das nennen. Vermute ich richtig, dass Sie noch ein wenig hier in der Gegend herumfahren und Logan suchen wollen?«

»Unter anderem, ja.«

»Dann möchte ich Sie begleiten. Zwei Paar Augen sehen mehr als eines. Ich kann Ihnen bei der Suche helfen.«

»Mrs Shaw.«

»Nennen Sie mich doch bitte Nan.«

»Okay, Nan.« Er seufzte. »Ich verstehe, worum es Ihnen geht, wirklich, aber normalerweise werden im Streifenwagen keine Bürger mitgenommen. Ich suche ja nicht nur nach Logan. Ich fahre Streife und muss jederzeit auf einen Notruf reagieren können. Möglicherweise meldet jemand während der Fahrt ein Verbrechen oder etwas Verdächtiges, und in diesem Fall muss ich dorthin. Außerdem werde ich Ausschau nach Ihrem Schwiegersohn halten, der bewaffnet und potenziell gefährlich ist. Ich möchte Sie nicht in Gefahr bringen, und wie schon gesagt, sobald ich etwas höre, rufe ich Sie auf Ihrem Handy an. Versprochen.«

Langer Rede kurzer Sinn, er lehnte ab. »Wenn Sie in diesem Wagen normalerweise keine Bürger mitnehmen, warum haben

Sie mir dann angeboten, mich zum Hotel zu fahren?«, überlegte sie laut.

»Ich habe auch eine Großmutter. Und würde mir wünschen, dass ihr ebenfalls jemand hilft, wenn sie in der Klemme steckt.«

Der Regen klatschte gegen die Windschutzscheibe, als kippte jemand kübelweise Wasser darüber aus. In der Ferne zuckte ein Blitz über den Himmel. Würde dieses Unwetter denn niemals aufhören?

Sie ergriff seinen Arm und drückte ihn, um wirklich seine Aufmerksamkeit zu bekommen. »Ich flehe Sie als Großmutter an, mich bitte mitzunehmen, wenn Sie Logan suchen. Ich weiß, dass er kommen würde, wenn er mich aus dem Fenster rufen hörte. Ich kenne meinen Enkelsohn und bin mir ziemlich sicher, dass er sich vor einem Polizeiauto verstecken würde. Logan geht jedem Ärger mit Autoritäten aus dem Weg.«

»Ich würde Ihnen gern helfen, und es liegt auch nicht daran, dass ich Ihre Anwesenheit als störend empfände. Es ist eine Sicherheitsfrage, verstehen Sie? Die Bestimmung dient Ihrem eigenen Schutz.«

»Ich übernehme die volle Verantwortung für meine Sicherheit«, entgegnete sie. »Sie haften für nichts. Versprochen.«

»Sollten Sie verletzt oder getötet werden, ist dieses Versprechen ohne Bedeutung. Dann ist es meine Schuld. Und ich würde dann nicht nur großen Ärger bekommen, sondern hätte auch Schuldgefühle, weil Ihnen etwas zugestoßen ist.«

»Dann verspreche ich Ihnen, dass ich nicht verletzt oder getötet werde.«

Er trommelte auf eine Weise mit den Fingern auf dem Steuerrad herum, die den Eindruck erweckte, dass er trotz seiner Worte über ihr Ansinnen nachdachte. »Sie werden nicht lockerlassen, oder?«

»Nein. Nicht bis Logan gefunden ist.«

»Aber Sie begreifen das Risiko? Ihr Schwiegersohn ist psychisch äußerst labil. Er hegt einen Groll gegen Sie und hat Sie heute Abend schon einmal angegriffen.«

»Ich befinde mich in Gesellschaft eines großen, starken Mannes, der zudem noch bewaffnet ist. Ist mehr Schutz überhaupt möglich?«

Das brachte ihn zum Lachen, und da wusste sie, dass sie gewonnen hatte. Er würde sie mitfahren lassen. Er schaltete den Funk ein, um der Zentrale die Planänderung mitzuteilen, und gab seinen derzeitigen Meilenstand durch. Nach dem Ausschalten des Geräts wandte er sich wieder Grandma Nan zu: »Nur eine Viertelstunde, und Sie müssen sich exakt an das halten, was ich Ihnen sage«, erklärte er. »Wenn ich Ihnen befehle, im Wagen zu bleiben, tun Sie das. Ohne zu diskutieren.«

»Natürlich«, antwortete sie überkorrekt und drückte ihre Handtasche an sich. »Ich bin einfach nur eine Großmutter. Was sollte ich denn sonst tun?«

»Hmm.« Er lenkte den Wagen vom Stellplatz und schlug den Weg zur Landstraße ein. »Ich glaube, das süße alte Großmütterchen können Sie sich abschminken. Sie haben eindeutig mehr auf dem Kasten, als sie freiwillig durchblicken lassen.«

Sie fuhren schweigend über die Landstraße, auf beiden Seiten von Dunkelheit umschlossen. »Ich muss Ihnen etwas beichten.« Seit der Begegnung mit Robert im Minimarkt plagte sie aus einem bestimmten Grund das schlechte Gewissen.

»Ja? Worum geht es?«

»Mein Schwiegersohn – Robert. Er ist betrunken, weil ich ihm in Chicago eine Flasche Whisky geschenkt habe. Ich wusste, dass er Alkoholiker ist, habe sie ihm aber trotzdem gegeben, um leichter aus ihm herauskitzeln zu können, wo Logan sich befindet. Vorhin, als er sich auf mich gestürzt hat, konnte ich den Whisky in seinem Atem riechen, und seine Augen waren blutunterlaufen. Er hat verwaschen gesprochen. Hoffentlich baut er jetzt keinen Autounfall, bei dem jemand ums Leben kommt. Das könnte ich mir niemals verzeihen.«

»Sie haben ihm also den Whisky geschenkt?«

»Ja.«

»Wussten Sie, dass er sich dann betrunken hinters Steuer setzen würde?«

»Nein. Wir befanden uns bei ihm zu Hause.«

»Haben Sie ihn mit vorgehaltener Waffe zum Trinken gezwungen?«, fragte Scott.

»Nein, natürlich nicht, aber ich weiß, dass er Alkoholiker ist, oder zumindest so gut wie. Jetzt denke ich, dass ich ihm mit dem Whisky ein gefährliches Geschenk gemacht habe, obwohl ich wusste, dass er die Sache nicht unter Kontrolle hat.«

Scott trommelte mit den Fingern auf dem Lenkrad herum. »Wenn Sie sich dadurch besser fühlen, spreche ich Sie von dieser ganz bestimmten Sünde frei. Einem Trinker eine Flasche Whisky zu schenken, war nicht gerade eine gute Idee, aber letztlich sind Sie nicht für das verantwortlich, was ein anderer Mensch tut. Ich denke, jeder hat genug damit zu tun, an sich selbst zu arbeiten. Erwachsene Menschen sind für sich selbst verantwortlich, nicht nur Sie, sondern auch die anderen. Machen Sie sich deswegen nicht fertig.«

»Danke, das war eine Hilfe«, erwiderte sie, und das schlechte Gewissen legte sich bereits ein wenig.

»Vermeiden Sie einfach, so etwas noch einmal zu tun.« Er hielt an einer Stoppstraße und fuhr wieder los.

»Hier scheinen überhaupt keine Menschen zu wohnen«, bemerkte sie, während sie suchend aus dem Fenster schaute.

»Das meiste hier ist Wald, mit ein paar Äckern und Wiesen dazwischen. Ein Stück weiter kommen ein paar Häuser, aber falls es noch keinen Strom gibt, werden wir sie kaum sehen können.«

»Ich bin wohl einfach an die Beleuchtung durch Straßenlaternen gewöhnt.« Ihr Gesicht war so dicht vor der Scheibe, dass sie von ihrem Atem beschlug. Sie wischte mit den Fingern ein Guckloch hinein. »Und Sie fahren so schnell.«

»Ich fahre viel langsamer, als man hier darf.«

Grandma Nan begriff jetzt, dass ihre Idee, gelegentlich anzuhalten und auszusteigen, um Logans Namen zu rufen, nicht funktionieren würde. Logan könnte überall sein, und wie groß war die Chance, dass er sie beim Brausen des Sturms hören würde? Und selbst wenn sie nach ihm riefe, wie lange würde sie auf seine Reaktion warten können? Außerdem tat der Deputy Sheriff ihr bereits einen Gefallen damit, dass er sie mitfahren ließ. Er würde mit Sicherheit nicht zulassen, dass sie ausstieg, und angesichts des Regens durfte sie auch nicht das Fenster öffnen. Sie wäre besser allein losgegangen, zu Fuß. Aber sie kannte die Gegend ja nicht, und es war dunkel. Niedergeschlagen fragte sie: »Wonach genau halten Sie Ausschau?«

»Nach einem grünen Ford mit einem Nummernschild aus Illinois. Und davon abgesehen nach allem, was ungewöhnlich ist.«

Sie fuhren weiter und konzentrierten sich auf das, was im Lichtstrahl der Scheinwerfer zu erkennen war. Die Straße schlängelte sich mit vielen Kurven voran. Einmal fuhren sie über eine Holzbrücke, deren Bohlen unter den Autoreifen laut rumpelten. Hier war das Wasserrauschen von unten sogar noch lauter als der von oben herabprasselnde Regen. Jetzt waren auch einige wenige Häuser zu erkennen, die hier und dort verstreut lagen. Kaum hatte Grandma Nan eines entdeckt, waren sie auch schon daran vorbei. Die meisten Häuser waren klein und niedrig, aber vor einem von ihnen war ein großes Boot in der Zufahrt geparkt. »Könnte Logan sich nicht in diesem Boot versteckt halten?«, fragte sie und blickte sich rasch danach um. »Das Boot in der Zufahrt dort?«

»Möglich. Sollen wir nachschauen?«

»Ja, das wäre schön.«

Scott wendete auf der Straße und bog in die Zufahrt ein. Er richtete den Scheinwerfer auf das Boot und schaltete das Blaulicht ein.

»Ist das wirklich nötig?«, fragte sie.

»Ja, unbedingt. Wenn man hier in der Gegend nachts in ein Grundstück eindringt, könnten die Leute zuerst schießen und dann fragen. Sie bleiben hier.«

Er ließ den Motor laufen und schlug die Tür hinter sich zu, als er in den Regen huschte. Das Boot war kleiner, als Grandma Nan anfangs geglaubt hatte – es war keine Jacht, sondern ein mit einer Persenning abgedecktes, großes Fischerboot. Als Scott unter die Plane spähte, ging die Haustür auf, und ein Mann mit Taschenlampe erschien im dunklen Rahmen.

Grandma Nan drehte die Scheibe einen Fingerbreit herunter und hörte den Mann rufen: »Scott, sind Sie das?«

Im Licht des Scheinwerfers sah sie Scott so deutlich, als wäre es Tag. Hoch aufgerichtet stand er im Regen. »Ja, ich suche einen verschwundenen Jungen. Einen Neunjährigen. Haben Sie ihn gesehen?«

Der Mann hatte niemanden gesehen, kam aber nach draußen und half Scott, die Plane anzuheben. Als sie sie wieder festmachten, begriff Nan, dass der Halt Zeitverschwendung gewesen war.

Der Mann deutete auf sein Haus. »Wissen Sie, wann es wieder Strom gibt?«

»Nein, keine Ahnung.«

Beide Männer eilten ins Trockene zurück, der Mann ins Haus und Scott zum Wagen. Als er sich hinters Steuer schob, brachte er die Nässe des Regens mit. Er warf einen Blick in den Rückspiegel und strich sich mit den Fingern durchs feuchte Haar. »Wie eine nasse Katze«, sagte er.

»Es tut mir leid«, erwiderte sie.

»Warum denn das? Sie können doch nichts für den Regen.«

»Sicher, aber es war meine Idee, im Boot nachzuschauen.«

»Der Gedanke war gut. Als Versteck für ein Kind wäre es genau richtig. Ich hätte selbst daran denken sollen.« Er schaltete das Blaulicht aus und fuhr rückwärts aus der Zufahrt. Sie hatte das Gefühl, dass er sie bald beim Hotel absetzen würde. Und in dem Wissen, dass Logan noch immer verschwunden war, würde sie die ganze Nacht nicht schlafen können.

36

Logan wusste nicht, wie lange er schon in Joannes Gästezimmer gelegen hatte, als er draußen ein metallisches Krachen hörte. Es war nicht laut genug, um ihn vollständig zu wecken, und er wäre sofort wieder eingeschlafen, hätte der Hund nicht reagiert. Doch der Lärm beunruhigte Samson anscheinend, und er stieß einen leisen Kläfflaut aus, stand auf und trottete aus dem Zimmer. Neugierig warf Logan die Bettdecke von sich, schnappte sich die Taschenlampe und folgte ihm.

Als er durch den Flur ins Wohnzimmer gelangt war, fand er den Hund am Fenster vor, den Kopf durch den Spalt im Vorhang geschoben. Zum ersten Mal seit dem Verlassen des Schlafzimmers bellte Samson. Ein kurzes, tiefes Blaffen, drei Mal. Logan schaltete die Taschenlampe aus, zog den Vorhang auf und drückte die Stirn an die Scheibe, um zu sehen, was den Hund beunruhigte. Sein Blick fiel auf zwei leuchtende Autoscheinwerfer unten an der Straße. Als Logans Augen sich an die Lichtverhältnisse gewöhnt hatten, sah er, dass ein Auto gegen Joannes Briefkasten gefahren war und jetzt im Graben lag.

Die Räder des Wagens drehten sich noch, doch sie fanden keinen Halt. Dennoch jagte der Fahrer den Motor hoch, als könnte er mit noch mehr PS eine einfache Wahrheit überwinden: Er steckte fest.

Als die Tür auf der Fahrerseite aufflog und ein Mann herauskrabbelte, der torkelnd um sein Gleichgewicht kämpfte und dann Halt fand, wurde Logan von eiskaltem Entsetzen gepackt. Es war sein Vater. Wie hatte er ihn gefunden? Sein Vater hielt sich an der Autotür fest und starrte auf das Haus, als ein Blitz über den Himmel zuckte und alles in gleißendes Licht tauchte. Für einen Sekundenbruchteil sah Logan ihn klar und deutlich aus der Dunkelheit hervortreten – die Sonnenbrille auf dem Kopf und einen Ausdruck betrunkenen Abscheus im Gesicht – und in diesem winzigen Moment erblickte auch sein Vater ihn, wie er hinter dem Fenster des Wohnzimmers stand.

Das Brüllen seiner Stimme übertönte den Sturm und drang durch die Fensterscheibe nach drinnen. »Logan!« Es gab nur einen einzigen Menschen, der seinen Namen mit so viel Wut aussprechen konnte, dass er wie ein Fluch klang. Logan sah entsetzt zu, wie sein Vater die Zufahrt hinaufschwankte. Instinktiv zog er sich seitlich ins Zimmer zurück, weg vom Fenster.

Als wäre es das Echo von Logans hämmerndem Herzen, begann Samson, pausenlos zu bellen. Ein ständiger Strom von Protesten und Warnungen, aber falls sein Vater den Hund hörte, schreckte der ihn nicht ab. Er kam die Einfahrt herauf, schwankend und torkelnd, aber wild entschlossen. Bei jedem Schritt, den sein Vater näher kam, wollte Logan wegrennen, doch eine lähmende Unentschlossenheit hielt ihn gepackt. Außerdem, wo sollte er hin?

»Logan! Komm sofort raus!«

Wie konnte sein Vater sich eigentlich so sicher sein, dass er es wirklich war?

»Logan!« Seine Stimme drang durch die Scheibe und übertönte Samsons Gebell, sie klang mehr als wütend. Der Vater war außer sich, und Logan wusste, dass das nun das Ende war. Alles war aus und vorbei. Gerade als es den Anschein gehabt hatte, dass sein Leben eine Wendung zum Besseren nehmen würde, wurde ihm wieder alles entrissen.

»Junge!« Wieder zuckte ein Blitz nieder, und in seinem Schein sah der Vater aus wie etwas nicht Menschliches, wie etwas, das der wütende Sturm geschaffen hatte.

Eine Hand ergriff Logans Schulter von hinten, und er fuhr zusammen, bevor er begriff, dass es Joanne war. Sie trug einen blauen Bademantel, dessen Gürtel vorn zusammengebunden war, hatte sich aber nicht um ihr Haar gekümmert, sodass es ihr ungebändigt ums Gesicht hing. »Ruhig, Samson.« Damit brachte sie den Hund zum Schweigen. »Was ist los?« Sie spähte aus dem Fenster.

»Logan, sofort raus mit dir, Junge! Du willst nicht, dass ich dich holen komme!« Der Vater war jetzt nur noch drei Meter entfernt, und seine Stimme dröhnte so laut wie der Donner.

Sie kauerte sich vor Logan nieder und nahm sein Gesicht zwischen die Hände. »Kennst du diesen Mann?«

Logan nickte zitternd.

»Ist er dein Dad?«

Logan antwortete nicht, konnte es nicht und wollte es nicht. Unwillkürlich entschlüpfte seiner Blase ein Schwall Urin und lief ihm am Bein hinunter. Er presste die Hand auf seine Shorts, konnte das Rinnsal aber nicht an seinem Weg zu den Fußknöcheln hindern.

Mit einem Kreischen flog die Fliegengittertür auf. Das Gehämmer an der eigentlichen Tür bedeutete, dass sein Vater auf der anderen Seite stand. »Wer ist da?«, schrie Joanne und hielt beide Hände auf Logans Schultern gelegt. »Was wollen Sie?«

»Ich will Logan haben!«

»Das hier ist Privatbesitz. Verschwinden Sie, bevor ich die Polizei rufe.«

Wieder ein Hämmern mit den Fäusten. »Ich gehe nicht ohne den Jungen.«

Joanne sprach leise in Logans Ohr. »Bleib ruhig, Logan. Ich lasse ihn nicht rein.« Sie zog die Vorhänge vollständig zusammen, stemmte sich gegen die Tür und vergewisserte sich, dass die Sicherheitskette vorgelegt war. »Hier gibt es keinen Logan. Verschwinden Sie *auf der Stelle* von meinem Grund und Boden.« Ihre erhobene Stimme klang, als käme sie von einer anderen Person, von jemandem, der mit der alten Dame, die Logan in den letzten Stunden kennengelernt hatte, nichts zu tun hatte. Von der Stimme her würde man sie für eine eindrucksvolle Frau halten, die notfalls einen Kampf bestehen konnte. Logan kannte diesen Tonfall von seiner Mutter und einer Freundin, die sein Vater einmal gehabt hatte, Alicia. Auch diese beiden hatten geglaubt, sich gegen ihn behaupten zu können, aber es war niemals gut ausgegangen.

»Ich habe bereits die Polizei alarmiert. Sie sind auf dem Weg!«, rief Joanne.

Die Tür ächzte in den Angeln. Logan wusste, dass es seinem Vater gleich gelingen würde, sie aufzubrechen. Sie mussten sich verstecken. Er dachte über die Räumlichkeiten des Hauses nach. Vielleicht könnten sie ja den Hund nehmen und sich im Bad einschließen? Er zerrte an Joannes Bademantel, doch sie war vollständig auf seinen Vater konzentriert.

»Ich lasse Sie festnehmen!«, rief sie.

Seine Stimme drang wieder durch die Tür, barsch und zornig. »Logan! Komm raus, auf der Stelle!«

Die Tür brach aus dem Rahmen und flog ein Stück weit auf. Jetzt wurde sie nur noch von der Kette gehalten. Samson riss das Maul zum Protest auf – doch nicht das Knurren eines Wachhundes kam heraus, sondern ein aufgeregtes, ängstliches Jaulen.

Joanne presste sich gegen die Tür und versuchte, das Unvermeidliche aufzuhalten. »Ich bin bewaffnet!«, rief sie, doch ihre Stimme hatte etwas von ihrer Kraft verloren.

»Machen Sie die Tür auf!«

Logan wusste, dass sein Vater im nächsten Moment durchbrechen und im Wohnzimmer stehen würde. Der Ort, wo man Logan eben noch freundlich willkommen geheißen hatte, würde sich in ein Schlachtfeld verwandeln. Sein Vater würde sich durch nichts aufhalten lassen, und sobald er begriffen hätte, dass Joanne ihn in Bezug auf Logan belogen hatte, würde etwas wirklich Schlimmes geschehen.

Beide, Samson und Joanne, befanden sich seinetwegen in Gefahr. Wäre Logan nicht gekommen, würden sie in diesen Minuten friedlich schlafen. Diesem Gedanken folgte ein zweiter auf dem Fuß. Logan war derjenige, den sein Vater haben wollte. Die alte Dame und der Hund waren ihm egal.

»Ich bin bewaffnet!«, wiederholte Joanne.

»Lady, ich stecke ihnen die Waffe …«

Logan wartete den Rest der Beschimpfung nicht ab. Von einem Adrenalinstoß getrieben, jagte er durch die Küche und hinten aus dem Haus hinaus. Einen Moment lang raubten ihm die Dunkelheit und der Regen die Sicht, aber er wusste, wo er hinwollte, bog zweimal um die Ecke und kam vor dem Haus an. Die Tür war aus dem Rahmen gerissen, und als Logan auf der Vortreppe stand, sah er drinnen im Haus seinen Vater, der Joanne bei den Schultern gepackt hielt und so heftig schüttelte, dass ihr Kopf vor- und zurückflog. Joanne schrie hysterisch, Worte, die nicht zu verstehen waren, und Samson sprang den Eindringling knurrend an. »Wo ist mein Sohn?«, schrie Logans Vater immer wieder aufs Neue, die Stimme verwaschen und lallend. Betrunken.

Logan schlug wie wild gegen die Tür, um seinen Vater auf sich aufmerksam zu machen, doch im Chaos drang er nicht durch, und so rannte er in den Raum, damit das Toben aufhörte. Doch er kam zu spät. Logan beobachtete entsetzt, wie sein Vater Joanne angewidert von sich schleuderte. Die nette alte Dame flog rückwärts gegen die Wand, schlug sich den Kopf an, rutschte mit schlaffen Gliedern daran herunter und blieb so reglos liegen, als wäre sie tot. Samson stürzte zu Joanne und rannte ängstlich bellend um sie herum.

Für einen Sekundenbruchteil konnte Logan sich nicht bewegen und noch nicht einmal atmen. Lauter als das Hämmern seines Herzens überfiel ihn die Erinnerung daran, wie sein Vater gesagt hatte: *kein Wort.* Es war bei einer anderen Gelegenheit gewesen, aber doch nicht sehr verschieden, und voller Traurigkeit erkannte er, dass erneut das Gleiche geschah, und wieder war es seine Schuld.

Was Logan als Nächstes hörte, war ein lautes, aus tiefer Kehle kommendes »Nein!«. Zu seiner Bestürzung begriff er, dass dieses Wort aus seinem eigenen Mund gekommen war, dass er es gedacht und dabei laut ausgesprochen hatte. Sein Vater hörte es ebenfalls, zeigte anklagend mit dem Finger auf ihn und rief: »Du!« Dieses eine Wort sagte alles. Es bedeutete, dass Logan ihn gezwungen hatte, ihm nachzufahren und ihn aufzuspüren, und dass alles, was sein Vater getan hatte, Logans Schuld war. Dass Joanne deshalb so reglos dalag, weil Logan da war.

Sein Vater kam blitzschnell durch den Raum, packte ihn hinten an seinem T-Shirt und zerrte ihn trotz seiner heftigen Gegenwehr zur Tür. Doch als sie zur Vortreppe kamen, strauchelte sein Vater, verlor das Gleichgewicht und ließ Logans Shirt einen Moment lang los.

Logan preschte davon.

37

Es war noch nicht lange her, da hatte Grandma Nan in ihrem eigenen Bett geschlafen, war morgens zu regelmäßigen Zeiten aufgestanden und hatte einen zwar abwechslungsreichen, aber doch ganz gewöhnlichen Alltag gehabt. Normalerweise aß sie zum Frühstück Rührei, nur manchmal im Winter hatte sie Lust auf eine Schale Haferflocken mit Rosinen und braunem Zucker. Wenn sie von ihren Besorgungen nach Hause kam, hängte sie sofort den Schlüssel an den Haken neben der Tür. Sie ging um elf Uhr abends ins Bett und stand um halb sieben auf. Meistens schlief sie gut, aber auf ihrem Nachttisch lag ein Buch bereit, falls sie doch einmal unerwartet an Schlaflosigkeit litt. Sie kaufte immer im selben Supermarkt ein und kannte die Kassiererinnen mit Namen. Sie ging einmal in der Woche in die Kirche und fand das tröstlich, eine Möglichkeit, das Leben in all seiner glänzenden Schönheit und zugleich abstoßenden Grausamkeit zu erklären.

Doch diese Tage schienen ihr jetzt Welten entfernt zu liegen. Es kam ihr so vor, als wäre sie ins Leben eines anderen Menschen katapultiert worden. Jetzt war sie plötzlich die Sorte Frau, die einen Privatdetektiv engagierte, eine Aldi-Kassiererin bis nach Hause verfolgte und mit einem Deputy Sheriff auf

Streife fuhr. Mehr Aufregendes als üblich, aber nicht in einem guten Sinne. Nichts von alldem hatte sie sich gewünscht. Sobald sie Logan gefunden hatte, würde sie das Sorgerecht beantragen und ihn mit zu sich nach Nebraska nehmen. Unter den gegebenen Umständen würde ein Richter einsehen, dass sie besser geeignet war, Logan großzuziehen, als sein Vater.

Scott war etwa fünfzehn Minuten gefahren und hatte nur ein einziges Mal angehalten, als Grandma Nan meinte, in einem Graben eine Bewegung zu erkennen. Wie sich herausstellte, war es aber nur eine lose Plastikfolie, wie man sie verwendet, um Waren für den Transport auf Paletten einzuschweißen. Es war einfach nur im Wind flatternder Müll. Das Verrückte war, dass sie einen Augenblick lang wirklich geglaubt hatte, ihren Enkelsohn unter dem Plastik hervorlugen zu sehen. Erstaunlich, wie einem die Fantasie Streiche spielt, wenn man verzweifelt ist.

Der Regen fiel noch immer pausenlos, prasselte aber nicht mehr ganz so heftig nieder. Endlich erschien es zumindest denkbar, dass dem Himmel irgendwann das Wasser ausgehen würde. Scott steuerte sicher über die Landstraßen, die für Grandma Nan alle zu einer einzigen verschmolzen, ein Durcheinander von Feldern und bescheidenen Häusern, das gnadenlos von Dunkelheit umschlossen war. Würde Scott sie jetzt am Straßenrand aussetzen, könnte sie noch nicht einmal die Richtung zu Mallick's Gas and Go angeben. Für sie sah hier alles gleich aus, sie würde nichts wiedererkennen, aber Leuten vom Land würde es vielleicht in den Vorstädten einer Großstadt genauso ergehen. Es kam eben darauf an, woran man gewöhnt war.

Als Scott sich ihr zuwandte und sagte: »Das wäre es jetzt fürs Erste«, wurde ihr verzagt zumute.

»Aber wir sind doch gerade erst losgefahren«, wandte sie ein.

»Wir haben ein großes Gebiet abgefahren«, entgegnete er und erklärte ihr im Anschluss, wie unwahrscheinlich es war, dass sie Logan unter den gegenwärtigen Umständen finden würden. Ein Suchaufruf in den Medien böte eine viel bessere Chance, denn die Reichweite wäre eine ganz andere. Ein einziges Foto, erklärte er, könne in kürzester Zeit Tausende von Menschen erreichen, und das wäre, als hätte man überall Augen und Ohren. Wenn ein einzelner Wagen herumfahre, sei das, als suchte er die Stecknadel im Heuhaufen. Er erläuterte das so ernsthaft, als könnte es ihr völlig neu sein. Sie verstand es jedoch sehr gut, und ihr war klar, dass wildes Umherfahren nicht die rationalste Herangehensweise war. Doch ihr Instinkt als Großmutter drängte sie dazu, an der Suche teilzunehmen. Derselbe Instinkt sagte ihr, dass Logan sich ganz in der Nähe befand und große Angst hatte. Scott beendete seinen Monolog mit der Bemerkung: »Und wenn Ihr Schwiegersohn klug ist, ist er inzwischen längst von hier verschwunden.«

»Er ist nicht mehr mein Schwiegersohn, und besonders klug ist er auch nicht«, erwiderte sie. Robert war die geringste ihrer Sorgen. Ehrlich gesagt hatte sie ihn beinahe vergessen, doch als Scott ihn jetzt erwähnte, fiel ihr ein Schmerz in der Schulter auf, wahrscheinlich eine Zerrung, weil Robert sie vorhin am Arm gerissen hatte. »Nur noch ein kleines bisschen länger, was meinen Sie? Ich habe so ein Gefühl, dass Logan gar nicht weit von hier ist. Sie haben selbst gesagt, dass es eine gute Idee war, im Boot nachzuschauen.« Sie warf ihm einen unglücklichen Blick zu und legte die Hände flehend zusammen, doch im Auto war es dunkel, und er schaute nicht zu ihr herüber.

»Tut mir leid«, erklärte er mit unnachgiebiger Stimme. »Ich habe diese Art von Suche schon länger ausgedehnt als angemessen. Ich muss Sie jetzt ins Hotel bringen, und dann heißt es für mich zurück an die Arbeit.«

Er fuhr noch ein Stück und machte dann auf einer leeren Kreuzung eine Kehrtwende. Grandma Nan erhob keine Einwände, obwohl sie sich nun immer weiter von Logan entfernten. Sie stellte sich vor, wie sie ihren kleinen Enkel zurückließ und dann selbst gemütlich in ihr sicheres Bett im Hotel schlüpfte. Was für eine Großmutter würde denn so etwas tun? Aber andererseits, was blieb ihr anderes übrig?

Als sie vorn an der Seitenstraße das erleuchtete Schild von Gas and Go entdeckte, gelang es ihr endlich, sich zu orientieren. Sie fuhren an der Tankstelle vorbei, und sie schaute sich noch einmal nach ihrem Auto um, das einsam und verlassen vor dem Gebäude stand. Bald würden sie auf der Interstate beschleunigen und sich immer weiter von dem Ort entfernen, an dem sie sein wollte, aber wie ein kleines Mädchen, das man im Kindersitz festgeschnallt hat, hatte sie in dieser Frage nicht viel zu melden.

38

Logan war mit der Umgebung vertraut, aber nicht bei Nacht und im Regen. Als er durch Joannes Garten in den Wald rannte, liefen alle seine Sinne auf Hochtouren. Er war sich des Geruchs von nassem Holz bewusst, der ihm in die Nase stieg, der Unebenheiten des Untergrunds, die sich in seine bloßen Fußsohlen bohrten, und der Äste, die sich ihm beim Rennen wie Finger entgegenreckten. Der Regen war inzwischen in einen dichten Nebel übergegangen, der sich in Tropfen an den Zweigen sammelte und von dort auf seinen Kopf fiel. Die Dunkelheit erschwerte das Sehen, machte es aber nicht unmöglich. Er musste einfach nur aufpassen.

Als Wald und Gestrüpp dichter wurden, lief er langsamer, um sich nicht zu stoßen. Hinter sich hörte er, wie sein Vater durch die Büsche stampfte und immer wieder gegen Äste krachte.

»Logan!«

Beim Klang der heiseren, wütenden Stimme krampfte Logans Bauch sich vor Angst zusammen. Daheim konnte er den Zorn seines Vaters abwarten, sich versteckt halten, bis der väterliche Alkoholrausch verflogen war, und später so tun, als hätte sich das, was vorgefallen war, überhaupt niemals ereignet.

Doch was jetzt geschah, war mehr als das. Sein Vater hatte Joanne angegriffen, obwohl er sie überhaupt nicht kannte. Und Logan hatte etwas Unverzeihliches getan. Er hatte seinem Vater offen getrotzt.

Nein, eine Rückkehr war ausgeschlossen.

Logan rutschte im Schlamm aus, hielt sich an einem Zweig fest und zuckte zusammen, als er auf etwas Scharfes trat. Ein Nagel? Ein Dorn? Was auch immer es war, es bohrte sich in seinen Fuß, und er trat mit diesem Bein nur noch behutsam auf, lief aber weiter. Hinter sich hörte er, wie sein Vater immer näher kam. Wie er sich ohne jede Vorsicht durchs Gestrüpp drängte, eher wie ein Bulldozer als wie ein Mensch.

Logan brauchte also eine neue Strategie, und so trat er hinter einen Baum und versuchte, sich unsichtbar zu machen. Er drückte sich ganz dicht an den Stamm und verhielt sich vollkommen still, ein Soldatentrick.

Sein Vater schwankte vor sich hin brabbelnd vorbei und hatte Logans Versteck schon beinahe hinter sich gelassen, da fuhr sein Kopf herum. Er machte auf der Stelle kehrt und stürzte sich auf den Jungen. Seine hoch aufragende, massige Gestalt versperrte Logan die Sicht auf alles andere, und mit seiner fleischigen Hand hielt er Logans Shirt gepackt. »Hab ich dich!«

Logan blickte an sich hinunter und erkannte, wo das Problem lag – sein weißes T-Shirt hatte ihn verraten. Die Wolken mussten den Mond freigegeben haben, denn das Gesicht seines Vaters war jetzt dicht vor ihm, und Logan sah deutlich seine großen, dunklen, rot geränderten Augen. Der Vater schüttelte Logan so kräftig, dass seine Zähne klapperten, und lächelte dann.

»Magst du das?«, fragte er mit leiser, grollender Stimme. »Macht dir das Spaß?«

Wieder so ein Test. Falls Logan bejahend nickte, würde der Vater es erneut machen, und diesmal sogar noch heftiger.

Falls Logan aber verneinend den Kopf schüttelte, würde sein Vater sagen »wie schade« und es trotzdem erneut machen. Es gab keine richtige Antwort. So war es immer gelaufen. Bis jetzt.

Logan wurde bewusst, dass dies das zweite Mal in seinem Leben war, dass er sich seinem Vater widersetzte. Beim ersten Mal war er in einem Umzugswagen gelandet, der mit ihm eine Grenze überquert und ihn in einem benachbarten Bundesstaat abgesetzt hatte. Er hatte sich selbstständig durchgeschlagen, etwas zu essen und einen Ort gefunden, an dem er sich aufhalten konnte. Und er hatte sich Essen in der Tankstelle gekauft, seine Kleider im Bach gewaschen und einen Hund vor dem Ersticken gerettet. Ziemlich gut für ein Kind, das von seinem Vater als Dummkopf beschimpft wurde.

Was bist du für ein Baby. Du Schwächling. Der Vater hatte diese Worte so oft gesagt, dass Logan ihm schließlich geglaubt hatte, aber inzwischen wusste er, dass sie nicht stimmten. Manchmal musste man weggehen, um den Ort, wo man herkam, richtig ins Auge fassen zu können.

Logan dachte daran zurück, wie Joanne zu Boden gestürzt war. Der schockierende Anblick erinnerte ihn an den Tod seiner Mutter. Innerhalb von Sekunden spulte die ganze Szene sich in seinem Kopf ab. Es war passiert, als sie in dem gemieteten Haus wohnten, das bei Grandma Nan fast um die Ecke lag. Damals hatte Logan sich im Erdgeschoss befunden und ängstlich gelauscht, wie seine Eltern sich oben wütend anbrüllten. Sie stritten sich seinetwegen.

Das Geschrei ging hin und her, und der Vater warf der Mutter vor, sie machte Logan zum Muttersöhnchen, wenn sie ihn weiter so verwöhnte. Sie verteidigte ihn mit den Worten: »Er ist doch noch ein kleiner Junge! Du darfst nicht so hart zu ihm sein.« Logan lauschte heftig atmend und mit einem Gefühl der Angst im Bauch. Er wünschte, sie würden aufhören.

Am Ende schrie seine Mutter: »Ich mache das nicht mehr mit!« Er sah, dass die beiden oben im Treppenhaus miteinander rangen und seine Mutter versuchte, sich von seinem Vater loszureißen. Als sie mit der freien Hand nach dem Vater schlug, rief Logan: »Mom!«

Sein Vater versetzte ihr einen kräftigen Stoß, und Logan sah entsetzt zu, wie sie das Gleichgewicht verlor und die Treppe hinunterstürzte. Die grässlich dumpfen Schläge, mit denen ihr Körper auf den Holzstufen aufprallte, endeten erst, als sie unten ankam und mit dem Kopf auf die Fliesen krachte. Sein Vater stampfte die Treppe hinunter und trat über den reglosen Körper an deren Fuß hinweg. Seine blutunterlaufenen Augen verengten sich. »Schau, was du angerichtet hast.« Er schlug Logan so kräftig, dass er aufs Steißbein fiel.

Noch ganz benommen von dem Schlag blickte er zu seinem Vater auf, der hoch über ihm emporragte. Er deutete auf Logan, und seine wütend dröhnende Stimme erfüllte den Raum: »Kein Wort darüber, verstanden? Kein einziges Wörtchen. Wenn du jemandem davon erzählst, wird es dir leidtun.« Blut sammelte sich in einer Pfütze um den Kopf von Logans Mutter. Sie lag still da, so vollkommen reglos, dass Logan trotz seiner jungen Jahre wusste, dass sie tot sein musste. Danach schickte sein Vater Logan ins Bett, und er rollte sich unter der Decke zusammen, weil er nicht wusste, was er sonst hätte tun sollen. Als dann die Polizei kam, bestätigte Logan alles, was sein Vater behauptete. Logan habe zum Zeitpunkt des Unfalls geschlafen. Sein Vater habe die Mutter gefunden, als er von der Kneipe nach Hause kam. Da sei sie nach dem Sturz schon tot gewesen. Tatsächlich verschafften seine Saufkumpane ihm dann ein Alibi.

Seit Langem schon hatte Logan darüber reden wollen, aber wann immer er es versuchte, verklumpten die Worte in seinem Mund, und er bekam sie nicht heraus. Doch eben in Joannes Haus hatte sich etwas mit seinen Stimmbändern verändert. Er hatte tatsächlich einen Laut ausgestoßen, ein Wort geschrien. Es war aus ihm herausgeströmt wie Luft aus einem Ballon. Das war nicht nichts. Es war immerhin der Beginn von etwas.

Er hatte so lange Angst gehabt und darauf gewartet, dass jemand ihm half, aber das war nie geschehen. Es war niemals jemand zu seiner Rettung gekommen. Meistens waren nur sein Vater und er selbst zusammen gewesen, und sein Vater war größer, lauter und wütender. »Was ist denn damit?«, höhnte sein Vater jetzt, zog das Messer aus der Scheide an seinem Gürtel und setzte die Spitze an Logans Bauch. »Gefällt dir das?« Er drückte fester und wartete auf Logans Reaktion.

Der alte Logan hätte sich vor Entsetzen kleingemacht, heftig den Kopf geschüttelt und mit den Augen um Gnade gefleht. Aber der Wunsch, dass sein Vater aufhören möge, hinderte diesen niemals an irgendetwas. Es würde sich niemals etwas ändern, wenn Logan es nicht selbst änderte.

Als hätte der Vater seine Gedanken gelesen, sagte er mit drohender Stimme: »Warte nur, bis wir daheim sind.« Die Schneide glänzte im Mondschein, und sein Vater grinste.

Logan presste die Lippen zusammen. Er versuchte, das Messer wegzustoßen und stattdessen den Griff zu schnappen, schnitt sich dabei aber in den Finger. Als Reaktion auf den Schmerz schlug er mit der Faust nach dem Vater, erwischte ihn am Kinn und überrumpelte ihn damit.

»Au! Ich sag dir, du kleiner …«

Als der Vater sein T-Shirt losließ, rannte Logan in die Richtung davon, die seiner Meinung nach zur Straße führte.

»Komm sofort zurück!«, brüllte sein Vater. Logan hörte seine großen Schritte unmittelbar hinter sich. Er war ihm viel zu nah. Viel, viel zu nah.

Als Logan beim gegabelten Baum ankam, erkannte er, dass er in die falsche Richtung lief. Er wusste, dass die tiefe Grube mit dem Tierskelett darin unmittelbar vor dem Baum lag, und lief darum herum. Doch sein Vater, der nur daran dachte, ihn zu fassen zu bekommen, bemerkte sie nicht. Hinter sich hörte Logan, wie er genau darauf zustampfte. *Rumms.* »Gottverdammt!«, ertönte die Stimme seines Vaters ein Stück weiter hinten und machte Logan klar, was passiert war. Er hatte den Vater nicht mit Absicht in eine Falle gelockt, wusste aber, dass dieser ihm das niemals glauben würde.

Logans Herz raste. Er verharrte nur einen winzigen Augenblick und floh dann weiter – er flitzte um Bäume herum, schob Äste und Zweige aus dem Weg und blickte sich kein einziges Mal um. Als er aus dem Wald ins Freie trat, erkannte er die Rückseite jenes Hauses, das näher bei der Straße stand. Es war das Haus mit den riesigen Fensterscheiben. Lauras Haus.

Er humpelte, so schnell er konnte, über den Rasen zur Hintertür und drückte immer wieder auf die Türklingel. Als er merkte, dass sie stumm blieb, zog er die Fliegengittertür auf und hämmerte gegen die eigentliche Tür. Er warf einen Blick nach hinten zum Waldrand und erwartete, seinen Vater jeden Moment auftauchen zu sehen. Er würde dort hervorbrechen, und dann wäre alles vorbei.

Beeilt euch! Bitte! So beeilt euch doch!

39

Paul war derjenige, der es zuerst hörte, doch es weckte ihn nicht sofort auf, weil er die Geräusche in einen Traum einbaute, in dem er sich in einer Höhle verirrt hatte. Es war ein Albtraum, den er seit seiner Kindheit immer mal wieder hatte. Meistens wurde er von etwas Namenlosem, nicht zu Sehendem, aber Entsetzlichem verfolgt. Diesmal ordnete sein Gehirn das Klopfen an der Tür einem Bergmann zu, der in seinem Traum auf der Suche nach Gold gegen die Wände der Höhle klopfte. Als er wach genug war, um zu bemerken, dass es ein reales Geräusch war und dass jemand vor der Hintertür seines Hauses stehen musste, stieß er seine Frau an. »Jemand klopft an die Tür. Wer zum Teufel könnte mitten in der Nacht hier aufkreuzen?« Er warf einen Blick auf die Uhr, die aber nicht leuchtete. Der Strom war anscheinend immer noch ausgefallen. »Laura?«

»Was denn?« Sie fuhr aus tiefem Schlaf hoch, richtete sich zum Sitzen auf und war sofort hellwach. Es war ein Talent, das er immer an ihr bewundert hatte, aber selbst nicht besaß. Es erweckte den Eindruck, als wäre sie jederzeit für einen Notfall gerüstet.

»Jemand klopft an die Hintertür.«

Ohne ein weiteres Wort stand sie auf, tastete im Halbdunkeln nach ihrem Morgenrock, schlüpfte hinein und nahm sich dann das Handy als Taschenlampenersatz.

Sie gingen gemeinsam die Treppe hinunter, und Paul fürchtete halb, gleich würden Kriminelle sie überfallen, oder in der Nähe hätte es ein Leck in der Gasleitung gegeben. Oder etwas anderes existenziell Bedrohliches hätte sich ereignet, und nun würde die Gegend evakuiert. Als sie in die Küche traten, tastete er automatisch nach dem Lichtschalter, aber natürlich gab es auch hier noch keinen Strom.

Das Hämmern an der Tür blieb unerbittlich und ließ seine Ängste realistisch wirken, doch als er aufmachte, war dort nur ein kleiner Junge mit einer blutigen Hand. In einem zerrissenen T-Shirt und mit schlammbespritzten Beinen stand er zwischen ihnen und der geöffneten Fliegengittertür.

»Hilfe«, krächzte er mit rauer Stimme. »Ich brauche Hilfe.« Das Kind lehnte sich gegen den Türpfosten und sah so aus, als würde es gleich zusammenbrechen.

Paul sah noch einmal genau hin, denn für einen Sekundenbruchteil fragte er sich, ob er noch träumte und ob das Pflegekind, das Laura aufnehmen wollte, nun vor seinen Augen Gestalt angenommen hatte, doch die feuchte Luft und der gegen sein Gesicht wehende Nieselregen brachten ihn in die Wirklichkeit zurück. »Was ist passiert?«

Der Junge sah aus, als hätte er einen Schock. Das nasse Haar klebte ihm am Kopf, und von den Spitzen tropfte Wasser.

»Lass ihn rein, Paul.« Laura trat behutsam neben ihren Mann und winkte den Jungen herein. Sie legte ihm den Arm um die Schultern und führte ihn zu einem Stuhl. »Du blutest ja, Herzchen. Was ist passiert?«

Der Junge schüttelte den Kopf. »Rufen Sie die Polizei.« Er schnappte zwischen den Worten nach Luft. »Machen Sie es gleich. Das ist okay. Dann erzähle ich.«

Paul nahm Lauras Handy vom Tisch. »Ich rufe jetzt die 911 an«, sagte er zu seiner Frau.

Laura nickte und ging vor dem Stuhl des Jungen in die Hocke. »Es tut mir leid, aber ich verstehe nicht, wovon du redest. Warum fangen wir nicht ganz am Anfang an? Wie heißt du?«

»Ich heiße Logan Weber.« Er sprach jedes Wort sorgfältig aus, als redete er in einer Fremdsprache.«

»Bist du der kleine Junge, den ich kürzlich im Wald gesehen habe, Logan?«

Er nickte. »Danke für das Sandwich und für das Cookie.«

»Wohnst du hier irgendwo?«

»Nein.« Er schüttelte den Kopf.

»Woher kommst du?«

Er zögerte mit seiner Antwort. »Aus Chicago.«

»Bist du weggelaufen?« Sie hielt das für eine einfache Frage, aber er antwortete nicht. Seiner gequälten Miene sah sie an, dass es ein schwieriges Thema war. Sie hakte nicht nach und versuchte es stattdessen mit einer anderen Frage. »Was ist passiert, Logan?«

Logan schloss die Augen, atmete zweimal tief ein und sagte dann: »Er hat meine Mutter ermordet. Und vielleicht … vielleicht hat er auch Joanne ermordet.«

»Wer hat das getan?«

Logan schwieg.

»Kannst du mir seinen Namen sagen?«

Logan hob den Blick und sah Laura ins Gesicht. »Mein Vater. Er hat sie die Treppe hinuntergestoßen.«

»Er hat Joanne die Treppe hinuntergestoßen?« Laura warf Paul einen Blick zu. Er sprach noch mit der Zentrale des Notrufs und berichtete von dem verletzten Jungen, der an ihrer Hintertür aufgetaucht war und gerade gesagt hatte, jemand habe ihre Nachbarin Joanne Dembiec ermordet.

»Nein, meine Mutter. Joanne hat er zu Boden gestoßen.«

Nachdem Paul die Frau in der Notrufzentrale informiert hatte, bat sie ihn, noch am Apparat zu bleiben, während sie Hilfe losschickte. Und so stand er mit dem Handy am Ohr da, während Logan die Einzelheiten berichtete. Sie kamen in Bruchstücken heraus, doch nach und nach konnte Laura die Geschichte zusammensetzen. Paul konnte kaum glauben, dass der Junge seine Mutter und Großmutter und zudem die Sprache verloren hatte, dass er in einen Umzugswagen geraten war und sich Stunden von zu Hause entfernt in einem anderen Bundesstaat wiedergefunden hatte. Und doch hatte er es geschafft, mehrere Tage ganz allein durchzustehen. Ein Teil der Geschichte wirkte verworren, sodass Paul sich fragte, ob wirklich alles stimmte. Wie zum Beispiel hatte sein Vater ihn aufgespürt? Und was war das für ein Baumhaus und was für eine tiefe Grube im Wald? Das waren jedoch nur Nebensächlichkeiten, und vermutlich würde man herausfinden, was es damit auf sich hatte.

Laura holte eine Schüssel mit Seifenwasser und ein paar Papiertaschentücher und reinigte die Wunde an Logans Hand. Das Blut begann gerade erst zu gerinnen, und so legte sie Papiertaschentücher auf den Schnitt und übte Druck aus. »Das muss vielleicht genäht werden«, sagte sie. »Hast du so etwas schon einmal erlebt?«

»Nein.«

»Die Stelle wird zuerst betäubt, es sollte also nicht sehr wehtun. Ich bleibe bei dir, falls man dich ins Krankenhaus bringt. Keine Sorge. Es ist halb so schlimm.«

»Okay.«

Laura legte ihm die Hand auf die Schulter. »Du bist ein sehr tapferer Junge. Das, was du durchgestanden hast, hätten nicht viele Menschen so gut hinbekommen.«

»Ich habe keine Angst mehr«, sagte Logan und klang verblüfft. »Ich habe überhaupt keine Angst.«

»Hier gibt es auch nichts, wovor du Angst haben müsstest«, erwiderte Laura. »Hier bist du sicher.«

»Ja, ich bin immer noch dran«, sagte Paul zur Frau in der Notrufzentrale. »Logan hat einen ziemlich tiefen Schnitt in der Hand. Meine Frau hat die Wunde gesäubert, aber sie muss wohl ärztlich behandelt werden. Mhm. Okay.« Paul deckte das Mikrofon mit der Hand ab und sagte zu Laura: »Vielleicht sollte ich mal nach Joanne schauen?«

Nach dem Ausdruck in Lauras Gesicht zu schließen, war sie nicht begeistert von der Idee, dass ihr Mann nach draußen gehen wollte, während dort noch ein Mörder herumlief. »Die Frau hat dich gebeten, am Apparat zu bleiben, oder?«

»Na ja, das stimmt.«

»Und du hast gesagt, dass die Polizei sehr bald eintreffen wird, oder?«

Er nickte. »Ja, einer der Deputy Sheriffs ist zufällig hier in der Nähe und ist schon zu uns unterwegs. Außerdem schicken sie für alle Fälle einen Krankenwagen.«

»Logan hat erzählt, sein Vater sei im Wald gestürzt. Lass uns noch eine Weile hier abwarten.« Gerade als sie das sagte, ging das Licht wieder an.

40

Sie fuhren noch nicht lange auf der Interstate, da knisterte Scotts Funkgerät, und eine Stimme ertönte im Auto. Grandma Nan hatte gerade aus dem Fenster gestarrt und darum gebetet, dass etwas geschehen möge, etwas, was den Polizeiwagen daran hindern würde, immer weiter von der Gegend wegzufahren, in der sie Logan vermutete. Etwas, das ihn vielmehr dorthin zurückführen würde. Trotzdem schrak sie bei dem Geräusch furchtbar zusammen. Deputy Sheriff Scott gab Antwort. Amanda war dran, die Frau, mit der er schon vorhin gesprochen hatte. »Wir haben eben einen Notruf erhalten, von der County Road H, Nr. 630«, sagte sie. »Ich habe noch einen weiteren Streifenwagen losgeschickt, aber die Männer werden Unterstützung brauchen. Wie nah bist du dran?«

»Ich kann in weniger als fünf Minuten dort sein«, antwortete er und wendete an einer Stelle, wo der Mittelstreifen es gestattete. »Was liegt an?« Der Regen war in ein Nieseln übergegangen, doch die Scheibenwischer setzten ihre Arbeit fort.

Amandas Stimme drang laut und klar aus dem Gerät. »Der Besitzer des Hauses, Paul Sutton, hat berichtet, dass ein neunjähriger Junge an seiner Hintertür aufgetaucht ist und behauptet, Zeuge eines Angriffs seines Vaters auf die Bewohnerin des

Nachbarhauses, Joanne Dembiec, geworden zu sein. Der Junge, den die Suttons bisher nicht kannten, befindet sich in ihrem Haus in Sicherheit. Der Vater läuft noch frei herum. Ich habe bei Mrs Dembiec angerufen, doch niemand nimmt ab. Die Lage ist potenziell gefährlich. Verhalte dich vorsichtig. Es ist auch noch ein Kollege dorthin unterwegs. Und ich schicke auch einen Krankenwagen hin.«

Grandma Nan richtete sich im Autositz kerzengerade auf. »Es ist Logan, oder?«, flüsterte sie aufgeregt, aber Scott beachtete sie nicht. Stattdessen bat er Amanda, die Adresse zu wiederholen. »Ich bin mit einem Glenn Dembiec in die Schule gegangen. Er war ein paar Jahre älter. Die Dembiecs haben das Haus, das ein Stück von der Straße zurückgesetzt liegt, oder?«

»Ja, genau«, antwortete Amanda.

Jetzt klopfte Grandma Nan ihm auf die Schulter, um sich bemerkbar zu machen. »Fragen Sie sie, ob der Junge Logan ist.«

»Heißt der Junge Logan Weber?«, fragte Scott.

»Das weiß ich nicht, tut mir leid.«

»Schon gut. Ich finde es ohnehin gleich heraus.« Er beendete das Gespräch und fuhr weiter, zurück zu Mallick's Gas and Go und dann auf die Landstraße, von der sie gerade eben gekommen waren. Seine unerschütterliche Gelassenheit machte Grandma Nan wütend, aber anderseits war es wohl gut, dass zumindest einer von ihnen die Nerven behielt.

»Es muss einfach Logan sein«, sagte sie und zählte die Fakten an den Fingern ab. »Der Junge ist neun Jahre alt. Die Leute kennen ihn nicht. Das würde passen, weil Logan nicht von hier kommt. Außerdem wäre der Vater, der die Nachbarin angegriffen hat, dann Robert, und dessen würde ich ihn, offen gesagt, durchaus für fähig halten.«

»So, jetzt aber mal langsam«, entgegnete Scott, der weiter den Blick auf die Straße gerichtet hielt. »Wenn es irgendwas gibt, was ich nach Jahren in diesem Beruf gelernt habe, dann, dass Schnellschüsse ein Fehler sind.«

»Weil man sich damit ins eigene Bein schießt?«, fragte Grandma Nan.

Er lächelte. »Nein, weil man erst Schlussfolgerungen ziehen sollte, wenn man alle Fakten kennt. Wir wissen nicht mit Gewissheit, dass es sich um Logan oder Robert handelt. Sie haben insoweit recht, als es ein unglaublicher Zufall wäre. Aber ich habe schon eigenartigere Dinge erlebt.«

»Es ist Logan. Das weiß ich.« Sie klappte ihre Handtasche auf, um ihren Taschenspiegel herauszunehmen, und musterte ihr Gesicht im Lichtschein seines kleinen Lämpchens. So viel Zeit war vergangen. Ob sie für Logan so aussehen würde wie früher? Sie hatte weder ihre Frisur verändert noch an Gewicht zugelegt. Veränderungen konnten nur durch den normalen Alterungsprozess bedingt sein, und da hatte sie sich wohl gar nicht so schlecht gehalten. »Wollen Sie nicht die Sirene und das Blaulicht einschalten?«

»Das ist nicht nötig. Dann könnte ich auch nicht schneller fahren als jetzt. Und sollte der Vater sich noch in der Gegend aufhalten, möchte ich ihn lieber nicht vertreiben.«

Als sie auf die Country Road H einbogen und sich dem Haus der Suttons näherten, sahen sie einen Wagen im Graben liegen, dessen Scheinwerferstrahl genau auf ein Haus fiel. Scott fuhr langsamer, um sich zu vergewissern, dass die Fahrertür tatsächlich offen stand und die Innenraumleuchte brannte. Die Schnauze des Wagens zeigte von der Straße weg. Der Motor lief noch, doch es war niemand zu sehen. »Das ist Roberts Auto«, rief Grandma Nan aufgeregt, denn sie erkannte den grünen Ford. »Logan ist da. Ich wusste es. Wusste ich es doch!«

»Es hat den Anschein«, antwortete Scott und bog in die Zufahrt der Suttons ein. Dort stand bereits ein weiterer Polizeiwagen mit eingeschaltetem Blaulicht. Vermutlich war das Scotts Kollege, den Amanda erwähnt hatte. »Sie warten hier«, sagte Scott. »Falls es Logan ist, komme ich sofort zurück. Versprochen.« Er schaltete den Motor aus und steckte im Weggehen den Autoschlüssel ein.

Er war bescheuert, wenn er glaubte, dass sie im Auto sitzen bleiben und warten würde, aber sie widersprach ihm nicht. Das wäre einfach nur Zeitverschwendung. Auf der Veranda brannte Licht und drinnen im Haus ebenfalls. Das Haus hatte eine nahezu durchgehende Fensterfront, mit der es praktisch wie ein Aquarium wirkte. Sie sah ins Wohnzimmer mit seiner kastenförmigen Couch, dem großen Flachbildfernseher und einer sonnenähnlichen Metalldekoration an der Wand. Doch Menschen entdeckte sie dort drinnen erst, als Scott den Gartenweg hinaufgeeilt war und an die Tür klopfte. Gleich darauf erschien eine junge Frau, führte ihn nach drinnen und machte die Tür hinter beiden zu.

Grandma Nan schnallte sich ab, stieg aus und ging auf direktem Wege zur Haustür. Von der Veranda hörte sie die Sirene eines über die Straße heranrasenden Krankenwagens, aber sie stand so dicht davor, ihren Enkelsohn in die Arme zu schließen, dass sie das Eintreffen der Ambulanz nicht abwarten wollte. Im Gegensatz zu Scott klopfte sie nicht an, sondern drehte den Türknauf herum und trat ein.

Ihre Handtasche an sich gedrückt, folgte Grandma Nan den Stimmen, die aus dem hinteren Bereich des Hauses kamen, und ging dabei durch den Flur am Wohnzimmer vorbei. Sollte Scott aus irgendeinem Grund hinten hinausgegangen sein, könnte sie nicht beweisen, dass sie sich in seiner Begleitung befand. Es wäre möglich, dass die Suttons sie für einen Eindringling oder eine Einbrecherin halten würden, doch angesichts ihres Alters war das eher unwahrscheinlich. Einer der Vorteile des Alters war, dass sie selbst auf jüngere Menschen völlig ungefährlich wirkte, und so machte sie sich keine Sorgen, jemanden übermäßig zu erschrecken. Außerdem steckte Logans Foto in ihrer Handtasche, und Logan selbst wusste natürlich, wer sie war.

Vor sich sah sie einen Durchgang, der in die Küche führte. Scott hatte ihr den Rücken zugekehrt und sprach in ein Funkgerät, das er vor der Brust trug. Ihr gegenüber stand ein großer Mann, hochgewachsen und breitschultrig, in einem Bademantel, den er anscheinend über einer Schlafanzughose trug. Und vor ihr auf dem Küchenstuhl saß eine kleine Gestalt mit braunem Haar und einem störrischen Wirbel oben auf dem Hinterkopf.

Sie ging schneller und trat ein, ohne auf die verblüfften Blicke des Mannes und seiner Frau zu achten – derselben Frau, die Scott eben ins Haus gelassen hatte. Still betrachtete sie ihren Enkelsohn. Er war nass und schmutzig. Seine Kleidung bestand aus einem dünnen weißen T-Shirt und schlecht sitzenden Shorts. Seine Füße waren nackt und schlammverdreckt. Eine Hand war mit einem Verband umwickelt, und sein Haar war lang und strähnig, aber trotz allem hätte sie ihn überall erkannt. Das war natürlich nicht überraschend, denn er war ihr Enkel. »Logan?« Sie setzte sich neben ihn auf einen Stuhl und legte ihm die Hand an die Wange.

Logan riss verblüfft die Augen auf. »Grandma? Grandma Nan!«

Grandma Nan holte tief Luft, bestürzt, nach so langer Zeit seine Stimme wieder zu hören. Er sprang von seinem Stuhl auf, warf ihr die Arme um den Hals und vergrub das Gesicht an ihrer Schulter. Er war so überglücklich, sie zu sehen, dass ihr die Tränen kamen. Sie zog ihn auf ihren Schoß, um ihn noch näher bei sich zu haben. Normalerweise wäre er zu groß für so etwas, aber dieser Moment war alles andere als normal. Er umarmte sie so fest, als hätte er Angst, sie würde verschwinden, sobald er sie losließe.

»Ich dachte, du wärst gestorben«, sagte er, und die Worte brachen ihr das Herz. »Er sagte, du wärst gestorben.«

»Oh nein, mein Schatz, das muss eine traurige Nachricht gewesen sein, aber wie du siehst, stimmt sie nicht. Wie schrecklich, dass du das hören musstest. Ich habe dich gesucht, Logan«, sagte sie und streichelte seinen Hinterkopf. Er war so groß geworden. Sie war viel zu lange von ihm getrennt gewesen, doch das war vorüber. »Ich habe dich so furchtbar vermisst. Ich liebe dich.«

»Ich liebe dich auch, Grandma.« Sie hatte nie schönere Worte gehört.

Scott beendete sein Funkgespräch und sagte zu dem Paar in der Küche: »Das ist Logans Großmutter, Nancy Shaw.«

»Das hatte ich mir schon gedacht«, erwiderte die Frau. »Ich bin Laura, und das hier ist mein Mann Paul.« Sie deutete mit dem Daumen auf ihren Mann. »Sie haben einen sehr netten Enkelsohn. Freut mich, Sie kennenzulernen.«

41

Später wimmelte es in der Küche von Menschen, doch Grandma Nan war die Einzige, die für Logan eine Rolle spielte. In den Minuten, bevor sie auftauchte, war er ziemlich deprimiert gewesen. Die Wunde an seiner Hand pochte, und sein Fuß, mit dem er vorhin auf etwas Scharfes getreten war, tat ihm weh. Er fühlte sich ausgeschlossen, weil der Deputy Sheriff und die Suttons über alle möglichen wichtigen Dinge redeten und ihm keine Aufmerksamkeit schenkten. Das verschaffte ihm Zeit zum Nachdenken, und es waren keine guten Gedanken. Er hatte Schuldgefühle wegen Joanne, denn wahrscheinlich war sie tot, und es war ungerecht, dass sie nur deshalb gestorben war, weil sie versucht hatte, ihm zu helfen. Auch seines Vaters wegen hatte er einen Anfall von schlechtem Gewissen. Logan hatte ihm entkommen wollen, aber nicht versucht, ihn zu töten. Doch sein Vater musste wohl gestorben sein, da er nicht aus der Grube herausgeklettert war, um ihn zu jagen. Wenn sein Vater noch lebte, hätte er längst die Verfolgung aufgenommen. Sein Vater war nicht aufzuhalten, wenn er erst einmal derart zornig war.

Und so fühlte Logan sich auf seinem Stuhl gleichzeitig so, als wäre er da und als wäre er überhaupt nicht da. Seine

Gefühle und Erinnerungen waren ein einziges chaotisches Durcheinander. Er war erschöpft und verdreckt. Er wollte eigentlich nur noch nach Hause, doch dann fiel ihm ein, dass er kein Zuhause hatte. Es gab keinen einzigen Ort auf der Welt, wo er hingehörte. Als ihm das klar wurde, machte es ihn unerträglich traurig, und er fragte sich, was überhaupt der Sinn von allem war. Er war so müde. Warum sollte er überhaupt leben, wenn immer wieder nur schreckliche Dinge geschahen? Dann aber war plötzlich Grandma Nan da und sagte »Logan?«, und da hatte er das Gefühl, dass sich in seinem Inneren alles löste, bis er weinte wie ein kleines Kind. Grandma Nan weinte allerdings ebenfalls, und so war das okay. Ihr Auftauchen in der Küche erschien ihm wie ein Wunder. All diese Zeit hatte er sie für tot gehalten, dabei war sie das gar nicht gewesen. Sie hatte ihn vermisst und ihn gesucht. Sie hatte ihn so fest umarmt, und er hatte ihre Umarmung erwidert, und dann war alles gut.

Kurz darauf füllte sich die Küche mit allen möglichen Leuten, die meisten in Uniform. Einige von ihnen unterhielten sich einfach nur untereinander oder sprachen in Geräte, die wie Walkie-Talkies aussahen, aber viele von ihnen wollten mit ihm selbst reden. Eine Sanitäterin untersuchte ihn, sprach freundlich mit ihm und schenkte ihm einen Sticker. Neunjährige waren zu groß für Sticker, aber er wollte sie nicht kränken, und so nahm er ihn an und bedankte sich dafür. Die Polizeibeamten stellten ihm Tausende Fragen, manchmal immer wieder dieselben. Sie schienen nicht begreifen zu können, welcher Teil von Logans Antworten sich auf die heutige Nacht bezog und welcher auf damals, als er noch kleiner war. Schließlich musste seine Großmutter eingreifen und es ihnen erklären. »Meine Tochter Amber, sie war Logans Mutter, ist vor drei Jahren an ihren Verletzungen gestorben, nachdem sie die Treppe hinuntergestürzt war. Logans Vater tischte der Polizei die Geschichte auf, er sei während des Unglücks nicht zu Hause gewesen.

Logan erzählt Ihnen jetzt, dass sein Vater in Wirklichkeit sehr wohl zu Hause war, dass es einen Streit gab und der Vater seine Mutter die Treppe hinuntergestoßen hat.« Ihre Stimme bebte beim Sprechen, als unterdrückte sie Tränen.

Beide Polizisten verstummten. Schließlich sagte der eine: »Und dem wurde niemals nachgegangen?«

»Ich war nicht dabei«, erklärte Grandma Nan. »Man sagte mir, die tödlichen Verletzungen passten zur Version eines Sturzes. Sie hat damals sehr viele Schmerzmittel genommen.«

Nachdem Grandma Nan das erklärt hatte, wurde es einfacher, weil Logan ihnen erzählen konnte, wie er in dem Umzugswagen eingeschlossen worden war, wie er das Baumhaus gefunden hatte und was in den letzten Tagen sonst noch geschehen war. Von dem vielen Reden wurde er heiser, und seine Stimme klang ziemlich krächzend, doch dann brachte Laura Sutton ihm ein Glas Wasser, und das half sehr.

Als die Befragung zu Ende war, kamen zwei Männer mit einem schmalen Bett auf Rollen, mit dem sie ihn für die Fahrt zum Krankenhaus in den Krankenwagen transportieren wollten. Beide waren riesig, so groß wie sein Vater, hatten aber Kindergesichter. Sie mussten also noch ganz junge Erwachsene sein. Die beiden Männer arbeiteten ehrenamtlich für die Feuerwehr und waren ausgebildete Sanitäter. Das wusste er, weil sie das auf Grandma Nans Frage geantwortet hatten, als diese sich nach ihrer Qualifikation erkundigte.

Die Sanitäterin säuberte seinen Fuß, untersuchte die verletzte Stelle und betupfte sie mit etwas Beißendem. Sie hatte ihn vorgewarnt, aber es kam trotzdem überraschend. Sie wickelte auch den Verband ab, den Laura Sutton ihm an der Hand angelegt hatte, und inspizierte den Schnitt. Dann sah sie seine Grandma an: »Das muss definitiv genäht werden«, sagte sie. Sie tätschelte Logans Arm und munterte ihn auf: »In der Ambulanz flicken sie dich schön zusammen.«

Er wollte nicht ins Krankenhaus, bis seine Großmutter ihm versicherte, dass sie mitkommen würde. Sie fuhr dem Haarwirbel auf seinem Kopf nach und sagte: »Willst du mich veräppeln? Ich hab dich doch gerade erst wiedergefunden. Da werde ich dich keinen Moment aus den Augen lassen!« Danach fühlte er sich viel besser. Man half ihm, sich auf das schmale Bett zu legen, deckte ihn zu und schnallte ihn fest. Grandma Nan umarmte Laura Sutton, was eigenartig war, weil die beiden sich gar nicht kannten. Dann beugte Laura sich über ihn und sagte: »Viel Glück, Logan. Ich werde dich niemals vergessen.« Ihr Mann stand unmittelbar hinter ihr, doch er sah nicht Logan an, sondern seine Frau. Und er hatte einen Ausdruck des Erstaunens im Gesicht, wie man ihn bei jemandem sieht, der gerade ein Geschenk auspackt und zu seiner Überraschung feststellt, dass es genau das ist, was er sich gewünscht hat.

Während eine Sanitäterin, eine hübsche junge Frau namens Janine, Logans Fuß mit einem Mittel zur Wunddesinfektion säuberte, nahm Scott Grandma Nan beiseite. »Ihr Schwiegersohn wurde im Wald gefunden, in einer Grube bei einem gegabelten Baum, genau wie Logan es beschrieben hat.«

»Ist er tot?«, fragte Grandma Nan, die nicht recht wusste, ob das Wunschdenken war. Sie hatte noch nie jemandem den Tod gewünscht, doch in diesem Fall wäre es ein passendes Ende.

»Nein.« Scott schüttelte den Kopf. »Quicklebendig. Er ist stockbesoffen, fuchsteufelswild, und es sieht so aus, als hätte er sich ein Bein gebrochen, aber nach allem, was ich gehört habe, sollte er sich wieder vollständig erholen.« Er beugte sich vor. »Ich habe allerdings auch eine gute Nachricht. Die Dame, die er angegriffen hat – Joanne Dembiec? Sie lebt und ist in guter Verfassung. Sie hat sich den Kopf ziemlich heftig angestoßen, als Ihr Schwiegersohn« – er brach ab und verbesserte sich – »ich meine, ihr *ehemaliger* Schwiegersohn sie zu Boden gestoßen hat. Sie war eine Weile bewusstlos. Vermutlich hat sie eine Gehirnerschütterung.«

»Und der arme Logan hat geglaubt, sie wäre tot«, sagte Grandma Nan mit einem Blick auf ihren Enkelsohn.

»Ja, am besten teilen Sie ihm die Neuigkeit gleich mit. Der Junge wird wahrscheinlich erleichtert sein, wenn er erfährt, dass sie wohlauf ist.«

Sie nickte.

Scott fuhr fort: »Robert wird im ersten Krankenwagen abtransportiert. Logan und Joanne fahren zusammen im zweiten. Beide Fahrzeuge werden ungefähr zur selben Zeit abfahren. Aber die Polizei lässt grundsätzlich niemals Opfer zusammen mit einem Täter transportieren. Und auch die Leute im Krankenhaus sind instruiert, sie getrennt zu halten.«

»Das ist gut.« Umso mehr, als Nan selbst nicht überzeugt war, gegenüber Robert die Contenance wahren zu können. Sie neigte nicht zur Gewalttätigkeit, aber sie hätte größte Lust, ihm einen Schlag gegen die Kehle zu versetzen. »Wird Robert festgenommen?« Sie blickte sich nach Logan um, der sich tapfer hielt und alle Fragen mit seiner leisen, heiseren Stimme beantwortete. »Er wird Logan doch nicht wieder mitnehmen können, oder?«

Um Scotts Mundwinkel zuckte ein Lächeln. »Da brauchen Sie sich keine Sorgen zu machen. Er wird wegen Einbruchs, Hausfriedensbruchs und Körperverletzung verhaftet. Und dabei geht es nur um das, was bei Mrs Dembiec vorgefallen ist. Wir werfen ihm außerdem alkoholisiertes Fahren, den Angriff auf Sie und das Aufschlitzen Ihres Reifens vor. Die Beweislage ist ausgezeichnet, da wir über die Aufnahmen der Überwachungskamera und Devan Mallicks Zeugenaussage verfügen. Und ich habe noch weitere Neuigkeiten. Als wir Robert Weber überprüften, stellten wir fest, dass er in mehreren Bundesstaaten polizeilich gesucht wird. Unter anderem hat er in Indiana eine Frau namens Alicia Mendez halb totgeprügelt und ihr Auto in Brand gesteckt. Es gab Zeugen, aber er konnte vor seiner Verhaftung flüchten.«

»Wer ist Alicia Mendez?«

Scott zuckte mit den Schultern. »Das weiß ich, ehrlich gesagt, nicht. Vermutlich eine Frau, die das Pech hatte, sich auf den falschen Mann einzulassen. Worauf ich hinauswill: Nach meinem Dafürhalten dürfte es Ihnen nicht schwerfallen, das Sorgerecht für Ihren Enkel zu bekommen.«

»Was ist mit dem Vorwurf, den Logan erhebt? Dass sein Vater seine Mutter die Treppe hinuntergestoßen hat? Kann er wegen Mordes belangt werden?«

»Wenn es nach mir ginge, würde ich es bejahen, aber es ist nicht meine Entscheidung.«

Sie hätte noch vieles mehr fragen wollen, aber in diesem Moment rief Logan »Grandma!«, und ihr Enkelsohn ging vor. Sie entschuldigte sich, eilte zu ihm und blieb bei ihm, als er auf die Rolltrage gebettet wurde. Von Dankbarkeit überwältigt, umarmte Grandma Nan Laura noch einmal, und dann verabschiedete sich das Paar von Logan.

Als Logan nach draußen zum Krankenwagen gerollt wurde, ging Grandma Nan neben ihm her. Falls die Sanitäter ihre Anwesenheit als störend empfanden, ließen sie es sich nicht anmerken. Grandma Nan ließ Logan nur kurz los, als er in das Fahrzeug gehoben wurde, folgte ihm aber dichtauf und hielt schon wieder seine Hand in ihrer, als die Trage am Boden befestigt worden war.

»Ich habe eine gute Nachricht für dich, Logan«, sagte sie. »Mrs Dembiec lebt und ist wohlauf. Der Deputy Sheriff hat mir gesagt, dass sie mit dem Kopf ziemlich heftig aufgeprallt ist. Der Arzt wird sie also untersuchen müssen, aber sie sollte sich restlos davon erholen.«

Logan nickte, und ein Lächeln huschte über sein Gesicht. »Sie ist sehr nett. Und ich mag ihren Hund. Er heißt Samson.«

»Ich wusste, du würdest dich darüber freuen, dass mit ihr alles in Ordnung ist.« Grandma Nan holte tief Luft, bevor sie fortfuhr. »Außerdem habe ich noch eine andere Neuigkeit. Sie haben deinen Dad im Wald gefunden, genau da, wo du gesagt hast. Er hat sich bei dem Sturz verletzt. Anscheinend hat er sich ein Bein gebrochen, aber das wird wieder heilen. Du hast niemandem etwas Schlimmes zugefügt, Logan, und nichts von dem, was passiert ist, war deine Schuld.«

»Grandma?«, fragte er und umklammerte ihre Hand. »Wie wird es mit mir weitergehen?«

Grandma Nan fing den Blick des Sanitäters auf, der den Transport begleiten würde, doch der junge Mann war hinten im Wagen mit einer Blutdruckmanschette beschäftigt, sodass sie bei ihrem Gespräch halbwegs unter sich waren. »Man wird dich untersuchen und den Schnitt in deiner Hand und die Verletzung am Fuß behandeln. Ich bleibe die ganze Zeit bei dir, du brauchst dir also keine Sorgen zu machen.«

»Nein, ich meine, wie wird es *danach* mit mir weitergehen?«

»Ach so.« Sie hielt inne und überlegte, wie sie ihn beruhigen könnte, ohne ihn zu belügen. »Dein Vater ist mit dem Gesetz in Konflikt geraten, tatsächlich sogar ziemlich ernsthaft. Das bedeutet, dass er für lange Zeit nicht nach Hause zurückkommen wird. Was würdest du davon halten, zu mir zu ziehen?«

»Darf ich das denn?« Seine Augen leuchteten auf.

»Natürlich. Genau das wünsche ich mir.« Grandma Nan hoffte inständig, dass es wirklich so einfach sein würde. Sie konnte sich nicht vorstellen, dass einer von Roberts Verwandten um das Sorgerecht kämpfen würde, falls aber doch, bliebe die Tatsache bestehen, dass alle einen fragwürdigen Lebensstil hatten. Sie wechselten ständig den Job, zogen um, hatten Geldprobleme, ihre Autos wurden gepfändet und mehr dergleichen. All diese verstörenden Einzelheiten hatte sie aus ihren Facebook-Posts erfahren. Im Vergleich dazu stand sie gut da. Für eine Großmutter war sie relativ jung, sie besaß ein eigenes Haus und könnte außerdem in ihrem Alltag mehr als genug Zeit für Logan freimachen. Wenn es hart auf hart käme, würde sie ohne Rücksicht auf die Kosten den besten Rechtsanwalt engagieren und dem Gericht beweisen, dass sie die beste Wahl war.

»Aber später würde mein Dad mich zurückbekommen, oder?«, fragte er.

Sie war sich nicht sicher, welche Antwort er gern hören würde. Robert war ein fürchterlicher Vater, aber er war nun einmal Logans Vater, und es musste auch gute Zeiten gegeben haben. »Wahrscheinlich nicht, mein Schatz. Ich weiß es noch nicht mit Gewissheit, aber falls ich das Sorgerecht bekomme, und darauf hoffe ich, wirst du mich nicht los, bis du erwachsen bist. Du kannst aber mit deinem Dad in Kontakt bleiben, wenn du möchtest. Telefongespräche, Briefe und Besuche, all das. Falls du es allerdings nicht möchtest, ist auch das okay. Das kannst du dann selbst entscheiden.« Sie bildete sich das nicht nur ein, er war sichtlich erleichtert. Er hielt ihre Hand immer noch fest umklammert, schloss aber die Augen. »Ruh dich jetzt einfach aus, Logan. Ich bleibe bei dir. Über die Einzelheiten sprechen wir später.«

Als Grandma Nan sich von den Suttons verabschiedete, hatte sie nicht erwartet, sie noch einmal wiederzusehen, daher war sie, als die Tür des Krankenwagens für Joanne Dembiec geöffnet wurde, überrascht, dass Laura als ihre Begleiterin auftauchte.

»Da bin ich wieder!«, sagte Laura. Sie blieb vor dem Krankenwagen stehen, als Joannes Trage hinten hineingeschoben wurde. Joanne war ganz ähnlich auf der Trage festgeschnallt wie Logan. Ihr Körper war zum größten Teil von einer

Decke verhüllt, doch oben am Hals sah man, dass sie noch ihr Nachthemd trug. Sie hatte graues, kurz geschnittenes Haar, ein runzliges Gesicht und dieselben Putenfalten am Hals, die Grandma Nan inzwischen zu ihrem Entsetzen auch an sich selbst entdeckte. Joanne lächelte schwach, und Grandma Nan lächelte zurück.

»Ich hatte nicht erwartet, Sie wiederzusehen«, rief Grandma Nan Laura zu.

»Joanne hat kein Kind in der Nähe, und so werde ich ehrenhalber ihre Tochter sein. Paul bleibt hier und kümmert sich um Samson.«

»Das ist ihr Hund«, sagte Logan, der den Kopf zu Laura drehte.

»Das stimmt«, antwortete Laura. »Ich fahre vorne mit. Wir sehen uns gleich wieder, wenn wir angekommen sind.« Sie klopfte sachte an die Tür. »Geht es halbwegs, Joanne?«

»Ich hab mich schon mal besser gefühlt, aber danke.« Ihre Stimme klang matt.

»Passen Sie gut auf sie auf, Dean!«, rief Laura.

»Das mache ich!« Als die Tür zu war, sagte der Sanitäter Dean erfreut: »Ich wusste gar nicht, dass sie meinen Namen kennt.« Eher zu sich selbst fügte er hinzu: »Mr Sutton ist der Direktor der Highschool, auf die mein kleiner Bruder geht.«

Grandma Nan betrachtete sein liebes, ernsthaftes junges Gesicht und dachte unwillkürlich, dass die nächste Generation die Welt übernommen hatte.

Als der Krankenwagen losgefahren war, beugte Dean sich über Joanne und sagte: »Bis zum Krankenhaus brauchen wir eine halbe Stunde. Wir haben schon dort angerufen, und Sie werden erwartet. Sollten Ihre Kopfschmerzen schlimmer werden, geben Sie mir sofort Bescheid.«

Joanne lag den größten Teil der Fahrt mit geschlossenen Augen da, die Hand an den Kopf gelegt. Erst als sie beim

Krankenhaus ankamen und in die Zufahrt für Krankenwagen einbogen, schien sie Logan zu bemerken. Sie streckte die Hand über die Lücke zwischen den Tragen und streichelte seinen Arm mit einem Finger. »Hallo du«, sagte sie mit einer ganz freundlichen Stimme.

Logan wandte ihr den Kopf zu. »Hi.«

»Du kannst jetzt reden.« Es war eine Feststellung, keine Frage. Joanne wirkte nicht verblüfft. Vielleicht war sie nach der vergangenen Nacht durch nichts mehr zu überraschen.

»Ja.«

»Ich bin froh, dass ich dich noch einmal sehe, Logan, denn ich möchte mich bei dir bedanken.«

Logan sah sie verwundert an. »Wofür denn?«

»Dafür, dass du zurückgekommen bist, um mir zu helfen. Das war sehr tapfer von dir. Also, danke.«

»Gern geschehen.« Er lächelte – ein schüchternes, zufriedenes Lächeln.

42

Zwei Monate später

Als Joanne sagte, sie würde um 6.30 Uhr kommen, war das wirklich so gemeint. Die Klingel schellte auf die Minute genau, doch obwohl es, wie Paul gerade eben noch trocken angemerkt hatte, selbst für einen Vogel noch zu früh gewesen wäre, war Laura zur Abfahrt bereit. Sie hatte in der Nacht nicht viel geschlafen, weil ihr alles Mögliche zum bevorstehenden Tag durch den Kopf gegangen war. Joanne unterwegs am Flughafen abzusetzen, war naheliegend, da es von der Zeit gut hinkam. Aber da Laura auf dem Weg zum Erfüllungsort ihres Auftrags war, dem Krankenhaus, wo sie die Installation des Mobiles beaufsichtigen wollte, war zu ihrem ohnehin schon vollen Tag nun noch eine weitere Aufgabe hinzugekommen. Eines war jedenfalls gut: Die Teile des Mobiles waren vorab zum Krankenhaus transportiert worden, und man hatte ihr versichert, dass alles heil eingetroffen sei.

Das war allerdings keine Garantie dafür, dass es keine Probleme geben würde. Die ganze Nacht über waren ihr tausend Sachen durch den Kopf gegangen, die schieflaufen könnten, bevor sie auch nur in Milwaukee einträfen – die Sorgen reichten von einem Autounfall unterwegs über die Annullierung von Joannes Flug bis zu einem Szenario, in dem ihr aufgebautes Werk wie ein Schrotthaufen aussah, den eine Drittklässlerin mit Drahtkleiderbügeln besser hinbekommen hätte (und im Anschluss würde das Krankenhaus zu ihrer Schande verlangen, dass sie alles abbaute und auf Nimmerwiedersehen verschwände). Sie versuchte, die Sorgen durch andere, positivere Gedanken und ein paar Atemübungen zu vertreiben, doch sobald ihr Körper sich ein klein wenig entspannte, schoss ihr eine weitere verrückte Angst durch den Kopf. Schließlich entschied sie um vier Uhr morgens, dass ihre Schlaflosigkeit gesiegt hatte, und stand auf, um zu duschen. Paul hatte trotz ihrer Unruhe die ganze Nacht friedlich geschlafen, doch jetzt war er wach und trank am Küchentisch Kaffee.

Laura machte die Tür auf, und da stand Joanne mit gerötetem Gesicht, neben sich einen großen Koffer und auf ihrer anderen Seite den wedelnden Samson. Laura bat sie herein, half Joanne, den Hartschalenkoffer in die Eingangsdiele zu bugsieren, und kraulte Samson am Kopf. »Du bist ja ein Süßer«, sagte sie herzlich.

»Sobald ich mit Packen anfing, wusste er, dass irgendwas los war«, erzählte Joanne. »Er ist ganz schön clever.« Sie betrachtete ihren Hund lächelnd. »Es ist ja nur für eine Woche, mein Guter. Nur für eine Woche.«

»Du weißt, dass ich dich abholen wollte, oder?«, fragte Laura.

Joanne winkte ab. »Es macht keine Mühe, bei mir die Zufahrt hinunterzugehen und eure hochzulaufen. Allerdings gebe ich zu, dass es bei eurer leichter ging. Außerdem brauchen Samson und ich die Bewegung.«

Jetzt war auch Paul da und beugte sich vor, um mit Samson zu reden. »Wir werden unseren Spaß zusammen haben, nicht wahr, mein Junge?« Der Hund zitterte vor Aufregung, sprang und tänzelte von einem zum anderen und genoss die Aufmerksamkeit.

»Ich kann euch gar nicht genug dafür danken, dass ihr ihn diese Woche versorgt«, sagte Joanne lächelnd. »Ihn in guten Händen zu wissen, macht mir den Abschied viel leichter.«

»Wir haben ihn gern da«, sagte Laura.

»Gern geschehen«, fügte Paul hinzu. »Das ist kein Problem für uns.«

Laura verstaute ihren Laptop und ihr Notizbuch. Für alle Fälle hatte sie auch noch eine Tasche für die Nacht gepackt, falls die Installation wesentlich länger als erwartet dauern würde und sie in ein Hotel gehen müsste, aber hoffentlich würde sich das nicht als nötig erweisen. Paul nahm Joannes Koffer, und gemeinsam gingen sie nach draußen und beluden Lauras Kofferraum. Paul schlug die Heckklappe mit beiden Händen zu. »Gute Reise, ihr beiden Ladys«, sagte er und gab seiner Frau einen Kuss. »Ruf an, wenn du da bist, und lass mich wissen, wie alles läuft.«

Laura stellte fest, dass sie mit Joanne als Beifahrerin die Fahrt als weniger stressig empfand. Der Sommer war vorbei, aber es war ein warmer Oktobertag. Für einen Samstag war auf der Interstate relativ wenig los. Das Navi war programmiert, sie würden sich also mit Sicherheit nicht verfahren. Und mit Joanne konnte man sich gut unterhalten, sodass die Zeit schneller verging.

Joanne erwähnte, dass sie ihren Sohn und seine Familie schon seit einer Ewigkeit nicht mehr besucht habe. »Wir unterhalten uns am Telefon, aber es ist nicht dasselbe. Die Mädels werden immer älter. Die größere der beiden, Serena, macht übernächstes Jahr ihren Highschool-Abschluss und erzählt schon von ihrer Suche nach einem College.«

»Gibt es irgendeinen besonderen Anlass für deine Reise?«, fragte Laura. »Vielleicht ein Geburtstag oder ein Jubiläum?«

»Nein. Es ist einfach nur Zeit, dass ich mal wieder hinfliege.« Sie stieß einen langen Seufzer aus. »Also, das ist nicht die ganze Wahrheit. Dass ich gerade jetzt fliege, hat viel mit Logan Weber zu tun.«

»Mit Logan Weber?«

»Ja. Die Begegnung mit diesem kleinen Jungen hat meine Weltsicht verändert. Seine Wiedervereinigung mit seiner Großmutter und die Geschichte, wie sie ihn gesucht hat, waren so rührend. Dadurch ist mir klar geworden, dass auch ich eine Familie habe, die gerne mehr Zeit mit mir verbringen würde, aber ich habe immer das hier gemacht.« Sie hob die Hand, als wollte sie jemanden abwehren. »Ich war ein wenig in meinen Gewohnheiten festgefahren und war damit auch durchaus zufrieden, aber dass Logans Vater in mein Haus eingebrochen ist, hat mich meine Verletzlichkeit fühlen lassen. Und es war sehr nett von dir, mich ins Krankenhaus zu begleiten, als ich die Gehirnerschütterung hatte. Aber tatsächlich ist so etwas eigentlich die Aufgabe eines Familienmitglieds.«

»Es hat mir nichts ausgemacht«, sagte Laura. »Ganz ehrlich, ich habe es gern getan.«

»Du bist eine wunderbare Nachbarin und eine Freundin. Ich bin ungeheuer dankbar, dass du für mich da warst, als ich dich brauchte, aber es hat mir wirklich die Augen geöffnet. Mir ist dadurch umso klarer geworden, dass ich keine Verwandten in der Nähe habe. Das neue Haus meines Sohns Glenn hat eine Einliegerwohnung, und er hat mich gebeten, bei ihnen einzuziehen. Er sagte, ich könnte Samson mitbringen und mein Auto behalten. Ich dürfte sogar ein paar Beete in den Rasen graben.«

»Das klingt schön«, sagte Laura und warf ihr einen Blick zu.

»Ja, das stimmt. Aber immer wenn er darauf zu sprechen kam, habe ich abgewehrt. Ich war total dagegen. Es kam mir vor wie der Anfang vom Ende, weißt du. Das eigene Haus verkaufen, bei jemand anderem einziehen und als Nächstes – das

Altenheim. Am Ende schlurfe ich dann mit den anderen alten Knackern durch den Korridor.«

»Ich habe dich noch nie schlurfen gesehen.«

Joanne lächelte. »Noch nicht, aber wer weiß, was die Zukunft bringt. Weißt du, ich war immer stolz auf meine Unabhängigkeit, war froh, dass ich niemanden brauchte. Aber inzwischen denke ich manchmal, dass diese Haltung mir eher schadet als nutzt. Darum besuche ich Glenn jetzt, schaue mir die Einliegerwohnung an und denke einmal ernsthaft über sein Angebot nach. Vielleicht ist es ja schön, wieder zur Familie zu gehören. Also, natürlich ist es auch jetzt schon meine Familie, aber wenn ich dort wohnte, wäre ich mittendrin. Du verstehst schon.«

Ja, Laura verstand. »Es lohnt sich sicherlich, sich das einmal näher anzuschauen, aber nur damit du es weißt: Wir würden dich als Nachbarin vermissen.«

Joanne lächelte. »Danke. Und ich werde auch den kleinen Logan niemals vergessen. Ich wünschte, ich könnte mir sicher sein, dass es ihm jetzt gut geht.«

»Ich hatte bestimmt schon mal erwähnt, dass seine Grandma und ich auf Facebook befreundet sind. Es klingt so, als hätte er sich bei ihr gut eingelebt. Wenn du von Seattle zurückkommst, zeige ich dir ihre Posts. Sie hat ein paar Fotos von sich selbst und Logan eingestellt, und er wirkt jetzt wie ein ganz anderes Kind.«

Sie kamen pünktlich am Flughafen an. Laura stellte ihren Wagen im Parkhaus ab und begleitete Joanne zum Flugschalter, wo ihre Bordkarte ausgedruckt wurde. Dann half Laura ihr, ihren Koffer einzuchecken. Von dort gingen sie zur Sicherheitsschleuse und trennten sich nach einer kurzen Umarmung und dem Austausch guter Reisewünsche.

Als Laura später die Installation des Mobiles beaufsichtigte, ging ihr durch den Kopf, was Joanne im Auto gesagt hatte.

Die Begegnung mit diesem kleinen Jungen hat meine Weltsicht verändert. Beinahe hätte sie Joanne erzählt, dass Logan auch ihr Leben verändert hatte, aber diese Geschichte musste wohl Paul berichten, nicht sie. Als sie aus dem Krankenhaus zurückkehrte, hatte Paul, ihr pragmatischer Ehemann, der niemals nach Zeichen Ausschau hielt, ihr mitgeteilt, dass er ihr ein Geständnis machen müsse.

»Ich höre«, hatte sie gesagt. Das Wort *Geständnis* bestürzte sie. Das Wort schien auf einen Ehebruch oder eine Veruntreuung oder Ähnliches hinzuweisen, doch all das konnte sie sich bei Paul nicht vorstellen.

»Das klingt jetzt bestimmt lächerlich«, war er fortgefahren. »Wirklich, sogar für mich.« Dann berichtete er von dem Telefonat, das er mit seiner Mutter geführt und in dem sie ihm vorgeschlagen hatte, auf ein Zeichen zu warten. Laura mochte ihre Schwiegermutter sehr, war aber doch ein wenig angesäuert, dass er solche Privatangelegenheiten mit ihr besprach. Als sie gleich darauf feststellte, dass seine Mom auf ihrer Seite stand, wurde sie ein wenig milder. Er fuhr fort: »Ich fand diesen Vorschlag, nach einem Zeichen Ausschau zu halten, ziemlich esoterisch, aber weißt du, nach der Sache mit Logan kam mir der Gedanke, dass er ohne seine Großmutter inzwischen wahrscheinlich bei Pflegeeltern wäre. Ich fand, er war ein großartiges Kind, das einfach nur in eine furchtbare Lage geraten war. Und da habe ich gemerkt, dass ich die Frage bisher ganz falsch betrachtet habe. Diese Kinder brauchen ein liebevolles Zuhause, und wir können ihnen eines geben. Ich habe gesehen, wie du dich gegenüber Logan verhalten hast, und du warst so unglaublich mütterlich, wie du mit ihm geredet und die Wunde an seiner Hand gesäubert hast. Als Mutter bist du ein Naturtalent. Und das war das Zeichen, das ich brauchte. Lass uns Pflegeeltern werden.«

Kurz danach stellten sie den Antrag, füllten alle Formulare aus und verpflichteten sich, die vorgeschriebene Fortbildung zu absolvieren. Die Sozialarbeiterin hegte keinen Zweifel, dass man sie akzeptieren würde. Ganz besonders erfreut wirkte sie darüber, dass sie sich für ein Kind im Schulalter interessierten und auch für ein Geschwisterpaar offen waren.

Laura wusste, dass die Erziehung von Pflegekindern eine Herausforderung darstellen würde und es auch anstrengende Zeiten geben mochte, aber sie hatte das Gefühl, mit Paul auf dem richtigen Weg zu sein, und wartete nun sehnsüchtig darauf, dass man ihnen ein Kind vorschlagen würde.

Obgleich Laura sich in Milwaukee nicht sonderlich gut auskannte, fand sie das Krankenhaus problemlos. Sie hatte sich Sorgen gemacht, sich vielleicht zu verfahren oder keinen Parkplatz zu finden, aber alles war gut ausgeschildert, und es gab sogar einen Parkservice, noch so ein Wunder der heutigen Zeit, das nur noch von den Diensten eines Navis getoppt wurde. Im Laufe der Jahre hatte Laura immer mal wieder Phasen erlebt, in denen überhaupt nichts zu klappen schien, was auch immer sie anstellte. Dann wieder gab es Zeiten, in denen das Leben nur aus blauem Himmel und Sonnenschein zu bestehen schien. Der heutige Tag gehörte anscheinend zur zweiten Sorte.

Als sie im Krankenhaus ankam, meldete sie sich an der Rezeption und wurde zum Innenhof geschickt, wo ein Team aus drei Haustechnikern bereits alle Teile behutsam ausgepackt hatte und nun zusammenbaute. Einer der Arbeiter wurde auf einer mechanischen Plattform hochgehoben, die an eine Hebebühne zum Kirschenpflücken erinnerte, während der Vorarbeiter Matt von unten Befehle rief. Ein dritter Mann studierte die Skizze, die Laura dem Transport beigefügt hatte.

»Sie haben ohne mich angefangen?«, fragte sie in gespielter Entrüstung, nachdem sie sich vorgestellt hatte.

Nun entschuldigten sich die Männer. Der oben auf der Hebebühne erstarrte mit halb ausgestrecktem Arm, als wäre er bei einer Missetat ertappt worden.

»Wir wollten gerade erst beginnen«, beschwichtigte Matt sie.

»Schon okay«, antwortete sie auf eine Weise, die beruhigend klingen sollte. Von da an besprachen sie sich bei jedem Teil, das sie anbrachten, vorher mit ihr. Wie sich herausstellte, hätten sie Laura überhaupt nicht gebraucht, aber sie war trotzdem froh, Zeugin zu sein, wie die Installation zum Leben erwachte. Als alles zusammengebaut war und im perfekten Gleichgewicht schwebte, schalteten sie die Scheinwerfer ein. Das beleuchtete Mobile war atemberaubend schön. Und als die Männer das beschriftete Schild am Sockel anbrachten, haute es sie endgültig um: »*This Thing Called Life* von Laura Sutton.« Ihren Namen auf dem Schild zu sehen, machte es endgültig zu etwas Realem. Sie war eine Künstlerin, die etwas Wertvolles geschaffen hatte. Tränen liefen ihr über die Wangen, und das Team der Haustechniker reagierte besorgt.

»Alles in Ordnung?«, fragte Matt und deutete auf das Mobile. »Wir können noch nachbessern.«

»Nein, es ist genau richtig«, antwortete sie und kramte in ihrer Handtasche nach einem Papiertaschentuch. »Ich bin einfach nur überwältigt.« Sie war sich nicht sicher, ob er sie wirklich verstand, aber er nickte jedenfalls. Lange nachdem die Männer ihr Werkzeug zusammengepackt und den Hof verlassen hatten, saß sie noch immer auf der Bank und bewunderte ihr Werk. Sie hatte Fotos geschossen und ein Video aufgenommen und alles Paul geschickt, der zurückschrieb: *Großartig! Einfach unglaublich!* Und gleich darauf: *Wann kommst du heim?*

Sie hatte zurückgeschrieben: *Ich fahre in einer halben Stunde los.*

Hypnotisierend, das war das Wort, das ihr in den Sinn kam, als sie beobachtete, wie das Mobile sich im Licht drehte, als würde es tanzen. Sie hatte es erdacht, hatte es erträumt und auf Papier skizziert, und nun war es Wirklichkeit geworden und warf Lichtstrahlen in alle Richtungen. Ein wahr gewordener Traum.

In Gedanken versunken, bemerkte Laura die Frau, die in den Innenhof schlenderte, erst, als sie sich auf die Nachbarbank setzte. Selbst ohne Make-up und das Haar nur zu einem schlampigen Knoten hochgesteckt, war sie auffallend schön. Sie trug weder einen Krankenhauskittel noch ein Namensschild, gehörte also nicht zu den hiesigen Mitarbeiterinnen. Vermutlich war sie die Mutter eines der Babys in der Frühgeborenenstation.

Die Frau blickte zum Mobile auf. »Das ist neu.« Sie lehnte sich auf der Bank zurück, um besser sehen zu können.

Laura nickte. »Erst heute installiert. Gefällt es Ihnen?« Fast wäre sie damit herausgeplatzt, dass sie selbst die Künstlerin war, und hätte erklärt, was das Werk symbolisierte. Aber sie hielt sich zurück, damit es für sich selbst sprechen konnte.

»Ich finde es wunderschön«, antwortete die Frau, und langsam trat ein entzücktes Lächeln in ihr bleiches, erschöpftes Gesicht. »Etwas daran ist sehr beruhigend. Tröstlich.« Beim Sprechen betrachtete sie das Mobile weiter. »Meine Tochter Fiona liegt auf der Frühgeborenenstation.«

»Fiona ist wirklich ein hübscher Name. Bestimmt ist die Kleine total süß.«

»Ja, das stimmt. Das sagen alle.« Ihrer Stimme hörte man den Mutterstolz an. »Alle Schwestern waren verblüfft, wie viele Haare sie für so ein kleines Ding schon hat. Hier, schauen Sie mal.« Sie stand auf und setzte sich mit gezücktem Handy neben Laura.

»Wie niedlich«, sagte Laura, als sie das Foto eines süßen, kleinen Babys mit runzligem Gesichtchen und glänzend schwarzem Haar betrachtete.

»Fiona ist ein Wunder. Keiner wusste, ob sie es schafft, aber sie ist eine Kämpfernatur. In ein paar Tagen sollte ich sie mit nach Hause nehmen dürfen.«

»Wie schön. Da sind Sie bestimmt überglücklich.«

Als wäre ihr gerade aufgefallen, dass das Gespräch recht einseitig war, wandte Fionas Mutter sich Laura zu. »Haben Sie auch Kinder?«

Laura zögerte nur einen Augenblick. »Noch nicht, aber mein Mann und ich haben uns um eine Pflegeelternschaft beworben, und hoffentlich bekommen wir bis Ende des Jahres ein Kind. Ich freue mich darauf, Pflegemutter zu sein.« Sie spürte, wie sie rot wurde, weil sie einer vollkommen Fremden so viel Persönliches anvertraut hatte. Würde diese Frau, die gerade ein Kind geboren hatte, das Gefühl haben, dass Pflegeeltern im Vergleich dazu nicht zählten?

»Das ist wunderbar! Sie tun da wirklich etwas Gutes«, erwiderte die Frau begeistert. »Ich bin selbst ein Pflegekind. Mit den ersten beiden Familien hat es nicht hingehauen, aber die letzte Familie hat mich schließlich sogar adoptiert. Ich hätte mir keine besseren Eltern wünschen können. Derzeit kommen sie jeden Tag ins Krankenhaus, um Fiona zu besuchen. Sie freuen sich furchtbar, dass sie jetzt Großeltern sind.«

»Oh ja«, erwiderte Laura, weil sie nicht wusste, was sie sonst sagen sollte. Die Reaktion der Frau war genau das, was sie brauchte. In ihrem Inneren fühlte sie Wärme aufsteigen, ganz ähnlich wie die Lichtreflexionen des Mobiles den Innenhof erfüllten. So lange hatte sie sich sehnlich gewünscht, Mutter zu werden, und nun würde es in ihrem Zuhause bald ein Kind geben. Die Sehnsucht hatte sie nie losgelassen, der Traum war ihr immer geblieben. Lange hatte es den Anschein gehabt, als würde er niemals Wirklichkeit werden, doch nun wusste sie, dass all ihre Hoffnungen sie zu diesem Punkt geführt hatten. Ursprünglich hatte sie sich ihr Leben anders vorgestellt. Sie wusste, dass die Aufnahme eines Pflegekindes vielleicht kein einfacher Weg sein würde, doch die Geschichte dieser Frau bewies, dass für Eltern und Kind ein glückliches Ende möglich war.

Laura nahm es als ein gutes Omen. Wie sich zeigte, war nicht nur Paul fähig, ein Zeichen zu empfangen.

43

Logan hatte schon oft darum gebeten, noch einmal dorthin zurückzukehren, um sie zu besuchen, doch Grandma Nan konnte sich erst mit der Idee anfreunden, als sein Therapeut zugestimmt hatte. »Er hat riesige Fortschritte gemacht«, sagte Dr. Meyer. »Er hat jetzt mehr Selbstvertrauen und ein besseres Selbstwertgefühl. Wenn man bedenkt, was er hinter sich hat, macht er seine Sache bemerkenswert gut. Wenn er das Bedürfnis hat, sie noch einmal zu sehen, sollten Sie das ruhig mit ihm machen. Das wird ihm als Brücke aus seinem alten Leben in sein neues dienen und ihm helfen, mit seiner Vergangenheit abzuschließen. Ich glaube, es würde ihm guttun.«

Logan war dabei, als Dr. Meyer seiner Großmutter diesen Rat gab, und sah sie mit einem flehenden Blick an. Er war überglücklich, als sie schließlich zustimmte. Sie entschieden, dass sie die Fahrt an seinem ersten schulfreien Tag machen würden, einem Freitag im Oktober, der von Logans Schule für die Lehrerfortbildung reserviert worden war. Sie würden sich einen Tag Zeit nehmen und unterwegs in einem Hotel übernachten. »Wir suchen uns ein Hotel mit einem Pool, was hältst du davon?«, fragte sie.

»Juhu!« Er unterstrich den Ausruf mit einer jubelnd hochgereckten Faust.

»Es ist nicht Disney World«, neckte sie ihn.

Doch aus Logans Sicht hätte auch Disney World das nicht mehr toppen können.

So vieles hatte sich in den letzten acht Wochen verändert. Er war in seine alte Schule zurückgekehrt, die er schon während des Vorschuljahrs und der ersten Klasse besucht hatte. Der Therapeut hatte mit ihm besprochen, was er sagen sollte, wenn andere Kinder oder Erwachsene ihn fragten, warum er zurückgekehrt sei und jetzt bei seiner Großmutter lebe. Grandma Nan war ungeheuer stolz auf seine Fortschritte, und Logan erkannte sie ebenfalls. Beim Blick in den Spiegel sah ihm inzwischen ein ganz anderer Junge entgegen. Zum einen hatte er an Gewicht zugelegt. Und zwar deutlich. Seine Rippen standen überhaupt nicht mehr vor. Zusammen mit seiner neuen Kleidung und den regelmäßigen Friseurbesuchen sorgte schon das für ein völlig verändertes Äußeres.

Dr. Meyer war derjenige, der Logan über das Geständnis seines Vaters informierte. Dieser hatte zugegeben, Logans Mutter die Treppe hinuntergestoßen zu haben, und bestätigt, dass alles genau so geschehen war, wie Logan ausgesagt hatte. »Das bedeutet, dass du nicht als Zeuge vor Gericht erscheinen musst«, sagte der Therapeut. »Dein Dad bittet darum, dir zu sagen, dass es ihm leidtut.«

So etwas wie eine Entschuldigung hatte Logan noch nie von seinem Vater gehört, und er war nicht überzeugt, dass dieser es ernst meinte. »Bleibt er im Gefängnis?«, fragte er.

Dr. Meyer nickte. »Er hat eine sehr lange Haftstrafe vor sich. Du kannst ihm einen Brief schreiben, wenn du möchtest, aber du musst nicht.«

»Ich möchte nicht.«

»Das ist allein deine Entscheidung. Vielleicht änderst du deine Meinung noch, aber andernfalls ist auch das okay.«

Als er mit Grandma Nan in ihrem Haus ankam, hatte er zu seiner Verblüffung festgestellt, dass sie alle seine Spielsachen aufbewahrt hatte. All das, womit er vor Jahren gespielt hatte, wenn sie ihn während der Arbeitszeit seiner Eltern betreut hatte. Sein Tiger war da und ebenso sein Teddybär, sein Wiffleball samt Schläger, die Brettspiele und seine alte Nintendo-Konsole mit allen Spielen.

»Das ist alles noch da?« Er sah sie verblüfft an.

»Natürlich. Ich wollte nichts von deinen Sachen weggeben. Ich habe damit gerechnet, dass du zu mir zurückkommen würdest.«

Er war im Haus herumgegangen und vor den gerahmten Fotos an Grandmas Wand stehen geblieben. Am meisten interessierten ihn die Bilder seiner Mutter. Sie reichten von ihren Babyjahren bis zu der Zeit, wo sie ihn selbst als Vierjährigen auf dem Schoß hielt. Er hatte dieses Bild nicht mehr in Erinnerung gehabt. Es jetzt zu betrachten, erfüllte ihn mit einem Durcheinander von Gefühlen. Er liebte sie innig, und es tat ihm gut, ihr Gesicht zu sehen, aber es erinnerte ihn auch daran, dass sie weg war. »Sie fehlt mir«, sagte er.

»Mir auch«, antwortete Grandma Nan.

»Es tut weh«, sagte er und klopfte sich über dem Herz auf die Brust.

»Das weiß ich, und das ändert sich auch nicht. Wenn ich mich jetzt an deine Mom erinnere, denke ich oft an die guten Zeiten, aber es gibt immer noch Momente, in denen die Trauer zurückkommt, und dann ist es furchtbar.«

»Wann wird es besser?«

Nachdenklich legte sie den Kopf schief. »Das kann keiner mit Sicherheit sagen. Es braucht Zeit. Viel Zeit. Und das kann ja auch nicht anders sein, weil sie meine Tochter war und deine Mom, und weil wir sie wirklich geliebt haben und immer noch lieben. Trauer ist eines der Gefühle, das sich immer im Hintergrund bereithält und plötzlich den Kopf hebt, wenn man gar nicht damit rechnet. Uns bleibt nichts anderes übrig, als weiterzumachen und für die da zu sein, die wir lieben, so wie ich für dich da bin.« Bei diesen Worten hatte sie ihn so fest an sich gedrückt, dass er sich gefangen fühlte, aber er wollte sie nicht verletzen, und so ließ er es zu. Als sie sich trennten, lächelte sie unter Tränen.

Und nun saßen sie also im Auto und fuhren dorthin zurück, wo er früher einmal gewohnt hatte, um jemanden zu besuchen, den er einmal geliebt hatte und immer noch liebte. Sie hatten das Hotel am Vormittag verlassen. Wenn man die Mittagspause mit einrechnete, würden sie nach Grandma Nans Schätzung gegen Ende des Schultags in der Grundschule eintreffen. Logan war ganz kribbelig vor Spannung und Vorfreude und fragte sich, wie es wohl laufen würde. Die Schule würde immer noch so aussehen wie damals. Er selbst war derjenige, der sich verändert hatte: Er war älter und kräftiger geworden und hatte jetzt, da er seine Stimme wiedergefunden hatte, viel weniger Angst.

Als sie die Grenze des Bundesstaates überquerten und er das Schild mit der Aufschrift Illinois sah, beugte er sich von seinem Platz auf der Rückbank vor und sprach die Sorge aus, die ihn im Hinterkopf quälte. »Glaubst du, sie erinnert sich noch an mich?«

»Aber natürlich! Ich habe mit ihr geredet, und sie weiß, dass wir kommen. Sie freut sich riesig auf dich.«

»Du hast ihr nichts von dem Geschenk erzählt, oder?«

»Nein. Ich weiß doch, dass du sie damit überraschen möchtest.«

Er setzte sich zufrieden zurück. Es gab so vieles in seinem Leben, das er am liebsten vergessen würde, doch alles, was mit Ms Tracey zu tun hatte, wollte er unbedingt in Erinnerung behalten. Während seiner Stunde in ihrem Zimmer hatte er sich manchmal völlig in Gedanken verloren, weil er ihr rotes, gewelltes Haar so sehr bewunderte, und die Sommersprossen, die ihre Nase sprenkelten wie Glitter, mit dem man im Kunstunterricht ein Bild bestreut. Auch ihre Stimme war total nett. Sie wurde nie ungeduldig und ärgerte sich nie über ihn. Jedes ihrer Worte war liebevoll. Alles, was sie wollte, war, den Kindern zu helfen, die zu ihr kamen. Ältere Kinder oder jüngere, und alle hatten irgendeine Art von Sprachproblem. Er aber war ihr Liebling gewesen. Das hatte sie ihm gesagt, und er hatte es ihr geglaubt.

Wenn er einmal groß war, wollte er eine Frau wie Ms Tracey finden, und dann würden sie sich verlieben, heiraten und Kinder bekommen. Bei ihnen zu Hause würde man viel lachen, und niemand würde schreien, es sei denn so, wie Leute schrien, wenn sie herumalberten. Sie hätten immer genug zu essen, die Kinder würden Kleidung tragen, die ihnen passte, und jedes hätte mehr als ein einziges Paar ordentlicher Schuhe. Im Winter würden alle warme Jacken und Handschuhe und feste, wasserdichte Schuhe tragen. Sie würden glücklich sein, unheimlich glücklich, und alle würden einander lieben.

Ein solches Leben zu haben, wäre wirklich wundervoll.

Als Grandma Nan auf den Parkplatz seiner ehemaligen Grundschule einbog, sah Logan, dass der Schultag zu Ende war. Kurz zuvor waren sie an der Schülerlotsin vorbeigekommen. Sie unterhielt sich gerade mit einer Mutter, die einen kleinen Jungen an der Hand hielt, der wie ein Vorschulkind aussah. Die Busse, die immer vor der Schule am Straßenrand warteten, waren schon abgefahren. Ein paar Nachzügler, Kinder mit ihren Müttern, waren auf dem Weg zu ihrem Auto. Eine der

Mütter hielt ein Kunstwerk ihres Kindes in der Hand, ein mit aufgeklebten Bildern gestaltetes Poster, das sie vor dem Wind zu schützen versuchte, der es immer wieder hochwehte.

»Hier hatten die Kinder nicht schulfrei?«, fragte Logan und sah sich mit gerecktem Hals um.

»Nein, hier ist die Ferienplanung anders.« Grandma Nan parkte und stellte den Motor aus. »Bist du bereit, Logan?«

»Ja, bin ich.« Er schnappte sich das in Geschenkpapier verpackte Päckchen, das neben ihm auf der Rückbank lag, und gemeinsam gingen sie die Treppe zum Schulgebäude hinauf und traten ein. Logan kam es so vor, als wäre er zehn Zentimeter gewachsen, seit er die Tür zum letzten Mal passiert hatte.

Miss Barnes saß am Empfang, genau wie er es in Erinnerung hatte. Sie rief »Hallo Logan!«, winkte und drückte den Türsummer. Er winkte zurück. Sie war immer sehr nett zu ihm gewesen.

»Ich zeige dir den Weg«, sagte Logan zu Grandma Nan und ging rasch voran.

»Solange du nur daran denkst, dass ich eine alte Dame bin und nicht so schnell vorankomme wie du.«

Da ging er langsamer, obgleich es ihm so vorkam, als würde sie ewig brauchen, und er am liebsten schon am Ziel gewesen wäre. Als er am Ende des Korridors anlangte, stand Ms Traceys Tür ein wenig offen, genauso wie er es in Erinnerung hatte. Er stieß sie auf, und da saß sie an ihrem kleinen Tisch und erwartete ihn. »Logan!«, rief sie und stand auf. Sie kam zu ihm und umarmte ihn. Als er aufblickte, sah er, dass sie das Haar hinten zusammengebunden hatte und die weißen, runden Ohrringe mit den Smileys darauf trug. »Ich freue mich riesig, dich zu sehen.«

»Ich freue mich auch sehr.« Er sprach nicht laut, doch seine Stimme schien in dem kleinen Zimmer widerzuhallen. Er bemerkte erfreut, wie sie staunte, dass er nun reden konnte. Er hatte es in diesem Zimmer so oft versucht und nie mehr herausbekommen als ein ganz leises Geräusch beim Ausatmen. Jetzt aber war seine Stimme in Ordnung, und er konnte reden wie alle anderen.

»Ich wusste, dass du eine sehr schöne Stimme hast.« Sie zerzauste ihm liebevoll das Haar. »Das wusste ich immer.«

»Er hat wirklich eine wunderschöne Stimme«, sagte Grandma Nan. »Was für ein Glück für mich, dass ich sie jetzt jeden Tag hören kann.«

»Hat Logan Ihnen erzählt, dass er mein Lieblingsschüler war?«

»Nein, aber es überrascht mich nicht.«

Ms Tracey bat sie, sich zu ihr an den kleinen Tisch zu setzen, holte dann eine kleine Kühlbox darunter hervor und deckte den Tisch mit drei Weingläsern, in die sie funkelnden Traubensaft schenkte. Dann holte sie Servietten und Pappteller mit einem Cupcake für jeden. »Das hier ist eine kleine Feier«, sagte sie. »Ich habe mich furchtbar gefreut, dass Sie die ganze Strecke von Nebraska hierher fahren würden, um mich zu besuchen. Was für eine Ehre für mich.«

Sie unterhielten sich ein Weilchen. Ms Tracey erkundigte sich bei Logan nach seiner neuen Schule, und er antwortete ihr, wenn er nicht gerade kaute. Sie verhielt sich so, als wäre jedes Wort, das der sagte, ein Wunder, und in gewisser Weise war es das ja auch. Eigenartig, um wie viel besser alles war, wenn man eine Stimme hatte.

Grandma Nan trug auch etwas zum Gespräch bei und erzählte Ms Tracey, dass Logan bald einen Hund bekommen würde. »Als kleines Kind hatte er Angst vor ihnen, aber in letzter Zeit ist er ein richtiger Hundenarr geworden.«

»Ich habe einen Hund namens Mimi«, sagte Ms Tracey und deutete auf ein Foto, das auf dem Bücherbord stand. Logan hatte es schon oft gesehen. Mimi war so eine Art kleines Wollknäuel. Auf dem Foto sah sie so aus, als würde sie lächeln. »Ich liebe sie sehr. Sie ist besser als die meisten Menschen.«

»Mimi ist süß«, erklärte Logan, der Ms Tracey nicht kränken wollte. »Ich will aber einen großen Hund.«

»Große Hunde sind auch toll«, stimmte Ms Tracey zu.

Am Ende des Besuchs rief Grandma Nan Logan das verpackte Geschenk in Erinnerung, das zu seinen Füßen lag. Er hatte es nicht vergessen. Er hatte nur nicht recht gewusst, wie er es Ms Tracey überreichen sollte.

»Das ist für mich?«, fragte Ms Tracey, und ihre Augen weiteten sich vor freudiger Überraschung. Als er es vor sie hingelegt hatte, riss sie das Papier ab und klappte den Deckel der Schachtel auf. In Seidenpapier eingebettet lag dort ein Foto von Logan, das erst letzte Woche geschossen worden war. Sie schlug die Hand vor den Mund und sah so aus, als würden ihr die Tränen kommen. »Ach Logan, wie wunderbar. Es wird mir für immer Freude machen.«

Er stand auf und deutete aufgeregt auf das Bild: »Drücken Sie den Knopf.«

Als sie den Schalter am Fuß des Rahmens betätigte, wurde eine vorher aufgezeichnete Audio-Nachricht abgespielt. Logans Stimme sagte: »Hallo, Ms Tracey. Danke und alles Liebe. Hier spricht übrigens Logan.«

Jetzt war Ms Tracey diejenige, der es die Sprache verschlagen hatte. Sie öffnete den Mund, doch es kam nichts heraus, und eine Träne entschlüpfte ihrem einen Auge.

»Ich wollte nicht, dass Sie mich vergessen«, sagte Logan, während Grandma Nan Ms Tracey ein Papiertaschentuch reichte.

»Ach nein, mein Schatz. Ich könnte dich niemals vergessen.«

Als sie gingen, umarmte Ms Tracey Logan noch einmal und dann auch Grandma Nan. »Ich kann mich gar nicht genug dafür bedanken, dass Sie eigens für einen Besuch hierher zurückgekommen sind. Wir bleiben in Kontakt, okay?«

Sie tauschten ihre E-Mail-Adressen aus, und Grandma Nan versprach, Ms Tracey auf dem Laufenden zu halten und ihr Fotos von Logans Hund zu schicken, sobald er ihn bekommen hatte. Logan wusste, dass sie das wirklich tun würde, denn Grandma hielt immer Wort.

Dank

Meine große Dankbarkeit gilt meiner Lektorin Danielle Marshall, die das Potenzial meines Romans *Die andere Hälfte des Herzens* erkannt, das Manuskript für Lake Union Publishing gekauft und es durch den Veröffentlichungsprozess geführt hat. Gleich nach unserem ersten Gespräch wusste ich, dass mein Roman bei niemandem besser aufgehoben wäre.

Und so bedanke ich mich auch bei den Teams von Lake Union und Amazon Publishing für ihre harte Arbeit. Die Art, wie sie ein Manuskript in ein Buch verwandeln und es mit der richtigen Leserschaft zusammenbringen, hat etwas Magisches. Leute, ihr seid einfach die Besten!

Allen, die mir ein erstes Feedback zum Roman gegeben haben – Kay Ehlers, Geri Erickson, German Fiscal, Alice L. Kent und Michelle San Juan –, danke ich für ihre Zeit und ihre hilfreichen Anmerkungen. Alle verbliebenen Fehler gehen ganz allein auf mein Konto.

Mein Mann Greg und meine Kinder Charlie, Maria und Jack waren nicht direkt an der Entstehung dieses Romans beteiligt, aber sie machen mich glücklich, und ich liebe sie sehr.

Außerdem möchte ich hier den Leserinnen und Lesern aller meiner Bücher meine Verbundenheit ausdrücken. Ihnen habe ich es zu verdanken, dass ich mit dem Schreiben meinen Lebensunterhalt verdienen kann, und das bedeutet mir viel, wirklich. Sollte Ihnen dieses Buch gefallen haben, würde ich mich sehr über eine kurze Rezension bei Amazon oder Goodreads freuen. Ich lese alle meine Rezensionen und nehme die Gedanken meiner Leserinnen und Leser zu meinen Geschichten sehr ernst. Solange Sie meine Bücher lesen, werde ich sie weiter schreiben. Danke!

37706243R00179

Printed in Poland
by Amazon Fulfillment
Poland Sp. z o.o., Wrocław